新潮文庫

パンドラの火花

黒武　洋著

新潮社版

8378

目次

プロローグ……7
第1章　出立……36
第2章　けじめ……72
第3章　憎悪……214
第4章　叫び……301
第5章　帰還……396
エピローグ……430
解説　近藤　崇

パンドラの火花

プロローグ

——横尾《よこお》友也《ともや》さん。

横尾は一瞬、身を硬くしてから、周囲の眩《まぶ》しさに眼をしばしばさせた。こういう風に自分の名前を、しかも『さん』付けで呼ばれるなど、久しくないことだった。

視覚と聴覚を完全に遮断《しやだん》する特殊ゴーグルを外されてから、眼が明るさに慣れるのに、二十秒程を要した。

最後にもう一度、強く瞼《まぶた》を閉じてから、横尾は大きく眼を見開いた。部屋は結構広く、何で出来ているのか壁も天井も床も純白で光沢があり、そこに電灯の明かりが反射し、白色の靄《もや》を作っているようだった。それに比べて、自分の着ているグレーの着衣は、必要以上にくすんで見える。

正面の横長の机には、スーツ姿の中年男性が三人座っていた。

「横尾友也さん、ですね」

またフルネームを、『さん』付けで呼ばれた。話し掛けてきたのは、真ん中の男性だ。柔らかい笑みを浮かべている。横尾は、上眼遣いで見返しながら、小さい声で言った。

「はい」

その男性は、左右の同僚と顔を合わせ頷《うなず》き合った。左手に持っていた長さ二十センチ程の筒状のモノに右手を添え、端を引く。内部に収納されていた薄い膜が、巻き物のように筒から引き出され、その膜の上に色鮮やかな線や文字が浮かんでいるのが、裏側からでも見てとれた。男性が、指先でその上に次々触れると、映像が切り替わっていく。

隔絶されてはいても、世間の情報を一通り入手可能であった横尾が、見たことのない機器だ。横尾は、初めて眼にするそれを、ペーパーのような薄いモニターに映像を映し出す、ハンディタイプの最新式小型PCではないかと推測した。

これから何が始まるのか、そんなことを考えながらも、横尾は、一応の覚悟は決めていた。今朝、いつも通りの朝食を終え、運動の時間帯になった時、急にこっそりと呼び出しを受けた瞬間から。

死刑囚なら誰でも、その意味を知っている。執行は、当日に言い渡されるのだ。しかも、他の死刑囚が動揺しないようにという配慮の下に。やたら背が高く、体格のいい特別警備担当者三名に囲まれるようにして、横尾は、自らの房から通路へと出た。歩きながら、次第に足の感覚が失われ、自分の意思と無関係にがくがく震え出すのを、彼は初めて体感した。その時、これは最初にして最後の経験でもあるのだという恐怖も、同時に彼の脳裏を走った。

死刑が確定して、かなりの長い期間が経《た》っていた。そして、雄大な時の流れは、一時の感情を麻痺《まひ》させるのに充分である。そう思いたいという身勝手さもあったのだろうが、もしかしたらこのままずっと、自然にこの生命が尽きるまで生きることが出来るのではないかとさえ、考えるようになっていた。

無論、反省と悔恨の日々だったことは言うまでもない。被害者のことを思わなかった日は、一日とてなかった。だが、生きていたいという本能は、それとはまた別のことだ。

通路の両側に、他の特別警備担当者が点々と並んでいた。人生の終点が近いことを、横尾に予想させた。足が重くなった。みっともないとか、往生際《ぎわ》が悪いとか、そんな外面《そとづら》などどうでもよかった。目前に迫ってくるドアを前に、その場で両足を突っ張り腰を落とした。

　いきなり丸太並みの太い腕が、狼狽《うろた》える横尾を両側から抱え上げた。摩擦を失った足先は、虚《むな》しく床上を滑った。

「嫌だ、死にたくない、何でもする、何でもするから、助けて」

　まるで呪文《じゆもん》だった。横尾の口から、それだけがぶつぶつと零《こぼ》れ落ちた。ドアが開け放たれ、室内に連れ込まれた。中にいた所長が、じっと彼を睨《にら》み付けながら、厳しい口調で言った。

「横尾、今の言葉、二言はないな」

　その直後、特殊ゴーグルが横尾の頭部に装着されたのだった。

「更生プログラムの修了結果にも、特に問題はありませんね」

　真ん中の男性が尋ねた。どう答えたらいいものかと横尾が思った時、彼の後方から声がした。

「全く問題はありません。最終トライアルにおきましても、模範的かつ理想的な経過を辿《たど》りました。総合認定は、今回もＸＸＸ。日常生活では、素行、品性、勤勉さ、努力の度合い、罪の自覚と反省、責任感、意志の強さ、いずれも合格に足るものであると確信致します」

振り返る勇気はなかった、しかし、その声の主が所長であると、横尾にはすぐに判《わか》った。所長がわざわざ、自分に付き添って来たのである。それにしても、これは一体どういうことなのか。何より、ここは何処《どこ》なのか。これから、自分の身に何が起こるのか。単なる死刑執行予告ではなさそうだ。となると、人体実験か何かの材料にでもされるのだろうか。変わってきた雲行きに、横尾の全身は、理由もなく再び震え始めた。

「これまでに提出された反省文や、日記を含む当人の手による文章全《すべ》ての評価、当人自身による自己分析に対する当方の評価等、全てお届けした通りです」

所長の話し声に、質問をした男性が、満足そうな顔をした。

左右の同僚が、中央のハンディＰＣの画像を覗《のぞ》き込み、またもや三人は互いに頷いてみせた。

真ん中の男性が、頬を緩めて横尾に告げた。

「横尾友也さん。ここは、特務拘置所です。場所は、残念ですが様々な制約上、また保安の観点からも申し上げることが出来ません。私は、特務拘置所の所長をしております、松木豊和といいます。これからあなたに、非常に重要な話を申し上げますので、聞き洩《も》らさぬようにお願い致します。よろしいですね」

横尾は、返事も出来ずにいた。松木の顔から、笑いが消えた。

「一度しか申し上げません。返答は速やかに」

「判りました、いえ、はい」

慌《あわ》てて、横尾が答えた。松木は、笑顔に戻って言った。

「結構です。さて、ここは裁判所ではありませんので、出来るだけ簡単に、判り易《やす》くお話し致しましょう」

松木は、手元のハンディPCに眼をやった。

「あなたは、今から三十五年前の西暦二〇〇五年、つまり平成十七年の十月二十五日に犯した殺人の罪、並びにその後に犯した五件の同罪により、既に死刑が確定しております。間違いありませんね」

「はい」

「あれから随分と時間が過ぎていますが、被害者の方々に対して、今どのようなお気持ちですか」

言葉を選びつつ、松木がゆっくりと質問した。

横尾は、項垂《うなだ》れた。殆《ほとん》ど外界には盲目的で幼稚な若者だったとはいえ、あの時の自分を思い返すと、若気の至りとは程遠い常軌を逸した残虐《ざんぎゃく》さで、ただただ狂気に憑《つ》かれていたとしか表現の仕様がないのだ。

「本当に、申し訳ないという気持ちしかなくて、その、他には何とも言いようがありません。毎日毎日、思い出さない日はなく、そのたびに心の中で手を合わせて謝罪をし、己れの罪を悔い、そうした懺悔《ざんげ》の生活を送ってきました」

「今振り返ってみて、あの時のご自身をどう思われますか」

「はい。非常に視野が狭くて、つまり私の世界の全てが、自分の部屋の中だけだったような気もします。変な思い込みも激しくて、短絡的で思慮深さに欠け、物事を全て自分の本能だけで単純に判断していた……そんな感覚を、微《かす》かに覚えています」

「なるほど」

松木が、両側の同僚と眼で合図をし合った。次いで、横尾の眼を見据えて静かに訊《き》いた。

「もし、昔のあの時の、若い頃のご自分に出会えたとしたら、今のあなたは、彼にどういう言葉を掛けますか。何と言ってあげたいですか」

横尾は、やや躊躇《ためら》ってから、おもむろに口を開いた。

「はい……お前は、世間を知らな過ぎる。お前は、自分のことばかりで、人の気持ちを、全く考えようとしない。退廃的でどこか自棄《やけ》気味で、他人を敵視している。自分の思いだけを、全てと考え、地球が、自分中心で回っているとさえ錯覚している。もっと周りに、眼を移せ。広い外の世界を見ろ。短気を起こすな。多くの人の意見や考えに、耳を傾けろ。謙虚さを持て。その無意味な自己防衛の殻から、抜け出す勇気を持て。でないと……」

口籠《くちごも》った。この気の遠くなる三十余年と、こうしている今でさえも、処刑の恐怖に怯《おび》え続けている自身を思い、横尾の鼻の奥がツンと痛くなった。

「でないと、こうなる」

横尾は、彼自身を軽蔑《けいべつ》するように、薄く笑った。

松木は、真顔のままだった。

「横尾友也さんは、今、お幾つですか」

「はい、その、正直、判りません。忘れました。年齢のことなど、今の私にはどうでもいいことなので」

「今のあなたの年齢は、五十一歳です」

「そうですか」

「仮に、ですが……五十一歳の横尾友也さんが、十六歳の頃のあなた自身に会えたとするなら、今のことを、つまり、たった今あなたが発したあなたの心からの叫びを、信念を以《もっ》て伝えることが出来ると思いますか」

その唐突な問い掛けに、横尾は、改めて松木の顔をまじまじと見詰めた。何を言っているのかを理解しようと努めたが、意味がどうもよく判らない。

「しっかりと伝えられますか。その覚悟はありますか」

松木の顔は、真剣だった。

「そうですね、いえ……はい。会えたとするなら」

松木と見合っていた横尾も、誠実に答えた。

例の如《ごと》く、松木が同僚二人と小さく言葉を交わした。

いよいよか……横尾は、自らの人生の底の浅さを噛《か》み締めた。

人生は、つまりは本人の心掛け一つで実はどうにでもなるものであって、そしてその全部が、本人へと直接跳ね返ってくる。折角この世に産まれ落ちたのだから、もっとマシな生き方があった筈《はず》だった。あの青かった時代、外道《げどう》の畜生に成り果てるか、人として恥じない人間らしい道を歩むか、踏み止《とど》まるべき場所が必ずあったに違いないのだ。人生の岐路、別れ道となるポイントが。なのに、それすら気付かず、誰にも教えられず、今はこのザマだ。

だが、一旦《いったん》起こってしまったことは、二度と元には戻せない。やり直しは叶《かな》わない。どんなに後悔しようとも、その過去を消去するのは、絶対に不可能なのだから。人生に、リセットは利《き》かない。

「横尾友也さん」

横尾は、顔を伏せた。ぐっと唇を噛んだ。平和な一般人には無縁の、グレーの着衣と青いビニールサンダルが眼に入った。拘置所内での死刑囚は、私服の着用が許されている。が、横尾は、敢《あ》えてこうした囚人らしい姿に拘《こだわ》った。その全てが、小刻みに揺れ始めている。両手でがっしりと膝《ひざ》を摑《つか》んでも、振動は収まらない。言ってみれば、これが自分の死に装束みたいなものだ。

そうだ、死にゆく今の私の持ち物は、これが全てだ。囚人服もどきと安っぽいサンダル。これしかなくて、結局は、私の人生そのものを象徴している。人はやはり、生きてきたようにしか死ねないのだろう。もしそうなら、如何《いか》にも相応《ふさわ》しい。

「ここからが本題です。これからお話しする内容を、よくお聞き下さい。そして、どうするかの最終的な選択権は、全てあなたにあります」

執行の宣告ではなかった。止めていた息が、横尾の口から細く長く吐き出された。が、膝の揺れは続いている。間をおいて、横尾は訝《いぶか》し気に顔を上げ、しかし気を抜くことなく松木を見た。

松木は、両手の指を組むと、それを顎《あご》の先に当てた。彼の眼には、横尾を射抜く鋭さがあった。

「ご存知の通り、我が国では刑法の整備を段階的に進め、無期刑の上の特別無期刑――これは三十年以上の服役を経ないと仮釈放にならないというものですが、それを設け、更に終身刑を設け、また国際的な情勢もあって、世論の反応を推し量りながら、今から十七年前に、実質的に死刑制度を廃止するに至りました」

話を、松木の右側に座っている男が引き継いだ。

「ところが、そこで必然的な問題が生じた。それは、あなた方のような死刑確定囚の存在だ。死刑は既に、決定済みの事項だ。が、現在の法体制においては、死刑制度は廃止されている。つまり、あなた方に対する処置が、宙に浮く格好になってしまった訳だ」

処置という言葉が、やけに冷たく横尾の耳奥に響いた。自分が、人間ではなく、それ以下の存在として見られているのだということを、今更ながらに意識させられた。

「あなたも知っていると思うが、現行の法規に則して、死刑判決そのものを撤回させようなどという世論もあった。が、一度下った判決は覆《くつがえ》らない。冤罪《えんざい》と認められる明らかな証拠でも新たに出てこない限り、再審は不可能だ」

次に、松木の左にいる男が話し始めた。

「しかも、社会の実情は、人口は減少しているのに、低年齢者に高年齢者、外国人なども含め凶悪犯罪は増える一方だ。長い期間を費やして、特別無期刑と終身刑が、無期刑と死刑の間を埋める形で設定されたのだが、全体の平均服役期間は延び、今や全国の刑務所や拘置所は定員オーバーで、収容率は百五十パーセントに迫る。こうしている現在も、数字は増加し続けている。尋常な状態じゃないんだ」

「勘違いして欲しくないのですが、私達は、決して死刑制度復活推進論者ではないということです。仮に死刑制度が残り続けたからといって、それが犯罪の抑止になったかどうかは判りませんし……まあ、この辺りの話は、散々議論し尽くされているところではあるのですが」

松木が言った。右の男が続けた。

「死刑執行の数など、法改正が進んでいたその影響もあったのだろうが、多くの年でゼロか、あっても数件だった。全く、歴代の大臣にも——」

松木の手が、右の男の顔の前に差し出され、その口から非難めいた言葉が飛び出すのを制した。二人の眼が合い、一応右の男が謝罪らしき一礼を松木に返した。が、その顔付きには、不服そうな色が明確に残されていた。感情を押し殺すように、男が続けた。

「もし制度が残っていたところで、莫大《ばくだい》な収容人数に比べれば、焼け石に水。飽和状態の収容率には、全く影響しない。刑を重くして、一度にバッサリやるなら別だが」

冷め切った口調で、数字上の話をするこの男にとっては、犯罪者の生命の重さなどゼロなのだろう。横尾は、自分の罪と立場をよそに、男の言葉の裏側に、犯罪者など片っ端から切って捨てて構わないというような傲慢《ごうまん》さを感じ取っていた。

松木が、またもや遮《さえぎ》るように口を挟んだ。

「ここまでは、前段階です。背景として知っておいて頂きたかったので、敢えてお話ししました。よろしいですか」

「……はい」と、横尾は頷《うなず》いた。

「そこで、政府は、刑務所や拘置所に収容された犯罪者達そのものを減じる方法を模索しました。その中でも、特に減らすべきは、急激に増加した凶悪事件の犯罪者達です。終身刑や長期刑の彼らの存在が、収容率をアップさせ、財政の逼迫《ひっぱく》と環境の劣悪化をもたらしていることは、明白なのですから」

理屈は判る。が、だからどうだというのだ。犯罪を犯してしまった者は、どんなに反省し後悔しようと、もうどうしようもない。減らすべきは、これから将来に起こるであろう犯罪だろう。自分とは無関係だ。横尾は、松木の意図を計りかねていた。

「結果として、私達は、まず着手しなくてはならないのは、死刑制度廃止以前に死刑が確定している囚人達であると結論付けました。それは、先程お伝えした通り、横尾さんのような人達の対応に、国家が苦慮しているということが最大の理由です。そして、その中でも特に優先すべきなのは、犯罪の規模が大きかったもの、被害者の数が多かったもの、社会的影響が強く残ったものとされました。そこには当然、ご遺族の感情も要素の一つとして含まれております」

ここまで喋《しゃべ》って、松木が、横尾の気持ちを探るように見た。横尾は、一応軽く頷き、話の中身は了解しているということを示した。

「続けます。では、実際の方法としてどうするのか。――私達は、時空移動システムの開発に、ようやく成功しました。簡単に申し上げれば、タイム・トラベルです」

横尾の頭は、真っ白になった。何だそれは。からかってるのか。荒唐無稽《こうとうむけい》もいいところだ。自分には、子供染《じ》みたSFの世界だけの話でしかない。長い間、外界から隔離されていたとはいえ、信じるには余りに稚拙な作り話だろう。

しかし、松木は、表情を変えずに語り続けた。

「誤解のないように断言しておきますが、これは決して心理テストの類《たぐい》ではありません」

そんなことを考え始めていたところに釘《くぎ》を刺され、横尾は、疑念を消せないながらも「はい」と答えた。

「今回、東京拘置所から、わざわざ特務拘置所まで来てもらったのは、政府からの最終通告をお伝えするためです」

横尾は、松木が使った特務拘置所という言葉を改めて思った。よくよく考えてみれば、聞いたことのない名称だ。確か最初に、場所は教えられないと言った。世間に公《おおやけ》になっていない拘置所だということなのか。

松木の指が、映像ペーパーの画面に触れた。

「別級番号九十七番、横尾友也。犯罪発生以前の当人に対面しその犯罪抑止に努めるか、確定処置の執行を受諾するか、選択せよ」

機械的な高低のない調子で、松木が告げた。

横尾は、答える術《すべ》がない。

「つまり、時空移動によって、今から三十五年前の十六歳のあなた自身に会い、説得し、自分の犯罪の実行を食い止めるか、もしくはその権利を放棄し……死刑の執行を受け入れるか、これら二者のうちどちらかを選択せよ、ということです」

三十五年前？　十六歳の自分？　突飛すぎて、どう返答したらいいものか、頭が廻らない。だが、何《いず》れにしろ、つまりは、そのタイム・トラベルとやらを拒絶すれば、自分は死刑になるということらしい。二者選択などと言っているが、これは選択の余地などない、有無を言わせぬ強制と同じだ。横尾の中に、得体の知れない不気味さがじわじわと湧《わ》き起こってきた。

「どうしますか」

「………」

「時間がありません。今ご返答下さい」

「あの」

「はい」

「その、時空の移動、ですか。それを断った場合は」

「ここ特務拘置所の刑場は、ちょうどこの下にあります」

何とも素っ気ない、が、意味深長な言葉が返ってきた。

横尾は、足元を見た。この足の下には、自分にとっての文字通りの地獄が、今や遅しと口を開け広げて待ち構えていることになる。裏話を聞かされた横尾は、最後の抵抗を試みた。

「あの、死刑制度そのものが廃止された訳ですよね。でしたら、先程言われた通り、幾ら死刑確定囚でも、その、一方的に——」

「表向きは、です」

松木が、金属のようにのっぺりとした口調で答えた。

「横尾さん。制度がどう改正されようとも、あなたが死刑囚であることに何ら変わりはないんですよ。お忘れにならないように。言ってみれば、あなたのような方々に、最後の機会を差し上げている、そう当方では解釈しているんですが」

もはや、悩むまでもなかった。あらゆる可能性が、それがどんな手段であろうとも、死刑よりは遥《はる》かにいいと思われた。告げられた話を信じる信じないの前に、横尾は答えていた。

「判《わか》りました」

「はっきりと、あなたの言葉で示して下さい。どちらを選択なさいますか。前者ですか、後者ですか」

「前者、です」

「つまり、時空移動により、犯罪発生以前の横尾さん当人に対面し、その犯罪抑止に努める——こちらを選択するということで、よろしいですか」

「はい」

「返答を確認しました」

松木が、画面を指先でタッチし、同僚達や東京拘置所の所長もそれを了承したことを、口頭で確かめた。

一息吐いてから、松木は、重々しい声で告げた。

「この機会は、死刑囚も含めた重罪囚人の誰にでも与えられるものではありません。まず、数度の更生プログラムを問題なく修了し、その結果もＸＸが必須となります。これは、愛情と誠意と熱意と勇気と冷静さと、また同時に倫理感と論理性と知識教養を伴って、過去の自分に対面し説得を試みる、それに堪《こた》えられるだけの該当者でなければ、単に事態を混乱させるだけに終わってしまう危険があるからです。もちろん、年齢等からくる体力や健康面も考慮されます。選抜された全《すべ》ての候補者に対して、心身共に、慎重かつ徹底的な検査がなされました。言わば横尾さんは、そうした経緯を経て認められた一人な訳です。選抜規定は、幾重にも準備され、厳しいものとなっていました」

　ここにきて、やっと横尾は、彼の思考範囲を大幅に逸脱していたこの話に、足を踏み入れた。信じ難いが、もう、単に嘘《うそ》とも切り捨てられない怖さがあった。

「言うまでもなく、これまでの内容とこれから申し上げる話は、一言一句、他言無用の機密扱いです」

　唇の動きと共に、松木の指先が、映像ペーパー上をあちらこちらへと滑った。そのたびに、ピッという電子音がした。

「より具体的なことを。あなたに与えられる期間は、現地時間、つまり過去における時間で、到着してからきっかり三日間のみです。これは、過去に長きにわたって滞在することによる弊害、つまり、そこから先の世界への影響を出来るだけ回避するための、制限時間だとお考え下さい。なお、時空移動システムは、三日間、即《すなわ》ち七十二時間を経過しますと、自動的に現代へと移行してしまいます。絶対に遅れないように、充分注意して下さい」

「あの、もし遅れたら」

　横尾が尋ねた。

「十七番」

松木の声で、横尾の斜め後方から、コツコツ響く足音が近付いてきた。そして、そのまま、横長の机の端に直立し、横尾の方に向き直った。地味な濃紺のスーツを着込んだ、中肉中背の男が、こちらを見ている。見た目は、まだ三十歳前後といった感じで、しかし顔付きには、感情の欠片《かけら》も現れていなかった。

「こちらの時空監視官十七番が、出発から帰還まで、常にあなたに付き従います。あなたを手助けし、さまざまな角度からのアドバイスもしますが、若い時のあなたを直接説得するのは、飽くまでもあなた自身です。彼は、そのことに関しては、一切ノータッチですので」

横尾は、番号で呼ばれたその男をもう一度見やった。眼が合った時、軽く会釈《えしやく》をされたが、それ切りで、あとは人形を相手にしているみたいだった。

「あなたの犯罪、あなたに関わるあらゆる情報は、彼が所持しております。事件からは相当の期間が経過していますから、記憶の中で、僅《わず》かでも曖昧《あいまい》、不鮮明な部分がありましたら、遠慮なく何でも彼にお尋ねになって下さい」

一旦《いったん》言葉を切って、松木が、唾液《だえき》を飲み込んだ。

「遅れたら、というご質問でしたが、その前にまず、この十七番は、武器の携帯を許可されております。彼の指示に従わない場合、或《ある》いは、彼に危険を及ぼすような行為に走った場合、即座にあなたを射殺するよう指導されております」

横尾の震えが再開した。

「……射殺」

横尾は、十七番を見た。死刑の執行人が、影のように常に彼の後を尾《つ》いて回るということだ。男は、相変わらず無表情だった。

「そして、これが最も可能性が高いと思われますが、物理的に、タイム・リミットまでに、時空移動システムに戻れなくなった場合です」

思わせ振りな沈黙があった。

「あなたの体内には、時空移動システムとリンクしたカプセルチップが埋め込まれています」

松木の右手の人差し指と親指が、二センチメートル程の幅を作った。

「大きさは、この位です。その実働期間は三日間。今は休眠していますが、あなたの身体がシステムから離れると同時に起動し、三日間、七十二時間を過ぎると自動的に炸裂《さくれつ》します」

炸裂の言葉の箇所で、松木の右手が、小さく爆発を表現した。

「カプセルの中身には、圧縮凝固された強力な酸の一種、まあ種明かしをしてしまうと、人工的に生成された新種の細菌なのですが、それが内蔵されていて、炸裂と同時に血管に入り込み、膨張しつつあっという間に全身に拡散します。高速で末端の毛細血管にまで到達し、あなたの肉体を、爪《つめ》の先から髪の毛まで溶解し液化させるのに、そうですね、一分もあれば充分でしょう。最後にはあなたは、この世から蒸発し、完全に消えてなくなります」

横尾の中で、どろどろになった人間のパーツが、熟しきって地面に落ちた果物のように砕け、鮮やかに四方へと散り散りになった。ころころ地面を転がって、最後にごろりと自分の足元へと止まった頭部は、紛れもなく己れの苦悶《くもん》の顔だった。肌が溶け焦《こ》げ、眼球が垂れ落ちる。異変は止まらない。ぶすぶすと音を立て煙を発し、異臭すら臭《にお》ってくるようで、それが何ともリアルで、想像を振り払いたくなった横尾は、ぎゅっと眼を瞑《つむ》った。

そんなものを、いつの間に自分の体内に——疑問が浮くのと並行して、横尾は、あることを思い出していた。特殊ゴーグルを装着させられて、車に乗ったのは、何となく判っている。だが、ここへ到着するまでのその間の感覚が、どうにも朧気《おぼろげ》だった。眠ったかどうかも判然としない。そのカプセルか何かを、もし埋め込まれたとするなら、移動中の時間が最も怪しかった。

「動き始めたタイムコードの進行を、再び停止させるには……時空移動システムは、帰還準備のために、タイム・リミット五分前に自動的に活動を再開するんですが、そこから帰還までの五分の間にシステム内に乗り込んでいることが条件です。以上のことを、しっかりと心に留めておいて下さい」

淡々と、松木は語り続けている。

「何をおいても、絶対に守って頂きたいのが、説得の成功失敗に拘《かかわ》らず、とにかくタイム・リミットまでに時空移動システムまで帰って来るということなんです。どんな理由であろうと、その時代にとって異物であるあなたを、そのまま過去に残すことは許されませんので」

眼を開けた横尾が、縋《すが》るような嗄《しわが》れ声を上げた。

「もし、ですが、もし、説得に失敗してしまったら、私はどうしたらいいんでしょうか。私は、どうなるんでしょう」

「その場合には、一連の流れの帰結として、政府からの最終通告にあった二者択一のうちの残る後者、即ち確定処置の執行が、自動的に決定事項となります。残念ですが」

詰まるところ、死刑、か。ということは、過去への移動は、絶対に失敗の許されない決死の旅ということになる。今度は、失敗イコール死が、横尾の思考の中で巨大化していった。これは、結局は形を変えた死刑執行予告ということではないか。いや、まだ最後のチャンスを与えて貰《もら》っただけ、幸せということか。

不意に、松木の語調が、角の取れた言い方に変わった。

「しかし忘れて頂きたくないのは、説得が成功したのか失敗したのか、その真の結果は、こちらに帰還するまで、実のところあなたにも判らない、ということです」

松木は、指での最後の一押しを終えると、映像ペーパーをハンディPCに引き戻した。そして、背筋を伸ばして、横尾を見た。

「よろしいですか。仮に、過去での滞在中、説得が上手《うま》くいかなかった、思ったように運ばなかった、状況が芳《かんば》しくなかった……そう感じられたとしても、あなたがその場を去った後、過去の若いあなたは、ふとしたことで思い直すかもしれません。ちょっとした切っ掛けで、気が変わることもあり得ます。可能性は、ゼロじゃない」

松木の瞳《ひとみ》に、熱が入ってきた。仕事ゆえか本人の気質ゆえか、だがその熱心さは、横尾の不安定な心情を強く摑《つか》んだ。

「誰かが昔言ったように、全てはその後の歴史が証明するんです」

自分の運命を、若い自分に託す。横尾は、若い頃の自分が、ふっと遠い存在になるのを覚えた。十六歳の自分は疑いなく自分であったのだが、今から思い返すと、あの自分は自分であって自分にあらず、という思いも込み上げてくる。他に信じられるものがない横尾にとっては、信じられるものは自分しかいない訳で、そういう点では、これ以上信頼出来る相手は、他にいる筈《はず》がない。だが、この説明不能の心細さは何だろう。

とにかく横尾は、相手にするのが自分であるなら、これだけ信頼に足る人物はいないが、裏返せば、これだけ手強《てごわ》くなりそうな人物もいないだろうと感じていた。

松木は、横尾の様子を眺めながら熱く語った。

「全ては、あなたの言葉に掛かっているんです。あなたの言葉が、熱意が、厳しさが、思いやりが、真剣さが、若い頃のあなたの心にどれだけ届くか、残るか、そういうことなんです。それが、若き自分を犯罪者にしない唯一《ゆいいつ》の手立てです。そうすれば、現代に戻って来た時、犯罪を犯していなかったあなたは自由の身ですし、被害者もゼロで、彼らにはその後の人生が与えられます。悲しみ涙し、あなたにずっと怒りと恨みを抱き続けてきたご遺族の存在も、消えてなくなるんです。事件そのものが、なかったことになるのですから」

具体的な指摘をされて、横尾の心理に変化が生じた。これは、人生のリセットだ。

そのスイッチが眼の前にある。このまま手を拱《こまね》いているだけなら、どう転ぼうが光明のない闇《やみ》の中だ。全てを賭《か》けて挑む価値はあるし、それより他に道もない。

「あなたがするべきことは、若いあなたに直接会い、誠心誠意説得に当たり、そしてそのことのみに全力を注ぐ、それだけです。そして、精一杯の人生の対話を終えたら、その時は、自信を持ってこの十七番と一緒に、この時代に帰って来て下さい。自暴自棄になるという愚かな行為だけは、厳に慎むように。ご自分を信じ、最善を尽くし、そして約束通りに現代に生還する。それが、あなたが引き受けた使命の全てです」

横尾は、熱に浮かされたようになった。頰を紅潮させて尋ねる。

「でも、その、説得が成功したかどうかの判断というのは、誰がどうやってするんですか」

「こちらを出発する前までのあなたに関する全てのデータは、十七番が保持していきす。説得が成功すれば、現代に帰還した際に、あなたの氏名も事件も、何もかもが現代のリスト上から消失しているでしょう。事件が起こっていないことになれば、その存在を私達が知ることもない訳ですが、あなたと十七番が過去へと移行した事由は、十七番が保持していたデータから認知出来ます。引き替えに、事件を起こしていなかった時の、あなたのあらゆるデータをお渡し致します。すぐにその生活に溶け込めるように。今や、全国民の全データは、名寄せネットで一括管理されていますから、いつどこであなたが誰と何をどのようにしたのか、細かく導き出せますので、その後の生活には何の支障も不安もありません。何より、あなたが誰かになりすます訳ではありませんしね。あなたは、あなたなんですから」

松木が、やや前のめりになって、声を潜めた。

「横尾さんの年齢からいって、犯罪を起こしていなければ、もしかしたら結婚しているかもしれないし、もしかしたらお子様がいらっしゃるかもしれないし、場合によっては、お孫さんもいらっしゃるかもしれませんね。五十一歳なのですから」

とろんとした眼で、横尾は松木を見ていた。いや、正確には、その違う可能性の自分を夢想していた。

自分が結婚し、子供が出来、孫も居る……。そんな自分の姿があり得たかもしれないことが、信じられなかった。過去、考えたこともなかった。あんなことをしなければ、と悔いたことは数え切れない。でも、考えたところでどうしようもないという思いが、別の生き方を頭に思い描くことを拒否していたのかもしれなかった。

「一方で、説得が不調であったとしても、若干でも犯罪の性質が変わって、罪状が軽くなっているかもしれません。実際にあなたが犯していたのは、死刑判決が下る重罪だったんです。それに比べれば、それだけでもあなたにとっては、過去の自分に会いに行った甲斐《かい》があったというものだと思いますが。如何《いかが》でしょうか」

横尾からの反応を待つように、松木が黙り込んだ。ややあって、横尾は、松木を真っすぐに見詰めた。

「そう、ですね……そうかもしれない。仰《おっしゃ》る通りだと思います」

横尾の返事に、松木が笑んだ。

「あの、一つだけお聞かせ下さい」

今度は、横尾が身を乗り出すようにして質問した。

「何でしょうか」

「私以外に、この申し出を受け入れた人は、いるんでしょうか」

「おります」

すぐに、松木が答えた。

「どの位の数の人が」

「それは、申し上げられません」

「では、説得に成功した人は」

「申し上げられません」

横尾は、肩を落とした。完全なる闇の中ということだ。尤《もっと》も、死刑そのものにしても、ずっと非公開と言っていいようなものだったのだから、それも当たり前のことか。

松木と他の二人が、居ずまいを正した。松木が言った。

「あなたとの再会を、楽しみにしております。願わくば、私達があなたのことを知らない状態で、再会が果たされることを」

第1章 出 立

私は、罪人だ。凶悪な犯罪者で、殺人者だった。

人の皮を被《かぶ》った、抑制の利《き》かない猛獣だった。

人を人とも思わず、次々とその生命を強引に奪った。それに対して、何をどう言い訳しようと、言い訳にはならないことも、己れと向き合った長年の反省と教育のお陰で判《わか》っている。

最初は、十六歳だった。

私は、私の家族を手に掛けた。同居していた父方の祖父と祖母、父親と母親、そして兄と姉。ちなみに、兄と姉は二卵性の双子で、見た目も性格も、ちょっとした仕草も口の利き方も、男と女という点を除けば、気味の悪い程にそっくりだった。

合計で六人。世間によくある、傍目にはごく一般的な家庭。それを、一晩で、だった。

そんなに、難しくはなかった。部屋は、祖父母、両親、兄、姉で分かれていて、入り口は、それなりに厚さのあるドアだった。音の心配を余りせずに、計画通りに、自室に近い所から順番に一部屋ずつ片付けていけばよかったのだから。しかも愚かなことに、そのドアは、一つ残らず鍵《かぎ》なしだった。分譲住宅を購入する際、それが、あの家を選んだポイントだったようで、いつぞや父親が、家庭内の風通しがどうとか話していたのを、聞いたことがあった。つまり、あの人の方針だった訳である。

季節は秋だった、と思う。正確にはいつだったか、よくは覚えていない。警察や弁護士、裁判所でも、日付けを嫌という位聞かされていたに違いないのに、全く記憶にない。ただ、やや肌寒くはあったし、指紋のことや、万が一にも自分の身だけは守ろうという意識も働いたのか、あの時、革の手袋と厚手の革のコートを身に着けていたのは確かだ。

そう、その前に、同じ日の夜にキッチンに行って、錠剤を砕いて顆粒《かりゅう》状にした睡眠薬を、冷蔵庫の中の口の開いた紙パックやペットボトルの飲み物に、こっそり分けて入れておいた。家族の連中の体内に入るのか何の保証もなかったが、風呂上がりにでも飲んでくれれば儲《もう》けものだった。その後の仕事が、スムースになる。

どの位の分量でどの位の効果が現れるのかは、正直、正確には判らなかった。野良猫で実験らしき真似事《まねごと》をして、効き目を確かめてもいたのだが。いざ睡眠薬を飲み物に注ぎ入れるに及んで、無我夢中で焦《あせ》ってもいたから、量の多い少ないや、全ての飲み物に満遍なく渡ったかどうか、その辺りは適当だったと思う。

睡眠薬は、仕事のストレスか何か知らないが、かなり前に母親が服用していたのを、こっそりくすねていたものだった。薬を飲まなきゃやってられない仕事に、何の意味があるのだろうと、よく思ったものだった。

結局、薬の効果があるのかどうかより、自分にとっては気休めにも近く、あくまで念のためだったから、そんなに当てにしていたということはなかった。一人でも効いてくれたら、少しは楽になるかなと考えたに過ぎない。

みんな寝ていたのは、各部屋の各自のベッドだった。だから、私としては、中腰で全体重を使えた訳だ。順番からいうと、部屋に二人いた場合は、初めに抵抗が少ないと予想される女性の方を先に選んだ。

部屋に忍び込んだらまず、眼を馴《な》らし、懐中電灯を天井などに反射させて微小な光量を確保する。

各ベッドごとに回って、布団をそっと剝《は》ぎ、自分の大きめの枕《まくら》で相手の口を塞《ふさ》ぎ、あとは一気に心臓を細身の鋭利なナイフで二、三度深々と突き刺し、そのままのし掛かるようにして両手で枕を押さえ付ける。

表に突き出て残った刃の一部と柄《え》が、薄明かりの中で、激しく上下しているシルエットが見えた。

枕の下で藻掻《もが》く両手が、激しく俺の手やら腕に爪《つめ》を立てたが、手袋とコートが、俺の皮膚に傷を与えるのを防いだ。

何人かは、思ったような激しい抵抗もなく、呆気《あつけ》なく次々と息絶えていった。後から思い返してみると、もしかしたら、やっぱり薬の効用もあったのかもしれない。

最もてこずったのは、意外なことに祖父だった。老人の方が楽だと予想していた自分が、甘かった。事実、祖父は、順序からすると姉、兄、祖母の次だったのだが、ここで相当の体力を消耗させられる羽目になったんだ。

枕の下からの反抗が失《う》せた時、俺の呼吸は、短距離を全力疾走した時のような激しさに満ちていた。背中にひんやりとした妙な汗の感触があり、滴《しずく》が額から顎先《あごさき》に筋を引いた。回復を待って両親の寝室に行くには、十分以上の休憩を要した。

家族への思い入れなんか、爪の先程もなかった。俺は、流れ作業的に次々と対処し、頭数が減っていくに従い、心の霧が晴れていくのを喜んでた。俺の足首にしつっこくまつわり付き、ひたすら重荷であり続けた鎖を、一本一本この手で断ち切ってやったんだ。

全《すべ》ての工程を終えたのは、小一時間後だった。

バスルームに行き、血脂《ちあぶら》の膜でてらてら光るナイフを洗った。手袋とコートは、シャワーで返り血を軽く洗い流し、きつく絞ったタオルで何度もよく拭《ふ》き取った。タオルは、畳み返すたびに徐々に赤く染まって、そのうち血を拭き取れてるんだかいないんだか判んなくなった。

密閉感の高い室内に、布と革が擦《こす》れる音だけが、湿り気を含んで規則的に響いた。

俺は、黙々と手を動かしながら、半ば放心していた。興奮で上がり切っていた血液が、時と共に下降し、現実が目前に立ったんだ。とうとう決行しちゃった。やっちまった。どうしよう。考えたところで、もうどうにもなんないことは自分でもよく判ってたのに、そうやってくよくよする弱気な俺もいた。

手を休めた。たちまち、深夜の静寂が顔を出した。こんな時間にこんなことをしてんのは、世界中で自分しかいないだろう、そんなことを考えたりした。床タイルの目地が、暖色系の明かりのせいか赤みがあった。血のせいだったのかもしんないけど。

また手を動かし始めた。そうしてると、頭の中でばらばらになってた複数の感情や考えが、自ずから纏《まとま》ろうとして一ヶ所に集まってきた。

やっと、だ。やっとこれで、全部のしがらみが切れたんだ。俺は、自由だ。自由になった。自由なんだ。誰からも、何も言われない。お節介な忠告も注文も説教も文句も、聞こえようがない。この家には、俺しかいないんだから。大手を振って堂々と、好きなだけ家の中を闊歩《かっぽ》出来る。行動や叫びを妨げるものなんか、もう何もない。家全体が、俺の居場所になったんだから。

俺は、洗面所にあった乾いたタオルで、最後の仕上げに丁寧にコートを拭いてから、身にまとった。

人の気配は、すっかり家から消えてた。音も何も聞こえない。俺は、自室のステオで音楽を掛けた。女性の声優が歌うアニメ映画の主題歌だった。部屋を出た。

廊下を歩き、各部屋を覗《のぞ》いて、家族達の亡骸《なきがら》を、今度はしっかり電気を点《つ》けて、一人ひとり確かめながら見て回った。息が残ってちゃまずいんで。部屋を出る前に全員の布団を掛け直しておいたから、明るい室内の奴《やつ》らは、みんなただ寝ているようにしか見えない。が、当たり前だけど、胸の辺りの布団に呼吸の動きはない。鼻に指先を近付けても、息の流れはない。

奇妙だったんだけど、苦痛を顔に張り付けている奴は、誰もいなかった。本当に、平穏に眠っている、そういう表情だった。明るい下で眺めると、それが忌《い》ま忌ましくなった。

こういう突発的なやり方じゃなく、もっと時間を掛けて脅したりなぶったりすりゃよかったか。少しだけ悔いた。でも、人数が多かったから仕方なかった。俺は、考え直した。やっぱ、これしかなかったし、このやり口がベストだったって。

階下の両親が眠っている端の部屋にも、例の主題歌の甲高い歌声は細く届いていた。なるほど、夜だと、あの程度のボリュームのレベルでも、ここまで聴こえてたのか。ドアの外で、兄や姉や、父や母が、口を酸《す》っぱくして音を小さくしろと言っていた理由だけは、その時、納得出来た気はしたのだった。

だが、連中の口は、二度と動かない。全員が無口で、俺に無条件で従っているも同然だった。俺こそが絶対の存在で、その前での沈黙は承諾であり、服従と同等だった。注意をしたり、文句や嫌味を言ったり、馬鹿にしたりする奴は、もういない。この俺の手で削除されたのだ。実質、この家の主人は、今や俺だった。

俺は、遠慮なく悠然と家中を漁《あさ》り、わざと乱雑に散らかして、有金全部と、キャッシュカードに通帳に印鑑を手に入れた。熱湯を沸かし、一人切りで食卓を占領してカップラーメンとカップ焼きそばを食べ、腹ごしらえをした。

独り占めの壁掛けテレビでは、まだメジャー前の若手お笑い芸人達が、一人の巨乳アイドルタレントの携帯ナンバーを巡って、騒がしくゲームに挑戦していた。そのアイドルタレントは、巨乳がウリの事務所に所属していて、俺も写真集やDVDを買っていたし、握手会やサイン会にも何回か出掛けていて、好きは好きだったんだけど、そん時は、その子を画面で見ても、別に何とも思わなかった。彼女を見上げる気持ちがなくなり、逆に見下ろしていたのかもしれない。何しろ俺は、この手で敵対分子を全て抹殺《まっさつ》し、その家の主《あるじ》に納まったばっかだったんだから。

芸人達の、無駄で無意味で無芸な馬鹿騒ぎは、閉口だった。こうしてテレビに出られるだけでもいい方なんだろうが、でもそう遠くない日に、この連中の九割近くが違う仕事の道を選ぶんだろう。

俺の眼に、ガラスの向こうで、他とは違うんだとの気取り顔で、すまして並んでいるウィスキーやブランデーが映った。俺は、今日まで封も切らずに、ご大層に飾られていたそいつらを全て開け、片っ端から一口ずつ飲んだ。一口ずつしか、飲んでやらなかった。旨《うま》いとは思わなかった。余った全部は、豪快にどぼどぼとシンクに流し捨てた。

自室に戻り、何を持っていくかを考えた。コレクションは多く、限界もある。特に貴重なお宝の直筆サインもの、自分で撮影した写真のCD数枚、ノートパソコンと関連備品、MDウォークマンとMD数枚、デジカメとそれ用の新品CDをバッグに詰めた。少ないながら、豪華版の漫画本に分散して挟んでおいた数万円は、自前の財布に入れた。そうだ、ナイフも小さなタオルに包んで、バッグの底に入れたんだった。凶器は置いていけない。どんなにきれいに血を流しても、ルミノール反応でその痕跡《こんせき》が判ってしまうって、何かで読んだことがあったから。言っとくが、俺は優秀じゃないかもしれないけど、決して馬鹿じゃない。

それから、俺の部屋も、他の部屋と大差ない程度に散らかした。もう一度言うけど、俺は馬鹿じゃないんだ。

死体が発見されんのに、何日かかるだろうか。家族達の無断欠勤や無断欠席が二日や三日連続すれば、誰かが連絡を取ろうとはするだろう。気になって訪れるかもしれない。時間的にはもう今日が始まっているから、最短で、明日中と考えるのが適当だろう。

警察が動き出したとする。

真っ先に自分に嫌疑が掛かるだろうか。可能性は大だ。だが、家族全員が殺害され、自分一人が行方不明となれば、連れ去られたと考えることも出来るし、少しは時間稼ぎも可能かもしれない。

第一、十六のガキが、家族六人を一晩のうちに一人の力で殺したと判断し得る根拠が、どこにあるだろう。室内には、荒らされ物色された跡もあるんだ。

いや、待て。睡眠薬の問題があったか。死体の胃袋から睡眠薬が検出されれば、警察も、家中の飲み物を調べるだろう。冷蔵庫の中も。そうしたら、内部の犯行と断定され、嫌疑は俺に掛かる。

何《いず》れにしろ、重要な容疑者ということで、手配され、行方を追われんだろうなとは思った。

俺は、考えるのを止《や》め、無駄かもしれないけど、ちょっとは時間稼ぎの意味もあったし、薬混入の疑いのある冷蔵庫の飲み物全部の中身を捨て、空になったそれらをコンビニのビニール袋に詰めて固く縛った。どこか途中で、ごみ箱にでも投げればいいんだ。

一通りの外出準備を終えて手袋をすると、家中の電気を消し、音楽もテレビもオフにした。ベースボールキャップを被り、玄関の施錠を確かめ、庭に面したガラス窓の鍵の一つを開けて、そこから庭を通って表に抜けた。

人気《ひとけ》がないのを確認し、バッグを肩に通りに立って家を眺めた。虫の鳴き声がした。まだ暗い中、街灯の光に浮かんだ家屋は、実情を知っている俺には、幽霊屋敷そのものだった。初めて、寒気が走った。

急に、ベッドの上で息もせず、赤い身体で横たわっている家族達の姿が眼に浮かんだ。俺は、走ってその場を去った。

朝になる前に離れなくちゃ、と、自らに言い聞かせて。

そのまま俺は、まず渋谷に出た。ここなら、目立たずに済む。遠くへ行くという手もあったが、それで交通費を使い、一気に所持金を減らすのが怖かった。それに、都会であれば、まだ身を隠す方法が幾つもあるのではとも考えていたから。何といったって、都心に近い方が人の数が多いし。食べ物も豊富で、安いものだって地方よりは入手が簡単だろう。ホームレスの多さが、それらを証明している。ああは、なりたくはなかったけど。

生命の安全としては、どちらがいいのか、答えは出ていた。

で——俺の犯行は、何と三日間バレなかった。こいつは、ちょっと驚きだった。

家族六人は、人付き合いに積極的ではなかったか、或いは、他人に心配してもらう程には、好かれていなかったってことだろうか。地位やら学歴やら、周囲から与えられたそんな仮面は、こういう状況では無意味になってしまうんだろう。

一番年少の、連中に言わせれば一番未熟で劣っている家族の一員に、その生命を剝《は》ぎ取られ、しかも、社会人としての自分達の存在意義を声高に俺に述べていた、その社会から三日間にわたって無視されたんだ。

惨《みじ》めで哀れな最期《さいご》に、俺は、初めて家族に対して同情の念を抱いたよ。抱いてやった。愚かだと決め付けていたこの俺に同情されるなんて、奴らにすれば、こんな屈辱はないから。

拾った新聞や、電機量販店のテレビのニュースから仕入れた情報では、俺自身は、マスコミ報道上は重要参考人という立場になっていた。まあ、真実は最も怪しい容疑者ってことだろう。センセーショナルな、一家六人惨殺《ざんさつ》事件とかいうタイトルも見た。

近所の人、誰なんだか俺は判《わか》んなかったけど、そのおばさんやおっさんが、顔面モザイクに声を変えて出ていた。親切で、とても仲のいいご家族に見えた――みんながみんな、口を揃《そろ》えてそんなことを言っていたと思う。でも、俺のことはそんなに知らないってことも。そりゃそうだ。俺だって、あの人らのことは全然知らないんだから。

動機？　俺に動機があるって、誰が判る。家族だって、俺が何を考えてたか判りっこないのに、近所に住む誰だろうが、俺と接点すらない赤の他人に、何が判るっていうんだ。

俺の氏名と顔写真は、どこのメディアにも出なかった。俺が、未成年であるってことを、考慮したんだろう。単なる行方不明だったら、捜索のための公開捜査にしてもいいのに、そうしないのは、俺が犯人であるという方向に、警察が大きく傾いていることを示していた。それは、俺にとってはヤバいサインではあったけど、世間に名前や顔が伏せられたままっていうのは、ラッキーだった。

やがて、俺の資金は底を突いた。

俺は、忍耐強い方じゃない。かといって、社会からドロップアウトしたっていう意識もない。

まだ、ごみ箱とかに手を突っ込む気にはなれなかったし、なるつもりもなかった。絶対嫌だった。

お金なんか、そこら辺に幾らでも転がってる。その金ってのは、人のポケットに入ってはいるが。そいつらを、拾い集めるだけのことだ。

はっきり言うと、何か表現しようのない自信のようなものが、俺の中に満ちていて、自分の決断した物事に対して何も怖くなかったし、その信念の下では何でも出来そうな気もしていた。あれだけのことをやってのけた俺は、低級じゃないんだから。

だから、俺は、目的の相手とその人物の予想所持金額と入手の困難さなんかをひっくるめて判断して、そこで選び抜いた相手を——。


またもや、いきなり特殊ゴーグルが外された。

回想を切断された横尾の耳に、物凄《ものすご》い轟音《ごうおん》が届いた。眼や耳が利《き》かなくとも、身体に伝わる微妙な浮遊感から、あの部屋から連れ出された後に何か乗り物に乗せられたのだという思いはあったが、実際に今、横尾は空中にいた。視力が戻るのは、今回は早かった。窓の外は真っ暗だ。

不意に、ヘリコプター独特のローター音が、静かになった。ひゅんひゅんというプロペラが空気を裂く細く小さい悲鳴だけが、規則正しく響いてくる。

「サイレントモードへの切り替え完了……了解しました。高度を維持します」

前の席から、パイロットの声がした。横尾が横を見ると、外した特殊ゴーグルを手にした十七番と眼が合った。

「お疲れ様でした」

十七番が言った。だが、全然心は入っていないし、だから本心から労《いたわ》っているとも思えぬ物の言い方だ。しかも、感情の読めない顔付きは、部屋で見た時と同じだった。

「改めまして、ご挨拶《あいさつ》を。私は、横尾さん直属担当として、政府より同行を命ぜられました。今後は、あなたの行動全《すべ》てに付き添わせて頂きます。よろしくお願い致します」

必要以上の丁重さで、十七番が頭を下げた。

横尾も、慌《あわ》てて一礼する。

「目的地が近付きました」

言われて、横尾は窓から地上を見た。星粒を撒《ま》き散らしたような街の夜景が、どこまでも拡《ひろ》がっている。

横尾は、その次の説明を待って十七番を見詰めた。だが彼は、横顔を見せたまま動かない。しかたなく、また下方を見下ろした。光の点を敷き詰めた情景だけが流れ、それが際限なく続いた。

と、その先に、ぽっかりと口を開けたブラックホールまがいの闇《やみ》が接近してきた。そこだけ、生活者の存在の証《あかし》である光源が全くなく、しかもそれが恐ろしく広大な印象を受ける。

「ご覧下さい」

十七番が指差したのは、まさしくその場所だった。点々と光を纏《まと》った絨毯《じゅうたん》の、そこだけが大きくざっくりと周囲から切り取られ、抜け落ちている。周りの明かりの量からすれば、明らかに街であろう一帯の中に存在する、正体不明の暗黒の世界。

「あれは、仁徳天皇陵です」

「仁徳、天皇陵」

「外部向けの一般的名称は、大山古墳《だいせん》。大阪府堺市にある、世界最大級の前方後円墳の墓です。時空移動システムは、あの中にあります。知っているのは、限られた人間だけです」

横尾は、暗くて詳細の判らない地上に眼を細めた。

「横尾さんと過去に戻った時、この仁徳天皇陵からスタートし、三日後に再び、この地に必ず戻って来なくてはなりません。全ては、あそこから始まります」

横尾は、十七番の短い説明の中、応分の領域から足を踏み出そうとしている自分を感じ始めていた。知ってしまうということだけで身に危険が及ぶ、そんな世界もあるということを、犯罪者仲間との雑談の中で聞いたことがあった。耳にするだけでヤバい——まさにこれには、そんな匂《にお》いがする。だが、一度知ってしまったら、もう引き返せない。横尾は、背骨の芯《しん》から悪寒《おかん》で凍える感覚に襲われていた。

ヘリコプターは、僅《わず》かに傾きながら緩やかにカーブした。街の方面に進行方向を変え、やがて正面に、ビルの屋上にあるヘリポートが現れた。パイロットの交信する声があり、機体は安定を保ったまま慎重に着地した。衝撃は、殆《ほとん》どなかった。十七番に促され、ドアを開いて横尾が飛び降りた。サンダルが脱げそうになる。音はさほど気にならないが、風が凄《すさ》まじい。

ヘリコプターは、横尾と十七番を降ろすや、すぐに飛び去った。屋上の二人は、男女十人程に出迎えられ、静かな仰々しさに包まれた。そこそこ高さのあるビルは、建って間がない雰囲気があって、建物内には、あの新築特有のペンキの香りがまだ残っていた。横尾は、物も言わず十七番の後方を歩いた。そして、両者の周囲を囲むように男女がいた。廊下には人の姿がなく、自分らの足音の他に何も聞こえない。

小さなホールに到着し、横尾と十七番の二人のみがエレベーターに乗り込んだ。気付くと、エレベーター内には、十五階と地下三階の二つの押しボタンしかない。今さっきいたのは、十五階だったことが判った。どうやらこれは、直通の特別なものらしい。

地下三階は通路が複雑で、どこをどう通ったのか横尾には認識出来なかった。動く歩道もあったが、ただ遅れまいと、十七番の背中を追った。ゲートのようなものを二ヶ所通り抜けたが、そこで何かチェックされている様子があったのは、横尾も感じ取っていた。

そして二人は、ある個室に入った。

横尾は、朝食以来の食事をしていた。漆塗りというのか、いやに高級感漂う大きめの箱に入った弁当で、蓋《ふた》を開けると、区切られたスペースに見たこともない中身が居座っている。味は確かに好いのだが、一品ごとの料理がいちいち気取っていて、こんな澄まし顔の食事は未経験だった。臆《おく》した訳でもないのだが、箸《はし》も鈍りがちだった。それでも、隔離場所で何十年も口にしていたものとは段違いの美味だった。

相応の広さがある室内は、テーブルとレザー張りのソファが一つ置かれているだけの、殺風景なものであった。ドア脇《わき》には、制服を着た人間が一人、見張りのように立っている。横尾は、虚空《こくう》を睨《にら》んでいる彼の眼を気にしながら、隣に並んで座り同じ食事を口に運んでいる十七番に、思い切って話し掛けてみた。

「あの」

「はい」

口を動かしたまま、十七番が答えた。

「あの、まだお名前を聞いていなかったので。教えてもらえませんか」

「そんなこと、気にする必要はありません」

「でも、その、それじゃ、あなたのことを何て呼べば」

十七番の箸が、ジューシーな肉を口中に放り入れた。咀嚼《そしやく》しながら、横尾を見もせず言った。

「十七番で、結構です」

「いや、でも、幾ら何でも番号ってことは」

「それがここの決まりなんです。番号で呼ぶというのが」

「……そうですか」

「ご遠慮なさらずに。どうぞ、そのまま十七番とお呼び下さい」

「判りました」

「他には何か」

「え」

「何か疑問や不安な点がおありでしたら、出来るだけ今のうちにご質問なさって下さい。過去に戻ってからは、確実に時間との勝負になるでしょう。そうした余裕もなくなります」

　横尾は、手にしていた箸を置いた。

「十七番、さんは、例のあのシステムで」

「時空移動システムです」

「はい。その時空移動システムで、以前にタイム・トラベルをした経験というのはあるんですか」

「それはお答え出来ません」

　取りつく島もなく、十七番が返答した。具体性のある問い掛けに答えてもらえないのは、判っていたことだった。全体像が、秘密主義に彩《いろど》られた国策のようなものなのだから。

「いえ、すいません。ちょっと不安だったので。これまで聞かされてきたことが、あれもこれも現実とは思えなくて。言ってみれば、今日一日で次から次へと身に降り掛かったことが全部……私は、初心者でしかないものですから」

　下手な言い訳めいた言葉が、口から出た。十七番は、無言でご飯を頬張った。横尾は、間を埋めるように、焦点の甘い質問に切り替えた。

「その、時空移動システムには、ある程度の回数の成功実績はあるんですよね」

十七番が、お茶を口に含んで、口の中の物を胃へと流し込んだ。一つ小さな溜息《ためいき》が、彼から洩《も》れた。身動《みじろ》ぎもせず、テーブルのある一点に眼を凝らしていたが、すっと横尾の方を向き、静かに話し出した。

「私は、初心者ではありません。システムの成功実績も、ありますよ。時空移動そのものが不成功に終わったことは、今のところありません。どうかご安心下さい。何《いず》れも、はっきりとした回数を示すことは出来かねますが」

しっかりした口調で言い終わると、十七番は、何もなかったように食事を再開した。明言されたことで、横尾の中で、恐怖の種の一つが溶け消えた。拘束された犯罪者が、多方面での人体実験の対象にしばしばなるという噂《うわさ》は、長い囚《とら》われ生活の中で彼の耳にも時折入ってきていた。大昔の戦時中じゃあるまいし、と信じてはいなかったのだが、裏で何が行われているかなど知り得る手段もない。蓄積された噂には、いわく言い難い真実味が内包される場合があって、そのことが突然思い出されたのだった。

横尾は、世間話の調子で尋ねた。

「私みたいな犯罪者は、そうした、何と言うんですか、国家からの指示があって、事件発生を未然に防ぐために、当然過去に行くんでしょうが、そうではなくて、それとは別のケースで、未来に行くってことはあるんでしょうか。誰か実際に、未来に行った人というのは、いるんですか」

「それは、おりません」

「いないんですか」

「はい」

十七番は、残っていた中身をゆっくりと平らげ、箸を箱の中に置くと、静かに弁当の蓋を閉じた。そして、見張り役の若い男に右手を上げた。指示を受けた彼が、足を突っ張らせて三歩近付くと踵《かかと》を合わせ、横尾に対して、はきはきとした声で言った。

「規則とかそういったことではなく、時空移動システムで未来に行くことは不可能なんです」

横尾は、突然話に入ってきた彼を驚いて見やり、次いで十七番を見た。十七番は、直立している彼を腕組みして見詰めている。男の役割を察した横尾が、前を向いたまま眼を外そうとしない彼に尋ねた。

「ですが、時空移動システムというのは、つまりタイム・マシンのことですよね」

「厳密にいえば、そういうことです」

「それなのに、過去には行けても、未来には行けないんですか」

ここで漸《ようや》く、彼が横尾の方に眼をやった。

「ごく単純にお考え下さい。現在は、つまりたった今なわけですから、今まさに眼の前にあります。その存在を、私もあなたも認識出来ます。では、過去はどうでしょうか。私もあなたも、過去があったことは知っていますし、歴史が過去の積み重ねであることからも、過去が過去として存在していたことは確実で、疑いの余地はありません。むしろ、文字や絵画や物品や写真や映像や音声や、或いは人間の記憶など、過去の存在を証明する要素は多岐にわたり、錯覚や誤解や勘違いなどがあったにしても、過去が存在していないと考える方が困難です」

「はあ、なるほど」

「では、未来はどうか。現在に視点を置いて考えてみれば、未来は全く判《わか》りません。未来に何がどうなるのか予想は出来ますが、それはあくまでも現在に根差した見通しであって、現在という域を飛び出してはいないのです。つまり、今、この現在という時間を生きている私達にとっては、一秒先も一分先も一時間先も、それが十年先だろうと百年先だろうと、未来は等しく存在していないということです。それらは、現在になって初めて、存在を認識出来ることになります」

横尾は、頷《うなず》くしかなかった。彼にしてみれば、専門的な知識も知恵もないから、言葉の表面を受け取ったに過ぎないのかもしれないが、この人物の言っていることは、理屈としては理解出来るものだった。

——未来は、現在からすれば存在しない。存在しない時空なら、現代の科学を以てしても、そこへの移動など出来る筈《はず》がない。

説明を終えた彼が、十七番を見た。十七番は、小さく頷いてみせただけだった。見張り役の男は、敬礼を返すと、安堵《あんど》の表情で元の場所に戻った。

「あの」

横尾は、駄目で元々と、ずっと気に掛かっていたもう一つのことも十七番に囁《ささや》いた。

「私の体内にあるというカプセルチップ、ですか。それはその、身体《からだ》のどこに——」

「それは、お教え出来ません」

「そうですか。そうですよね、それは」

ソファの己れの身体を眺めながら、横尾が呟《つぶや》いた。ぼんやりと推理するに、全身を均等に溶解させるために埋め込まれているなら、身体の中心である胃の辺りや背骨近く、それとも命を奪うことを前提とするなら、首付近とか頭部内などの可能性が高い。

「もし、タイム・リミットをオーバーして、カプセルチップが割れたら——」

横尾は、喉《のど》を鳴らし、一度強く瞼《まぶた》を閉じた。眼の前に幻影として浮き出してくる死のイメージを、懸命に追い払う。そして、大きく眼を見開くと十七番の横顔を見た。

「私は、死ぬということですよね。でも、その時は、あなたもシステムに間に合わなかったということを意味しませんか」

「仰《おっしゃ》る通りです」

「あなたは、どうなるんですか」

「私の体内の何処《どこ》かにも、あなたと全く同じ機能をインプットされたカプセルチップが埋められています。私は、あなたと同様の運命を辿《たど》るんです。運命共同体です」

そう話す十七番の顔からは、深刻さの微塵《みじん》も見受けられない。数秒言葉を切ってから、十七番が横尾の方を向いた。

「私も、過去の時代には、横尾さんと同じく、本来居てはならない存在なのです。タイム・リミットまでに時空移動システムに戻れなければ、私も抹消されます」

ここで、十七番の表情に小さな変化が見られた。緊張の現れか、右眼だけが僅かに細くなったのだ。

「それが、私の使命であり、宿命です」

静かな、しかし厳格さに満ちた語調だった。身を捧《ささ》げることに、迷いも遅疑《ちぎ》もない。

横尾は、気圧《けお》されていた。言葉や顔に新たな追加も何もないままに、十七番が眼を逸《そ》らした。

長い沈黙が続いた。

そしてその後暫《しば》らく、横尾から話し掛けることはなかった。

横尾は、十七番の人生を思った。彼の今までの言動からは、単に体育会系な部分だけではない、どこか知的な匂《にお》いもした。政府関係の職場に勤めている以上は、それなりの学歴はあるのだろう。将来を嘱望されてもいたかもしれない。それが、トップシークレットの国家事業に携わっているとはいえ、不確定要素の多く残された危険極まりない特殊任務に配属され、死刑囚のお守りを任され、名を名乗ることも許されない。エリートコースではあるのだろうが、我が身を置き換えてみれば、仮に自由の身であったとしても、時空監視官という彼の役目は自分にはとてもじゃないが勤まらないと、本気で横尾は思った。

どの位の時間が経《た》っただろうか、ノックの音の後にドアが開いて、ものも言わずに二人の男が入ってきた。両人共に紺色系のスーツ姿で、一人は、身長が二メートル近くはあろうかという細身の大男だ。鉛筆体型のその人物と別の一人との身長差は、三十センチはあるだろう。絵に描いたような凸凹コンビだった。

二人は、十七番に軽く会釈《えしやく》した。十七番は、頷き返すと立ち上がった。思わず、横尾も腰を浮かせた。

「そのままで」

十七番に言われ、横尾は再びソファに座った。

背の高い男が、テーブルの上に大きなスーツケースを載せた。蓋が開かれると、中には均等に畳まれた衣服が入っている。男は、てきぱきとそれらをテーブル上に広げて並べ出した。

「私物返却の申請はなし……でしたね」

男に問われ、横尾は「はい」と答えた。

ずんぐりとした背の低い方の男は、右手を差し出して力強く十七番と握手をした。次いで、左手に提げていた黒色のアタッシュケースを、彼に手渡した。

十七番は、やはりケースをテーブルに置き、両手の親指を持ち手近くの小さなメタルボードに押し付けた。指紋の照合がなされたのか、かちりとロックが解除された。景気よくばちんと音を鳴らして金具フックを外すと、蓋を上げる。横尾が、こっそり覗《のぞ》き見た。まず眼に入ったのは、厚さ七、八センチはあろうかというファイルが一冊と、筒状のハンディPCが一本だった。

十七番が、中から黒革張りの財布を取出し、切れるような新札を手にした。枚数を確かめ、一枚一枚テーブルに重ねていく。ずんぐり男が、くぐもった声で言った。

「当時の金で、十五万円ある。長くても二泊三日だ。交通費、宿泊費、食費など、物価水準を考慮しても、二人ならそれだけあれば充分だろう」

「判った」

数え終えた十七番は、丁寧に札の耳を揃《そろ》えると、十五万円を財布に戻した。横尾は、その一万円札に覚えがあった。事件当時は、新しい紙幣への切り替えが進んでいたのだが、福沢諭吉の肖像だけは不変だった。

「足のサイズは、二十六センチですね」

横から呼ばれ、横尾は声の方を見た。大きな男が、革靴を手にしている。

「はい」

「じゃ、着替えて下さい」

「え」

十七番が、横尾に言った。

「二〇〇五年の服装です」

長年着慣れた服と履物を、横尾は見た。そうだった。自分は、死刑囚だったのだ。テーブルには、十七番と似通った色合いの濃紺のスーツと、青を基調にしたネクタイと、黒の靴下、下着まで用意されている。

「あの、ここでですか」

「そうです。今ここで、です」

そう大きな男が喋《しゃべ》る向こうで、十七番は、ファイルの中身とハンディPCの機能をチェックしている。

「時間がありません。急ぐように。脱いだものはこの中へ」

大きな男から、横尾に布袋が渡された。威圧的に見下ろされ、横尾はその場で着衣に手を掛けた。見られたくないとかどうとかという羞恥《しゅうち》の感情は、長期にわたる免疫《めんえき》と麻痺《まひ》の染《し》み付きのために、とうにどこかへ葬《ほうむ》られたと思っていたのに、まだそういう部分がしぶとく生き残っていたことが、自分でも驚きだった。

横尾は、ワイシャツもスーツもネクタイも、身に着けたのは初めてだった。ネクタイを手に困っていると、大きな男が手助けしてくれた。身体に似合わない、器用な手先だった。

着替えを終え、凸凹コンビが消えると、同じようなスーツを着た横尾と十七番は、ソファに腰を降ろした。とっくにいい歳《とし》なのに、急に大人になったような奇妙な感覚。ワイシャツの首元が息苦しく、何度も人差し指を入れて、衿《えり》を落ち着かせようとした。

本当に出発の時間が近いのだと、横尾は実感し始めた。このまま黙っているとどうにかなってしまいそうで、静寂を破った。

「一つ、訊《き》いてもいいですか」

「何でしょう」

「今日、私以外に、タイム・トラベルをする人はいるんですか」

「お答え出来ません」

変わらないセリフが繰り返された。だが、今度の返答は、限りなくNOに近いのではないかと、横尾は直感した。

もし、こうして過去に戻るという自分と同じ状況に置かれた何者かがいるとするなら、その人物は犯罪者ということになる。そのような他者との交わりは、よからぬ余計な影響や情報を相互に与え合う危険があるだろう。顔を見るだけでも、その記憶が未来にどんな事態を引き起こす原因となるか判らない。完全に接触を禁じるのが賢明であるのは、横尾でも理解し得ることだった。

いきなりドアが開いた。今度は、やけに背丈の低い小柄な男が入ってきた。他の連中とは違う、誰が見ても如何《いか》にも上の立場という独特の制服を着ている。年は、四十歳前後といったところか。百六十七センチの横尾の視線より、彼の眼は下にあった。が、眼付きは鋭く冷たさもあり、その威圧感ある貫禄《かんろく》は、只者ではない空気を発散していた。

素早く直立した十七番が、背筋を伸ばして深々と頭を下げた。大股《おおまた》で歩み寄った制服の男は、横尾だけをじろじろ見ながら言った。

「準備室へ移動させろ」

「は」

十七番が即答した。促されて、横尾は、十七番と共に部屋の外に出た。廊下は、静まり返っていた。身体に張り付くようなスーツと革靴に、不慣れな横尾は窮屈さを感じた。二人が歩き出し、後ろでドアが閉じられる音がした、その時だった。

長い廊下の突き当たり付近から、ばたばた走る複数の足音がしたかと思うと、怒号が響いた。横尾は、立ち竦《すく》んだ。

見知らぬスーツの男が、奥の角を曲って飛び出て来ると、つんのめるようにして二人の方に走り出した。直後に同様に横から登場した三人の男が、そのスーツを追って来る。

「待て！」

急速にこちらに迫ってくるスーツの男に、十七番の腕が動き、ネクタイと上着の裾《すそ》が踊るのが、横尾の眼の端に見えた。

鈍い電子音が、廊下中に轟《とどろ》いた。

スーツの男は、一瞬全身を青白く発光させたかと思うと足から崩れ落ち、勢いで床を二、三度転がって止まった。激しく身体を痙攣《けいれん》させ、深く呻《うめ》いた後、ぴくりとも動かなくなった。横尾と十七番から五メートル程向こうに、白髪混じりの頭が床の上に見える。

追ってきた三人も、ぜいぜいと荒い呼吸のままで、呆然《ぼうぜん》と突っ立ったままだった。

横尾は、十七番を見た。十七番の右手は、左脇《ひだりわき》に差し入れられた状態のままで固定されている。十七番が、スローモーションのように後ろを振り返った。動きに合わせて、横尾も後方に首を廻した。

制服の男が、メタリック色の銃を、鮮やかな手捌《てさば》きでまさに仕舞う瞬間だった。彼は、十七番を見て、横尾を見た。

「彼の手を、煩《わずら》わせるなよ。いいな」

低い声で横尾に言いながら、押し退《の》けるようにして二人の間を抜け、廊下に倒れている男の前に進んだ。

「しっかりせんか！」

凛《りん》とした叫びに、棒立ちだった前方の三人が、慌《あわ》てて駆け寄って来た。

「申し訳ありませんでした！」

一人が平身低頭し、残りの二人が倒れていた男を運んだ。がくんと首が揺れ、表を向いたその顔付きは、何本もの深い皺《しわ》が刻まれ、相応の年齢であることを窺《うかが》わせた。垣間見た横尾には、彼自身の顔とダブって見えた。

「何事だ」

「は。それが」

二人は、歩きながら会話を続けた。

「早く言え」

「ですが、ここでは」

「構わん」

「よろしいのですか」

制服の男が、振り向いてぎろりと横尾を睨《ね》め付けた。

「いい見せしめになる」

ただ凍り付いていた横尾は、向けられた尖《とが》った視線に、心臓を圧搾《あっさく》された心地になった。

時間にして一瞬だった。鋭利で凄烈《せいれつ》な一瞥《いちべつ》を残し、制服の男は、その一人を横に伴って歩みを再開した。

「奴の担当は、十二番だったな。失敗だったのか」

「いえ。説得は成功しました。該当犯罪の記録は、現在は存在していませんから、事件は未然に防がれたものと解釈していいと思われます。ですが、新しい履歴との照合で、別の犯罪を犯していることが判明しまして」

「ふん」

「説明をしたところ、急にあのように」

「失態だな」

「は。申し訳ありません」

「で、十一番の方は」

「それが」

「何だ、はっきり言え」

角を曲り、二人の姿は消えた。反響のいい廊下の壁に、声だけが響き渡っている。

「十二番と同じく、説得には成功した模様です。該当犯罪の記録は、存在していませんでした。ですが、現代に帰還した瞬間に、神隠しにでもあったように、突然消えてしまいまして」

「どういうことだ、それは」

「当初は判《わか》らなかったのです。過去において、制限時間内にシステムに一緒に戻ったことは、時空監視官も証言していましたし。そこで、個人履歴を詳細に調べたところ、該当犯罪は犯さずに済んだのですが、やはりその後に別の、より凶悪な犯罪を犯していたがために、既に死刑になっていたことが判明しました。現在に帰ってからの突然の消失は、その辺りに原因があると考えられます。より詳しい調査結果は、追ってご報告申し上げます」

「死刑……ったく、悪人はどこまでいっても結局——」

とうとう声は聞こえなくなった。

聞くともなく聞いてしまっていた横尾は、何か言葉が欲しくて十七番を見た。

「こちらへ」

十七番は、あの二人の会話の中身には触れることなく、ぽつりと言って先を歩き出した。

「今の、あの人は」

横尾が尋ねても、十七番からの回答はなかった。それだけで、横尾は、無言の裏にある意味を彼なりに理解していた。

幾度も廊下の角を折れ、やがて二人は、やや開けたスペースに出た。エレベーターらしきドアが二つ見える。昇り専用なのか、上向きの矢印が表記されたドアの前に彼らは立った。十七番がボタンを押すと、間髪入れずにドアが開いた。

乗り込んで、自動的にドアが閉まると、こうした密室ではかつて経験したことのない表現しがたい圧迫感が、横尾の全身を襲った。強いて言うなら、上下する筈《はず》のエレベーターが、前方に向かって直進している、そんな体感だった。

「これを」

室内部に備え付けられていた特殊ゴーグルを、十七番が手に取った。見間違えようもない、例のゴーグルだ。本当に出発は近いんだ、横尾はそう思った。

ゴーグルに眼と耳を制限される前に、咄嗟《とっさ》に横尾は訊いていた。

「システムは、見せてもらえないんですか」

「はい」

「システムって、二人用ですか」

言い終わる頃には、横尾は闇の中にいた。

第2章　けじめ

ゴーグルの解除が許された時には、あれから一時間は経《た》っていたように思われた。

薄明かりの中で、横尾は、躍起になって眼を細め視力を取り戻そうと試みた。

ライトの細い光が、急に横尾の方に振られた。視界が一気に真っ白になった。

「大丈夫ですか。どこか具合の悪いところはありますか」

落ち着き払った十七番の声だった。

「いえ」

一声だけ発して、横尾は大きく息を吐いた。乗り物酔いもどきのむかつきの余韻が、いまだにある。口中に残っていた酸《す》っぱい唾液《だえき》を、無理に飲み下した。

あの時――全身をプレス機に掛けられたような瞬時の重圧感に、ぎゅっと息が止まり、直後に一遍に解き放たれて浮き上がる無重力感覚の中、細胞は一つ残らず弛緩《しかん》していた……。

神経が感じ取った最凶の異変がそれであり、あれこそが、時空移動システム体験時の衝撃だったのだろうと、横尾は思った。

右手で顔を擦《こす》り、喉《のど》を締め付けていたネクタイを少し緩める。

「あの、ここは」

「仁徳天皇陵の内部です。時間は三十五年前、二〇〇五年の九月二十七日、火曜日の――」

暗がりに、ライトブルー色の円形が浮かんだ。

「深夜二時十二分です」

腕時計で時間を確認した十七番が、周囲の様子を光で照らし出した。石を組み上げて作られた、八畳程の広さの部屋だった。中は、がらんとしていて、何もない。十七番は、横尾の特殊ゴーグルを専用ケースに収納すると、それを部屋の片隅に置いた。

どうやら、ここから外に出ている間は、無条件かどうかは不明だが、自分にもこの時代のことを見たり聞いたりする自由はあるらしい――横尾は、胸を撫《な》で下ろした。

「計算からいくと、三日後の午前二時までに、必ずここに戻ってこなくてはいけません。帰還に際しては、幾つかの準備も必要ですから、余裕をみて一時間前の午前一時を、私達の中での一応のタイム・リミットとしましょう。よろしいでしょうか」

「判《わか》りました」

時間を区切られたことで、俄然《がぜん》現実感が横尾を包んだ。

「三日間です。三日後、七十一時間後には、何があっても、絶対にここに戻ります」

「はい」

沈黙が、二人の間に訪れた。命懸けの旅は、もう始まってしまった。賽《さい》は投げられた。二人は、システムから離れてしまっている。あの時に聞かされたカプセルチップは、今の時点で、この身体《からだ》のどこかで眠りから醒《さ》めている筈《はず》なのだ。そして、有無を言わせず、死へのカウントダウンを刻み始めた。横尾を胴震いが襲った。

それにしても、時空移動システムそのものは無論、タイム・トラベルの瞬間を含めた前後の時間も、横尾は知覚することが許されなかった。だから、今が本当に二〇〇五年なのかという当然の疑いは、完全になくなっていた訳ではなかった。

「ちょっとお願い出来ますか」

ライトを横尾に託すや、もう、十七番は行動を始めていた。筒形ハンディPCから映像ペーパーを引き出して固定する。明度の高い画面上には、見取り図のようなものがあり、点が一つ赤く明滅していた。何気なく盗み見た素人《しろうと》の横尾にも、それが自分達の現在位置を示していることを容易に想像させた。

十七番の指が動き、何故《なぜ》か他に緑色の点が二つ画面に現れ、すぐに消えた。赤い点は、変わらずにウィンクし続けている。

横尾は、渡されたマグライトで、もう一度室内をぐるりと照らした。そして、何の部屋だろう、と自問した。

見取り図を、拡大したり縮小したりして素早く展開し、十七番が軽く頷《うなず》いた。映像ペーパーを戻し、ハンディPCをスーツの内ポケットに隠した。

「出発です」

横尾からマグライトを受け取り、アタッシュケースを持ち、大きめのビニールバッグを肩に担《かつ》ぎ上げて、十七番が先頭に立った。

「それは何ですか」

「これですか」

正面を見詰めたまま、バッグを揺すってみせる。

「はい」

「携帯小型ボートです」

「……ボート」

「仁徳天皇陵は、その周囲を三重の濠《ほり》が囲んでいます。二〇〇五年においては、ここから抜け出すにはボートは必需品なんです。ですから、時空移動システムには、携帯ボートが常置されています」

説明をしながらも、十七番はすいすいと歩いていく。それはまるで、既に知った道であるかのようだった。

横尾は、この男がここを歩くのは初めてではないと確信した。やはり、経験者だったのだ。さっき映像ペーパーを眺めていたのは、念のためにルートを再確認していたのだろう。その証拠に、歩き出す前に見取り図を一度見た切りで、以後は迷ったり悩んだりすることなく進んで行く。

少し気に掛かるのは、画面上に一瞬見えた二つの緑色の点だが……。

「行動は迅速かつ慎重に。脱出の途中でここの時代の者に発見されるようなことになれば、このプロジェクトそのものの根幹が揺らぎます。そうなれば、無用な歴史の捻《ねじ》れも生み出しかねない」

言い終えた十七番が、唐突に足を止め、横尾に振り返った。マグライトが、十七番の顔を明るくした。下方からの直線的な光は、彼の顔付きに微妙な影を作り、別人のようだった。彼の眼は、据わっていた。

「もし仮に発見され、捕獲されるような危険性が高いと私が判断した場合、そうなる前に私は、止《や》むを得ず二人の口を塞《ふさ》ぐ手段を取ることになります。二人とは、私達――あなたと私のことです。露呈だけは、何としても避けなくてはならない。よろしいですね」

横尾は、静かな迫力に、一歩下がりながら頷いた。

座席を控えめに伝って来る殆《ほとん》ど感じない程の振動は、適度な心地よさを与えていた。つい今し方まで、リアリティーのないまま、それでも、あの頃の若い自分との再会を想像し、そいつを相手にどこからどういう風に説明したらいいものかと、心を砕いていた。そうなのだ。自分とはいっても、今の横尾にすれば、相手は三十五歳も歳《とし》の離れた若者だ。それも、思考回路の配線が今と全く異なる自分。

仁徳天皇陵から外界に出て、未明の人気《ひとけ》のあまりない街中を歩いている間は、不安を薄めたいからか、横尾の口もやけに軽かったのだが、やがて唇を結んでしまっていた。

重たくなった瞼《まぶた》が、ゆっくりと落ちて来る。それに逆らおうとする意思は、意識下に沈んでは浮かび、また沈むことを周期性を以て反復していた。

　電話帳みたいなファイルがずり落ちそうになって、横尾は反射的に摑《つか》んだ。歳がいもなく涎《よだれ》が唇の端から垂れ、急いで手の甲で拭《ぬぐ》った。激しく両眼を揉《も》み、眼と眼の間を強く摘《つま》んだ。窓外を、屋根瓦《やねがわら》の波が流れていく。その情景を、感慨深げに眺めた。

　塀の外の世界を知らなかった自分にとって、テレビや新聞、雑誌といった限られた媒体からの情報は、断片的にあったものの、この眼で直《じか》に目撃していた人々の様子や景色や街並みなどの記憶は、あの当時のままで止まっていた。

　それ故《ゆえ》に、懐《なつ》かしいという思いはあっても、その懐かしさというのは、現在を知っていて過去を振り返る懐かしさではなく、ただ長い年月を経て過去に再び出会ったという懐かしさでしかない。

　新幹線の窓際《まどぎわ》の席に座っていた横尾は、隣席の十七番を見た。平日の早朝ということもあって、車内には空席もある。十七番は、通路を往来する人影に気を配りつつ、映像ペーパーに見入っていた。そういえば、三十五年前にはこんな近未来的な機器はなかったな、と横尾は思った。

　横尾からの眼線に、十七番が小声で言った。

「自宅の場所は、覚えていますか」

「横浜です」

横尾は、半ば上の空で言い、そして、弱々しく切り出した。

「あの、私は、過去の自分に会って、きちんと説得出来るでしょうか」

「不安ですか」

「正直……不安です」

現実が、横尾の前にそびえ立とうとしていた。それは、難攻不落の絶壁にも思えて、彼の立ち向かおうとする熱意に冷水を浴びせ、萎《な》えさせた。

十七番の指先が、横尾の手にあるファイルをとんとんと叩《たた》いた。

「ファイルを熟読して下さい。何度も繰り返し、です。事件とその周辺の事情と経過を、頭に叩き込んでおくのです。客観性のある表現が、内容に真実味を加え、説得力をもたらします」

「はい……やってみます」

十七番は、刺すような眼になると、一段と声を落とした。

「やってみる、ではなく、やるんです。全身全霊で、徹底的に、命懸けでやるんです」

「はい」

横尾は、十七番の気迫に擦《かす》れ声で答えた。

映像ペーパーを元に戻した十七番が、車内販売のワゴンを呼び止めて、弁当とお茶を二人前購入した。

「どうも」

横尾は、渡された自分の分を受け取って頭を下げた。

そうだ。やるしかないのだ。やって、必ず成功させるしかない。昨日射殺された男性の姿が、眼の奥で蘇《よみがえ》った。年齢は、自分より上だったように見えた。あそこで運び出された死体は、未来の横尾自身の姿でもある。

紐《ひも》を解き蓋《ふた》を取って、十七番が弁当を食べ始めた。横尾も、食欲はさほどなかったが箸《はし》を手にした。

「一つ、注意点をお話ししておきます」十七番が言った。

「はい」

「横尾さんが最初の事件を起こしたのは、十月二十五日——今日からおよそ一ヶ月後です。ですが、若いあなたには、犯行の日時に関して絶対に口外しないで頂きたい」

凄味《すごみ》の混じった声だった。思わず、横尾が見た。

「いつ頃というような大まかな表現も、一切控えて下さい」

「……判りました」

「説得の最終目的は、あなた自身を翻意させることです、永久に。過去に犯罪が行われてしまった日時だけに気を取られ、無事に過ごせればそれでよしとするものではありません」

横尾には、彼の言わんとするところは判っていた。該当犯罪を防げても、その後に別の犯罪に手を染めたのでは意味がないのだ。説得は、若い自分自身の人間性に踏み込むことでもある。

大人になってそれなりの成長を果たした自分が、こうして道を踏み外し惨《みじ》めに落ちぶれた未来の風采《ふうさい》を曝《さら》け出すことで、道標となって正しい方向に導いてやる。こうなってしまった自らの末路だからこその、説得力も信憑性《しんぴょうせい》も出てくる。

横尾は、この時代を生きている若い自分を思った。不思議なことに、現在進行形で、若い横尾友也と歳取った横尾友也が、同じ時間の中にいる。当時の気持ち――若い横尾にとっては今の気持ちだが――に思いを馳《は》せた。が、手に取れるようでいて、するりと抜ける。頻《しき》りに顔を寄せて覗《のぞ》き見ようと試みるが、年月のすりガラスが透明度を下げ、ピンぼけの状態で動かない。

物事には全《すべ》て、原因があって結果がある。犯罪という結果には、動機や環境などの原因が存在する。それらが複雑に入り組み混じり合っているからか、自分のことなのに全体像が不確かだ。

横尾は、限られた短期間の中で、心変わりを引き出さなくてはならなかった。それも、未来永劫《えいごう》続くような心変わりを。

もう、眠くはならなかった。弁当を八割方残し、横尾は、気を入れ替えて厚みのあるファイルを頭から精読した。事件の経過や背景が、幾多の調書や調査、証言などをベースに簡潔に綴《つづ》られている。写真も豊富で、さすがにそのものズバリの現場写真はなかったが、死体搬送後の様子や各々《おのおの》の遺留物まで、事細かに掲載されていた。当時の新聞記事もあった。こうした形で、我が身の犯した犯罪を俯瞰《ふかん》的に知るのは、初めてのことだった。

彼の心情も、書かれた文の端々に吐露されていた。そこには、こんなことを考えていたのか、とか、こんなことを言ったのか、といった、横尾本人も忘れていた言葉が多々あった。

だから、それら全てが当時の本意だったのかどうか、三十五年後の彼には断を下せなかった。横尾は、我ながら、情けなくなっていた。やはり、対象たる相手は、自分であって自分にあらずとの認識が根強い。三十五年の歳月は、それだけの重みも影響もあるのだ。今の彼にしてみれば、若い頃の彼は五里霧中で足掻《あが》いていたのだろうが、それは、この年月を経たからこそ見えてきたことでもある。それを、未熟な若者相手にどう自覚させればいいのか。

　ただ単に、頭ごなしに若い彼を説得出来るとも思ってはいなかった。融通がきかず、一直線な性格で他を振り返らず、周囲の外敵から自分を守ることに神経を擦り減らしていた自分に、どうアプローチするべきなのか。横尾の中で、同じ問いがエンドレスで寄せては返した。

　肝心の動機に関する記述を読むと、幾つかのポイントが列記されている。だが、それらのどれをとっても、一つでは正解にはならないだろう。殺害という行為にまで至った原因は、全ての思いの複合と状況とタイミングだった、そう横尾は考えるだけだった。実際、直接の動機は何だったのかと、仮に今問われたとしても、すぐには答えられない。今でも、だ。

　それとは別に、ファイル中の事件の詳細を次々見直すたびに、横尾には、新たな混乱も生じていた。心の平穏を武骨に踏み荒らされ、高波が立ち、それは、今の彼自身の思考そのものにすら懐疑的にならざるを得ないものだった。

　事件の内容が、細かい点で彼の記憶との一致をみなかったからである。彼の脳に残っていた映像は、ファイルの資料によれば、実際とは違う箇所があった。人の記憶というのは、何と曖昧《あいまい》でいい加減なのだろう。こうなると、今現在の記憶そのものも、不明瞭《ふめいりょう》で灰色に思えてくる。

一例を上げれば、これは横尾も信じられないし信じたくもないのだが、彼の家族の死体は、一人残らず全身に夥《おびただ》しい刺し傷や切傷があって、辺り一面が血の海だったのだそうだ。ある者は、喉元《のどもと》を深く切り裂かれており、また別の者は、右手首をほぼ切断され、辛うじて皮一枚で右腕にくっついていたらしい。

横尾は、吐き気を堪《こら》え、自分の両手を見詰めた。あの時の、ナイフを振るった感触だけははっきりと思い出せる。だが、そこまでのことを、若い自分がやったのか。彼としては、手際よく、どちらかというと冷淡に作業をこなしたつもりであった。それが、客観的記録では、ある種の残虐《ざんぎゃく》さが示されている。感情の爆発と言ってもいい。ファイルが正確なら、警察でも裁判でも、その後も何度となく聞かされていた筈《はず》の無惨《むざん》な話。それを、見事なまでに封印していた自分。というより、今になっても思い出せないのだから、消去してしまっていたといった方が正しいのだろうか。

思い出したくないから忘れたのか、忘れたいものには、本能が己れを守るために永遠の蓋をするのか……。

横尾は、嫌でも認めるしかなかった。若い自分は自分ではなく、ほぼ完璧《かんぺき》に他人だ。他人の殺人を、説得して思い止《とど》まらせる。他と異なるたった一つの利点は、年月が過ぎているということはあっても、肉体や外見は元々同じであるということぐらいか。あとは、周囲の環境や情報を一通り経験している、そうした部分での記憶の共有という無形の財産がある、その程度のものだ。

それ以外に、何を頼りとしたらいいのだろう。

それには、まず説得の前段階として、眼の前にいる自分が本当に未来の本人なのだという現実を、若い彼に認めてもらうことが必要だ。そのためには——。

横尾の中で、相手の堅牢《けんろう》な鎧《よろい》の隙間《すきま》に忍び込む術《すべ》を探る試行錯誤が始まった。

横尾の通っていた弁陵高校は、都内にあった。私立高校のレベルとしては、全国的にも上の下といったところだったが、家族の間では、その程度の高校は問題外で、お話にもならないという空気が蔓延《まんえん》していた。

だったら、いっそのことグレでもして、家を出る位のことをやればよかったのだが、そんな勇気も根性も、横尾は持ち合わせていなかった。彼は、鬱々《うつうつ》としながら、家と高校の往復を日々繰り返していたのだ。

彼の居場所は、何処《どこ》にもなかった。たった一つの彼の城は、自室だったが、そこに居続ける快適さが反対に恐くて、閉じ籠《こ》もってしまったら最後だとも判《わか》っていた。横尾が今思うに、その程度の認識能力は、当時の彼にもあったのだ——。

通りは、時折車が通り過ぎる程度で、むしろ静かな時間の方が長かった。三十数年振りに歩道を進む横尾は、記憶がそのまま両足に染《し》み付いているかの如《ごと》く、無駄なく高校を目指した。通い慣れた通学路が、デジャ・ビュのように眼の前に拡《ひろ》がっている。横断歩道が見えた。確かめるより早く、歩行者用信号の押しボタンを押していた。すぐに信号が変わり、ストライプを渡る。横尾には、青信号を実際に見なくても、その変化のタイミングが判っていた。

歩道を歩いて行くと、右手にコンクリートの壁が見え始めた。その沈んだグレーの色合いと冷たさが拘置所を思い起こさせて、一瞬横尾の足を止めた。が、先の方で壁が切れ、金網になっているのが眼に入ると、横尾の金縛りは解けた。こちらから向こう側が見えるということが、どれ程気持ちの平安をもたらすことだろう。

歩いている間、数人の歩行者が、彼らと擦れ違った。横尾は、一人として相手の眼を見ることが出来なかった。歩くに連れ、右側の金網越しに校庭が見通せるようになったが、横尾は、そちらへの視覚も聴覚《きゅうかく》も嗅覚も、それら全てを意識的に切断した。

前のみを見、ただただ進む。そして、いざ通っていた頃そのままの校門が見えてくるや、予想通りにあの時分の閉塞感《へいそく》が気持ちを覆《おお》って、横尾の胸を締め付けた。心臓が早鐘のように打ち始め、嘔吐感《おうと》が喉へと這《は》い上がってくる。

「横尾さん」

前屈《まえかが》みになって胸に手をやり、ゆっくりと深呼吸をする横尾に、十七番が声を掛けた。横尾は、軽く右手を上げて応《こた》えた。

「ちょっと、急に三十五年前の風景が眼の前に拡がったもので、息苦しくなって。すいません」

正門の真正面に立ち、脂《あぶら》っ気のない、ぱさついた前髪を掻《か》き揚げると、怒りを凝縮した上眼で、高校を見やった。そうでもしなければ、この景色にすら立ち向かえないと踏んだからだった。校庭では、生徒達がサッカーをしている。見覚えのある、緑のあのジャージを着て。あの頃、自分には、誰もボールを廻してくれなかった。体育でも、どこに居たらいいのかと右往左往し、遂《つい》にはフィールドの端に立ち尽くしていたものだった。

教室で居たたまれなくなって、数回早退《はやび》きを装《よそお》って級友の前から逃げたこともあった。彼らは、横尾のことなど歯牙《しが》にも掛けていなかったというのに。今なら、嫌というほど判る。こちらが、周囲に対し、一人で気に病んでいただけのことだ。勘違いから生まれた、微《かす》かな自分なりの精一杯の抵抗。それなのに、本格的に高校の外に逃げる勇気もない。

屋上への出入口は、危険防止のために封鎖されていたので、その手前の踊り場に蹲《うずくま》って、下校時間まで無意味な時間を過ごしたこともあった。何を考えるでもなく、頭の中には、テレビの放送が終わった後の砂嵐らしき映像だけが、サイレントで延々と映し出されていた。

懐《なつ》かしいジャージ姿の高校生達から、叫びや怒鳴りや喜びの歓声が横尾の耳に聞こえて来る。横尾は、当時と同じく、フィールド内の傍観者のような気持ちになって立っていた。

「あなたの母校、弁陵高校」

ぼそりと呟《つぶや》いた十七番の声が、横尾に今を思い出させた。見ると、十七番は、地面に立てたアタッシュケースを両足でしっかり挟み、手元では、ハンディPCの映像ペーパー上に、高校に関する画面を呼び出している。

横尾は、他人のような口振りで言った。

「私は、こんな高校のことなんか何とも思っていません。いい思い出もありませんし、こうして高校の前に立ってみても、何の感慨も湧《わ》いてきませんから。どうでもいいことです」

校舎を、眺め渡した。くすみ掛かったクリームの壁、浮き上がった不健康な血管にも見えてくるヒビ割れの修理跡。色も形も、あの時そのままだ。音も風も匂《にお》いも、何もかもが。でも、ノスタルジックな懐かしさは殆《ほとん》どない。むしろ、悪夢の根源の一つだったのだから。家族からの蔑《べっ》視《し》と、教師や生徒達からの冷遇、そしてそれらを一身に受けた横尾自身の自己嫌《けん》悪《お》。

弁陵は、母校などではない。愛着も好意もない。結局、卒業もしていないし、ただの偶然で、彼の人生に組み込まれたピースの一つというだけのことだ。

しかし、あの頃の現場にいざ直面すると、横尾の気持ちは千々に乱れた。心の時空移動が起こり、全部を飛び越えて、一瞬で当時の内面一色に染まりそうになった。

横尾は、見えない所で闘っていた。この場に居るのは、高校生の時の自分ではない。三十五年後の五十一歳の自分なのだ。途《と》轍《てつ》もない過《あやま》ちを犯したが、それを含めて自身を省みることに努めてきた。ここに立っているのは、それらを克服してきた横尾友也だ。

「大丈夫。私は、大丈夫です」

誰に言うでもなく、自身に確かめるように横尾が呟いた。額に浮いた変な汗を拭《ぬぐ》う。

「大変なのは、ここからですから」

半ば、強がりから出た発言でもあった。が、どういう形にしろ、横尾が初めて自ら前向きの意思表明をしたことに変わりはない。十七番は、横尾が落ち着きを取り戻してから口を開いた。

「ご覧下さい」

彼の差し出す映像ペーパーには、今日付けの二年F組の時間割りがあった。

「どうなさいますか」

十七番が、静かに言った。横尾は、腕時計を見た。あと十分程で昼休みに入る。どうする。十七番に眼をやった。だが、彼は、横尾からの返事を待つ体勢で動かない。

「どうしたらいいでしょう」

追い詰められたように、横尾が尋ねた。

「これは、あなたに課せられた使命です」

十七番は、飽くまで態度を変えない。

受付で、彼を呼び出して貰《もら》うというのは……いや、人の眼がある。駄目だ。直接連絡を取って、出て来るように仕向けるか。でもどうやって。横尾は、恨めしく思い出していた。自分はこの頃、携帯を持っていなかった。持つ必要などなかった。個別に繋《つな》がり合える相手など、いなかったのだ。購入に際し、親に頼みごとをするのも嫌だった。

「あの、クラス名簿とかって、判りますか」

ふと思い付いて、横尾が言った。万が一にも、若い自分への橋渡しを頼めるような同級生が誰かいないか、そう思ったのだ。十七番の指は、横尾の言葉が終わるか終わらない内に、映像ペーパーを滑っていた。忽《たちま》ち、当時のＦ組全生徒の氏名や住所の一覧が、画面に現れる。その鮮やかな手並みに、横尾は思わず感嘆した。

「横尾さんに関わる情報が、ストックされています」

何でもないという口調で、十七番が答えた。

横尾は、名簿の名前を眺めた。が、笑ってしまう位に、何もかもが記憶から消えてしまっている。手掛かりが欲しい。過去を閉じている封印に、ヒビの一つでも起こさせる何か。横尾は、見慣れていた筈のクラスの日常を思い起こそうと努めた。

「右の席には……」

横尾が呟くのと同時に、小さな電子音が聞こえた。十七番の指が画面を弾《はじ》き、横尾がいたクラスの席順が表示された。

横尾は、感心を越えて、恐ろしさすら感じた。一体、これらの情報を、どこからどういうやり方で入手したのか。言ってみれば、取るに足らないある高校の、どうでもいい資料である。こんなものを欲しいと思う人間は、多分いないだろう。教室の生徒だった者であっても、使い道のない内容だ。なのに、指先一つで、いとも容易に画面上に導き出してみせる。横尾は、自分に関する全《すべ》てを把握され、それらが十七番の手の中にあるのではないかと恐れた。

十七番の手が、続けざまに動いた。全体から一部の席が画面に拡大され、横尾を中心に、前後左右斜めの八人の氏名が並んだ。

「どうも」

辛うじて礼の言葉を述べた横尾は、画像に見入った。

この八人の中で、最も親しかった者は……一人もいなかった。と言うより、そこにある名前も、やはりよく覚えていない。クラスメートの印象はほぼ皆無に等しく、それは、彼らからもそのように自分が思われていたことでもあるのだろう。

若い自分とのコンタクトは、今日の授業が全て終わるまで待った方がいいだろうか。それも一つの手だ。だが、与えられた時間が限られていたことが、横尾の尻《しり》を叩《たた》いた。横尾は粘った。一言でもいい。言葉を交わしたことのある奴はいないか。

ぼんやりと、浮上して来たものがあった。前の席に座っていた、背が低いのにやたらと顔のデカい男子だ。前からプリントを廻す時に、何か喋《しゃべ》ったことがあった気がする。名前は……堤貴泰？　こんな名前だったか。横尾は、画面上の名前には全く覚えがなかった。

「こいつは」

何気なく、横尾が、映像ペーパーの『堤貴泰』を触った。ピッと音がした。反射的に手を引っ込める。画面が変わった。横尾の顔色も変わった。

堤貴泰に関する事項が、たちまち並ぶ。住所や生年月日や家族関係や血液型や趣味や……横尾は、目眩《めまい》がした。何なんだ、これは。まさか、F組にいた連中全員について、微細な点まで調べ上げているとでもいうのか。そう思っていた横尾の眼が、ある一ヶ所で留まった。携帯ナンバーが記載されている。

横尾が、十七番を見た。十七番は、全く変化のない顔付きのままで、横尾からの次の言葉を待つように見詰め返した。

「あの、正直あまり覚えてはいないんですが」考えを整理しながら、横尾は、自分の考えを伝えた。「この堤って奴とは、何度か話したことがあると思うんです。ですから、彼の携帯に電話をして、私のことを外に呼び出すのはどうかと」

十七番が、スーツの内ポケットから携帯電話を取り出した。横尾も知っている、二つ折りになる旧タイプだった。

この時代は、子供の遊びみたいに、写真だ音楽だ映像だネットだと、色々な機能をあれもこれもと携帯に付属させていた頃だ。携帯は、電話ではなく、もはやパソコンに近かった。安易な機種交換は無論、もし携帯を落とせば、そこにメモリーされている全ての情報も落とすことになる。それらをキーとし、そこから派生する情報の総量を考えれば、入手した人間次第では、個人のみならず社会に及ぼす影響も小さくない。そうした危機管理に関しては、法律も未熟だったし、人々もまだ疎《うと》かった。やがて、情報は金になると誰もが気付き、携帯の盗難が急角度で増加する時期が到来する。こんな頭でっかちの携帯を持つような人間は、横尾が逮捕されて数年後には、急速に減る筈《はず》だった。新聞や雑誌、テレビなどで既に眼にしていた携帯のその後を思い出しながら、横尾は、十七番の動きを眺めた。十七番は、携帯を開き、電源を入れ、一一七を押して耳に当て、機能していることを確認しつつ、横尾に話し掛けた。

「このますぐに電話をしますか」

「え……」

「どうします」

横尾は、次々と先のステップを眼の前で示していく十七番の的確さに焦《あせ》りながら、必死に頭を回転させた。

「そうですね、どうしたら……例えばその、クラスの、F組の今の状況とかが判ればありがたいんですが」

何とかその場を繋ごうと、横尾が答えた。即座に反応し、十七番は、画面を展開した。横尾には読み取れない速度で流れる文字を、眼球を細かく震わせて黙読していた十七番は、ある部分で止めて言った。

「F組の今の授業は数学ですが、確認した記録によると、どうやら小テストの時間だったようです」

十七番が、腕時計を見て続けた。

「もうテストの終了時間を、約二分過ぎています。昼休みまでは、あと五分弱です」

そして、口を閉じて再び横尾を見た。急《せ》かされる思いの中で、横尾は考えた。時間に追われるような今の状況下で、ましてこんな心理の自分に、冷静な判断を下せるか。決断を後回しにした方が、賢明なようにも感じられる。しかし同時に、そこには逃げにも近い気持ちが同居していることも、横尾は自覚していた。

――どうする。昼休みに入ってしまうと、生徒達が教室の外に出てばらばらになってしまい、却《かえ》って面倒になるだろう。今のような機会が、この先あるか。授業中、ホームルーム、教師の眼、堤と自分の居場所。

「電話してみます」

横尾は言った。限られた時間内で接するチャンスは、そう多くない筈だ。眼前にあるチャンスは、手中にするべきだ。

十七番が、素早くナンバーを押した。本当にいいのか、横尾に念押しすることもなく、あっさりと、である。彼の大胆さに、横尾は舌を巻いた。そして、携帯を渡された横尾は、息を殺して待った。

――はい。

スリーコールの呼び出し音の後に、眠そうな声が、横尾の耳に届いた。途端に、横尾の思考は全部スッ飛んだ。真っ白だ。

――誰。

堤が、不機嫌な声で続けた。横尾は、口を動かすが、ぱくぱくするだけで声が出ない。何度試みても駄目だ。彼は、情けなくなった。携帯を耳から離し、十七番を見やって、泣きそうな顔で首を横に振った。十七番の手が、差し出された。横尾は、素直に携帯を手渡す。

十七番は、携帯を肩と耳で挟み、映像ペーパーを操作しつつ喋り始めた。画面には、堤のデータが並ぶ。

「もしもし、そちらは、堤貴泰君の携帯ですか。……今近くに、横尾友也君はいますか。……結構。代わって頂けますか。……口の利《き》き方に気を付けなさい。代わらなければ、ここ数週間であなたが犯した複数の犯罪について、警察に話すことになりますよ。……連続ひったくりの件ですが。……言い訳は無用です。もう一度だけお尋ねしますよ。時間がありませんので、最後のチャンスです。代わるんですか、代わらないんですか。……お願いします。あ、それから言うまでもありませんが、この電話については、誰にも口外しないように。お判《わか》りですよね。……では、代わって下さい」

感情抜きの言い方で話し終えた十七番は、相手が出る間が暫《しばら》くあって後、無造作に携帯を横尾の方に差し出した。

ただ気抜けたように成り行きを眺めていた横尾は、十七番と眼が合って背筋が伸びた。十七番の眼が煌《きら》めいたように、横尾には思われた。顔の前にある携帯を見詰める。この向こうに、三十五年前の自分がいる。個人対個人の、声だけの細い繋がりだが、初めての接触だ。まず、最初の一言は。何をどう言う。

十七番が、早く手に取れと言わんばかりに、手中の携帯を無言で今一度突き出した。

横尾は、それまで複雑に絡《から》み合っていた数々の思いが全て霧散し、機械仕掛けのようなぎこちなさで携帯を受け取って耳にした。息遣いの後で、向こうの声が言った。

「もしもし」

気弱そうな、若い横尾友也らしき声だった。らしき声だった、というのは、それが聞き覚えのない声だったからだ。携帯を通しているとはいえ、知っている自分の声とは似ても似つかない。それは、幼い頃にテープか何かに声を録音して初めて聞いてみた時の、自己乖離《かいり》に近いあの気持ちの悪さに通じていた。

横尾は、全神経を耳に集めていた。相手からの「もしもし」が、今度は、より怯《おび》えが前に出た調子になった。若々しい友也の声の奥で、騒がしい教室内の様子の中「何なんだよ、一体よお」と堤が不平を言っているのが重なった。

むやみに口の中が乾燥している。舌で唇を湿らせてから、本当に今携帯で対している相手が自分なのか、半信半疑のままで、横尾が語り掛けた。

「……もしもし」

「はい」

「横尾友也、さん、ですか」

自分の名前に自分で『さん』を付けるのもおかしな話だが、あちらの友也は事情を知らないし、こうなった多くの理由や背景がある以前に、二人は初対面である。横尾は、『さん』を付け足して呼び掛けていた。

「はい。そうですけど」

「突然電話して申し訳ありません。実は、ちょっとあなたに、お話ししたいことがありまして」

「あの、誰ですか」

「私ですか。私は」と、言葉が止まった。どう説明するのが最善なのか、何から話したらいいのか、必死に考える。

どうするか。待て。最優先に伝えなければならないことは、一体何だ。そうだ。とにかく会わなくては。ここに呼ばなくては、何も始まらない。まずは、それからだ。

「あの、昼休みの間だけで結構です。取り敢えず、外に来て頂けませんか。時間は取らせません。今、校門の近くにいますので」

「あんた、誰」

友也の声が、刺々《とげとげ》しくなった。

「あの、私は、その――」

パニックになって、頭に血が昇った。声が裏返りそうになる。次に口から出たのは、自分でも間抜けだと思う程に馬鹿正直なセリフだった。

「私は、あなたです。実は、私は……三十五年後の、未来の、五十一歳のあなたで――」

携帯が切れた。氷水を浴びせられたように一気に頭が冷え、身体の強張《こわば》りが抜けた。しくじった、横尾は思った。何て愚かな。言うに事欠いて、いきなりこんなことを口走ってしまうとは。

ぬっと横から手が出て、携帯を横尾から取った。十七番だった。脱け殻状態のまま、横尾は、十七番の横顔を見やった。いつもの顔付きで十七番は携帯を耳にし、会話が終了したことを認めてから、電源を切ってそれを閉じ内ポケットにしまった。

「最初は、誰でもこのようなものです」

相変わらずの乾いた声で、彼が言った。

「そう、ですか」

「先方に、こちらの存在を伝え、印象付ける前振りとしては、まあ充分でしょう」

物言いはよそよそしいが、合格点を貰えたかのような安心感を抱いた横尾は、校庭と校舎を見渡した。チャイムが鳴った。授業の終わりを告げる、あの音だ。ジャージの集団が、だらだらと校舎の方へと歩いていく。生徒達の喋り声が遠ざかって、グラウンドが静かになった。

昼休みだ、そう思っただけで、まだ始まってもいない校内放送の音楽と語りと、教室の騒がしい雰囲気と、弁当や学食のパンやうどんの匂《にお》いが、一まとまりに固まって横尾の心に攻め込んできた。

重苦しい懐古の情を、また受け止め切れない。むせそうになって、呼吸を整えようと、鼻から大きく息を吸った。音と景色と色と匂いのイメージに襲われ、横尾の平衡感覚は支障を来《きた》しそうになっていた。両膝《りょうひざ》を少し曲げることで、何とか崩れ倒れそうになる肉体のバランスを保った。

横に眼を移すと、十七番が、次の指示を待つように横尾をじっと見ている。

「次、どうするか……ですね」

「はい」

次か。横尾は、内心で頭を抱えた。どうしたものだろう。こうなった以上、若い自分と接触を持つには下校時間まで待つ他ないか。当時の自分は帰宅部で、部活にもサークルにも所属はしていなかった。放課後、校内に無意味に残っている理由もないし、いたずらにダラダラしていた記憶もないから、下校時間の推測は簡単だ。

「この後の、今日の私のスケジュールですが——」

またもや、十七番の指先は速かった。映像ペーパーが、当日周辺の日々の横尾の行動を、一覧にして表示する。横尾は、画面に顔を寄せた。

『早退』の二文字の記録がある。同時に、そうした記録がないのに、その日の途中から、例えば午後から授業が欠席扱いになっている日も散見された。

——そうだ。誰も私のことなんか気にしないし、だから、授業をサボるつもりで早退届けを提出したことが何回かあった。その時その時で理由を捏《でっ》ち上げて。面倒な時は、届け出ることすらしなかった。だからと言って、教師から格別何を言われるでもなく、取り立てて厳しい咎《とが》めもなかった。自分で言うのも何だが、クラスでは目立つことはなくても、成績面では常に上位だったし、周囲を煩《わずら》わせる問題児という訳でもなかったからかもしれない。だが、手が掛からないというのは、イコール放置されるってことでもある。

校内放送で、ヴィヴァルディの『四季』が流れ始めた。クラシックの教養がない横尾でも知っている、一番最初の部分だ。『春』というタイトルは、後日、囲われた身となってから知った。

スピーカーから放たれ、広大な無人のグラウンドの上を吹き抜けた音楽は、演奏の具合もテンポも、まさに聞き覚えのあるそれに他ならず、聴覚を震わせて直接彼の脳髄に突き刺さった。懐《なつ》かしさにぶん殴られ、そして我が身を取り戻す。

十七番の口が動いた。

「今日の午後は、二時間続きで美術の授業です。出席されてます」

「どちらかと言えば、美術だけは好きな科目でした」

横尾の言葉に、十七番の指が反応する。

「そのようですね。授業は、全て出席という記録が残っています」

「そうですか。……全部出席」

考え込む静寂があってから、横尾が言い足した。

「いえ、その……クロッキーだったか何だったかは覚えていないんですが、前の週に出された課題を授業開始前に提出しただけで、授業そのものには出なかったことが、二、三度あったかと思うんですが」

「確かですか」

「ええ。はい。そうです」

がちがちに凍結していた彼方《かなた》の追想が、徐々に溶解を始める。横尾は呟《つぶや》いていた。

「そうです。そういう日は、山吹先生は出席を取りませんでした。課題提出が、出席確認の代わりだったんです」

ごく当たり前のように、美術担当の教師の名前を口にしていた。『山吹』と発声するや、その男性教師の顔が思い出され、シャープにピントが合った。今なら、そいつのホクロの位置まで言える。

十七番が、新たな画面に到達した。

「評価一覧表。課題提出日。九月二十七日。なるほど、本日付けで提出されていますね。評価、A。他の評価も、殆《ほとん》どAもしくはAプラスです。才能がおありになるようです」

才能？　この私に？　横尾は、耳を疑った。この世に生を受けてからこの方、そんな賞賛の言葉は聞いたことなどない。自分は、誉《ほ》められることを知らない人間だった。

「本日提出されたのは、人物デッサンのようです。課題は、『家族の肖像』とあります」

横尾は、鈍重な鉄の玉をいきなり投げられ、それを抱えた。思い出した。家族の肖像。あった。そういう課題が。描くのを止《や》めようかと考えた。その時の迷いも、浮き上がってくる。そうだ。最低最悪の課題だった。

あの家族にモデルを頼むなど、口が裂けても嫌だった。死んでもごめんだった。それ以前に、連中を描くことを考えただけで虫酸《むしず》が走った。絵が汚れる。横尾は、もう何年も六人の顔を正面から見ていなかった。もし何かの拍子に眼でも合ったりしたら、この眼が腐る——そこまでも思っていた。

だが、絵を描くことは好きだった。理由なんかない。好きだから好きだった。だから、横尾は描いた。但《ただ》し、朝刊に挟まっていた折り込み広告の中年女性を、である。どうせ家族の顔など、教師は知る由《よし》もないのだから。

横尾の顔に、薄ら笑いが染《し》み出した。何を宣伝していた女性かは忘れたが、どこの誰かも判《わか》らない、適当に選んだ偽善的な商売用の笑顔を描いて、その評価がA、か。そう、確か、誰を描いたかを裏に表記するように言われていて、嘘《うそ》とはいえ『母』と書くのが妙に生々しくて不快で、だから『MOTHER』と鉛筆を走らせた。わざわざアルファベットで。別に、若者特有の気取りやカッコよさからではない。カタカナでも、体温の伝わる皮膚感が残っている気がしたから、避けただけのことだ。

あの頃にラジオで聴いた、『MOTHER』という曲があった。始まりが、籠《こ》もったような淀《よど》んだ鐘の音で、変な印象を与えるものだった。歌の内容は、英語だったから判らない。ただ、最後の方の歌い方は絶叫に近かった。

美術の成績など、深く気にしたこともなかった。受験にしろ教師達にしろ生徒達にしろ保護者達にしろ、重要なのは主要教科だけだった。そうか、AとAプラス。言われてみれば、そうだったかもしれない。してみると、才能らしきものは本当にあったのだろうか。それにしても、それらの絵などは、私が捕まってから、何処《どこ》にいってしまったんだろう。家族は全滅している。離れ小島の私は、死んだも同じだ。やっぱり、学校にとっての忌《い》まわしき遺物は、焼却処分が妥当ということになるか。

横尾は、横道に逸《そ》れようとしている己れに気付き、軌道修正を試みた。記憶の糸を手繰る。家族の肖像——授業の始まる前に、あの虚偽の絵を提出して、そしてそれから……。

「今日の午後は、美術の授業には出なかった」

自然に、横尾は語っていた。

「課題を提出して、そしたら授業に出る気が急に失《う》せて、で、今日はいいや、サボろうって考えて、かといって学校を出るでもなく、そう、階段かどこかでぼんやりと」

十七番の眼付きが変じた。

「つまり、美術の授業には出なかったが、校内には留まったと?」

「はい」

十七番の指が、的確に映像ペーパー上を滑った。画面が、高速で流動する。やがて、指先一つでそのスピードを落とし、停止させ、目的箇所を行き過ぎたのか、いくらか戻ったところである画像を表示させた。

「弁陵高校の見取り図です」

十七番が、ハンディPCをずらすようにして横尾の方に見せた。一ヶ所だけ、オレンジ色に輝いている。

「このオレンジが、二年F組です」

彼の爪先は、F組を指し示し、次に画面下部にある操作バー上のある一点を押した。横方向から描かれていた図が、立体的に変化して、3D画像の要領で三百六十度からの姿を見せるためにゆっくりと回転を始めた。主だった部屋には、そこが何学年の何組なのか、或いはどの教科の専門教室なのか、きちんと明記されている。

横尾は、廻っている校舎の全景を眺め、オレンジ色のF組を起点として、通っていた頃の校内の様子を呼び起こそうと努めた。

今日の午後を過ごした階段は、どこだったか。ここがF組だから……教室を出て左に行くとE、D……で、階段があって……玄関がここ……で、下駄箱がこっち……そうか、美術室はここ……。

「あの、回転を止めてもらってもいいですか」

校舎全体におけるF組の位置を思い出し、再認識した横尾が言った。

「出来れば、最初の見取り図をお願いします。平面のやつを」

「判りました」

画面は、元の見取り図を映し出した。横尾は、眼でその図上を追いつつ、想像の中で一人教室を出た。廊下を歩き、他のクラスの横を過ぎ、階段に着く。薄暗さや湿気や、上り下りする生徒達の声や足音や、反射で入って来た光線が壁に白く描いた模様が、彼の頭の中に置かれた架空のスクリーンに投影された。階段を、一段抜かしで駆け上がる。下りて来た生徒とぶつかりそうになって、一歩横に跳ねて逃げる。そのまま、どんどん上がる。四階。教室がある最上階だ。階段は、まだ上へと続いている。見上げると、光の入って来るスペースがないせいか、ほんのり暗い。

「……ここだ」

頭で歩き出しながら、現実の横尾は呟いていた。

「間違いない。ここです」

階段を上がるたびに、音が遠くなり、光は萎《しぼ》んだ。やがて、ドアが見えた。横尾は、右手をノブに伸ばした。

「屋上へ通じるドアは、いつも閉まってて――」

右手を廻した。が、ノブは、動くことを拒否した。

「だから、暗がりのこの場に座って、居眠りしたり、こっそりMDを聴いたり、取り留めもなくぼけっとしたり」

横尾は、見取り図の最上部を指差した。

「どうなさいますか」

十七番が、尋ねてきた。横尾は、放課後まで外で待つか、それともこちらから出向くかを、大急ぎで考えた。確実に友也を確保し得るのは、どちらか。時間もない。

「校内に、行ってみようと思います」

横尾の返答を得て、十七番は、該当場所を青で着色し、侵入ルートの模索を始めた。見取り図上を、屋上ドア付近からスタートした黄色い線が三本に分かれて、それぞれ別個の入り口へと届いた。

「これらが、現在想定され得る可能ルートです。三パターンあります。監視カメラや警備員などは認められません」

外部からの侵入者による無差別殺人、生徒による教師殺害、教師による生徒人質籠《ろう》城《じょう》殺害事件、或いは生徒同士の殺傷事件など、この時期には、学校の安全神話はとうに崩れていた筈《はず》だった。それでも、プライバシーなどの問題もあって社会の対策は後手に廻っていた。監視カメラや警備員の存在がないことは、この場の横尾達にとってはありがたいことだったのだが。

一番安全そうなルートはどれか。横尾は、三本の線を睨《にら》んだ。正面玄関は避けるべきだし、こちらから入るにはここを突っ切らねばならない。見通しが良過ぎる。横尾の眼線が、最後のルートを辿《たど》って進むと、彼の知らない箇所に至った。

「ここは」

指し示す横尾の問いに、十七番の指が動いた。画面に、拡大され立体的になったそのルートが描き出された。チェックしながら、十七番が語った。

「裏口です。数人の教職員が、朝夕のごく限られた時間に出入りに利用する以外、日中は鍵《かぎ》は開いたままです。……グラウンドからも死角。……周囲は、通り道でもありません」

横尾も注目した。彼自身、こんな所に出入口があることを知らなかった。校舎の端の方であるが、そちらに行ったことすらない。

「ここから入ろうと思うんですが、どうでしょうか」

横尾の意見に、十七番は答えた。

「私は、客観的に見て余程無謀と思われない限りは、横尾さんの指示に従います」

十七番からの否定や反対がなければ、危険度は高くないということだ。横尾は、そういった点では、冷静に物事を見極め判断する、機械のような表情しか見せないこの時空監視官を、信頼してもいいだろうと思った。

ただ、昼休み中は、生徒も教師も出歩いているだろう。五時間目になって、全員が教室に入った頃に、侵入を開始すべきだ。その時には若い友也も、例の場所に来ている筈だから。

横尾は、画面で青く光っている部分を見た。それは、吸い込まれてしまうような鮮やかな青だった。


下手に学校の近辺をうろついていると、要らぬ勘繰りを受ける危険があったため、二人は、少し離れた所に位置する喫茶店に入って時間を潰《つぶ》そうと決めた。

木の扉を引き開けると中は薄暗く、木の肌合いが伝わるシックな造りだった。高校の近くにこんな店があったことを、横尾は知らなかった。数人の先客は全員が単独で、思い思いに自分の世界に入り込み、誰も新参者の二人に注意を払う者はいなかった。

奥の席に進み、腰を降ろした。十七番は、周囲をちらりと見廻してから、アタッシュケースを大切そうに隣席に置いた。

店内に充満するコーヒーの香りは、気が遠退《とおの》きそうになる程に甘美な事この上なかった。オーダーを取りに来た女性に、緊張しながら自らの口でブレンドを注文した横尾は、一息吐《つ》いて店内に視線を走らせた。

何世代も前の旧式の――と言ってもそう当人にとってはそうではないのだろうが――ノートパソコンや、文庫本に熱中しているサラリーマン、煙草《たばこ》を吹かしつつ不機嫌そうに窓外を眺めている中年女性、パスタを夢中で食べている若い女性などが見えた。こうやって、大っぴらに見知らぬ他人と同じ空間に居て同じ空気を吸うことは、人付き合いにすっかり不慣れになっていた横尾には、不思議なことに罪悪感に近いような認識だった。

ブレンドが二人前、テーブルに置かれた。ほのかな湯気が立ち、香気が鼻をくすぐる。異常と思われても構わなかった。横尾は、欲望の赴くまま、コーヒーにこれでもかという量の砂糖をぶちこんだ。周囲の驚きの眼線は判っていたが、どうでもよかった。蓄積された甘味への飢えが、そうさせた。とろみが付いたコーヒーの熱さと苦みとたっぷりの甘さが、舌の神経を末端まで開眼させ、踊り狂った。一口啜《すす》り、一口啜るごとに、興奮でカップを包むように持つ両手が震えた。

やや大きめのスピーカーからは、異様に懐《なつ》かしい音楽が流れていた。宇多田ヒカルだった。少しして、歌詞が全《すべ》て英語であることに気付き、この時代では最新のアルバムなのだと判った。彼女は、既にこの時には驚異的な大成功を収めていた。だが、その後の更に劇的な人生を知る者は、今を生きる者達の中には、一人としていない筈だった。二〇〇五年にそぐわない、横尾と十七番の両名を除いては……。

プランターの陰に隠れていた何かが動いた。横尾は、コーヒーを楽しみながらもそちらを見やった。逆光に、髪の長い女性の横顔が浮かんだ。それは、弁陵の制服を着た女子生徒だった。横尾は、彼女の姿に心臓が止まりそうになった。かつて学生時代、遠くからよく彼女を見掛けていたのは、校内の廊下だった。その時間は、午前中だったり昼だったり午後だったりバラバラで、しかも、必ず肩から通学バッグを提げていた。彼女は、他の生徒達の眼を全く気にせず、好きな時に悪怯《わるび》れもせず学校をあとにしていたのだ。

——二年B組、美里亜梨沙《みさとありさ》。

折れてしまいそうな細い身体《からだ》に、しかし頑固さを内在させた凛《りん》とした眼差し。横尾は、半ば憧《あこが》れの気持ちを抱いて、彼女の帰る背中を見送っていたものだった。ああした勇気が自分にもあったら。周りを撥《は》ね付ける図太さの欠片《かけら》でもあったなら。ひょっとしたら、その後の生き方も多少の変化を見たかもしれない。

普段こんな店に来ていたのか、と横尾は思った。

亜梨沙が、ふっとこちらに眼をやった。

時間が、空気が、シャッターを切られたように止まった。

そのまま、亜梨沙は、視線を元に戻した。その戻し際《ぎわ》に、彼女が軽く微笑《ほほえ》んだ――ような気がした。

亜梨沙は、席を立ち、レジで金を払うと、ぷらっと外に出て行った。見覚えのある後ろ姿を残して。ウィンドウを横切る亜梨沙の横顔が見える――彼女の眼は、あの頃の、己れ以外の全員を敵視していたそれに返っていた。そこは、やはり彼女にとっての戦場なのだろうか。束《つか》の間《ま》の戦士の休息を、自分は見たのだろうか。横尾は、後を追いたい激しい衝動を殺し、これで亜梨沙に会うのは、本当に最後だろうと思った。そして、偶然にも眼と眼が合った幸運に感謝した。


午後の授業開始を見計らって、横尾と十七番は、路地に入り裏門に接近した。格子《こうし》式の鉄製の門は、一応かんぬきの要領で、内側からロックされている。二人は、人目がないのを確認してから、その門を乗り越えた。

まず、十七番の身体が、アタッシュケース片手に重力を無視してふわりと門の向こうに移った。門に触りもしないし、音も全くしない。ワンステップの跳躍だった。力が入っているようにも見えず、横尾は、スーツの下に正体を隠している十七番の強靭《きょうじん》な肉体を思った。飛び越える刹那《せつな》、上着の裾《すそ》が翻《ひるがえ》り、腹部の左脇《ひだりわき》のホルダーに収められたメタリック色の銃が、光を弾いてきらっと光った。時と場合によっては、横尾を処分する銃である。横尾は、忘れかけていた危機感との再遭遇を果たした。

次は自分の番だ。門に両手を掛け、地面を蹴《け》る。ガタガタと鉄が軋《きし》み、腕が震える。横尾は、なまくらの筋肉を恨んだ。年齢を憎んだ。一帯は、降り立つ足音さえも大きく聞こえるくらいに、静まり返っていた。

十七番は、ハンディPCから映像ペーパーを引き出し、ルートの最終点検を行った。十七番を先にして、早足で裏庭を駆け抜け、校舎の端に到達する。十七番は、両足でやや強くコンクリートの地面を蹴って、靴に付着していた泥や土を落とした。横尾も、それに倣《なら》った。十七番が、鉄扉のノブに手を掛けると、そろりと廻った。音を出さぬように、彼の手によって徐々に鉄扉が引かれていく。頃合で、中を覗《のぞ》き見た。横尾も、片眼で窺《うかが》う。裏口受付にはカーテンが降ろされ、廊下は音一つしない。十七番が横尾の腕に触れたのを合図に、横尾はするりと校舎内へ滑り込んだ。次いで十七番も入り、そっと鉄扉を閉めた。

人の存在を証明する音はなかった。そのまま靴を脱いで上がり込んだ二人は、靴を手に持ち、靴下で急いだ。廊下の冷たさが、横尾の足の裏に浸透していく。細心の注意で進んでも、ワックスの効いた廊下は滑りやすく、微妙に彼らの足元を狂わせた。階段が見えてきた。十七番が階段を上がろうとした時、不意に横尾が止めた。

「多少遠回りですが、一旦《いったん》このまま進んで、奥の階段を使った方がいいと思います」

「何故《なぜ》です」

「二年の数学担当に、変な教師がいたんです。黒板に問題を出して生徒にやらせ、自分は職員室に帰る。時間が来たら教室に戻ってその答えを書き、再び新しい問題を出して職員室に帰る。その行ったり来たりを、授業中に繰り返すんです。……実は、うろついていた時、一度見つかりそうになったことがあって」

十七番は、横尾を前に押し出して言った。

「今から、横尾さんが先頭になって下さい。机上だけの私より、実地経験のあるあなたの方が、やはり圧倒的に強い」

映像ペーパーが引き出された。

「どう進みますか」

横尾は、進路上に指先を這《は》わせた。

「ここまで進んで、この階段を使い、こう行って、こう」

「判《わか》りました。お任せします」

「教室は、ドアの窓だけ気を付ければ……身を屈《かが》めれば、特に問題はないと思いますので」

「私は、あなたに従います」

十七番は、映像ペーパーをハンディPCに戻しつつ平然と言ってのけた。

「どうぞ」

十七番が、廊下の向こうへと手を掲げて横尾を見た。横尾は、背を丸め小股《こまた》で歩き出した。その背後に、十七番が続く。ひたひたと足を前に出すたびに、自分の横を過ぎるのが何の部屋なのか、この次に来るのは何の教室なのか、自然と判るようになっていった。

購買部の手前で、方向を変える。爪先立《つまさきだ》ちで音を最小限に押さえつつ、休憩もせずに一気に階段を上がり、四階の廊下に立った。上がる息を整え、出来るだけ壁際をするすると歩む。教室のドアを越える際には、完全に身を隠すべく、しっかりと腰を落とした。足首が、脹《ふく》ら脛《はぎ》が、太股《ふともも》が、腰が、背中が、肩が、肺が、心臓が、立て続けに文句を言い出した。横尾を取り巻く全てが、この時代そのままに在る。どこまで行っても、この時代そのものが在る。老いてふやけ切った、横尾の筋肉組織や内臓器官を除いては。

二人は、目的場所のすぐ真下に立った。見上げると、例の階段は、先の見えない暗がりへと伸びている。横尾が、黙したまま上の方を指差した。十七番は、一度頷《うなず》いてから段差に座り、横尾も隣に来るよう手振りで伝えた。横尾は、鼻でゆっくり呼吸をしながら、鼻の頭とおでこに吹き出た汗を手で擦《こす》り取って、彼の横に腰を落とした。

廊下も階段も、無音に沈んでいる。横尾は、全神経を耳に集め、階段上部を探った。人の気配は感じ取れない。が、その突き当たりの一番奥には、高校二年の自身、横尾友也がいる筈だった。

十七番が、映像ペーパーで、現在位置の最終確認を行った。今通って来たルートを、見取り図上で照合し、納得して横尾に眼配せしてから、ハンディPCを内ポケットにしまった。横尾は、腕時計で時間を確かめ、ゆっくりと立ち上がった、十七番も立った。

二人は、横並びになって階段を上がり始めた。十七番が、大きくもなく、かといって小さくもない足音を立てた。彼からは何の説明もなかったが、横尾も、彼の横で同じ程度の足音をわざと作った。靴がなくとも、静けさの中では、充分に、ひと二人の存在を知らしめるボリュームだろう。突然の登場で、若い自分を驚かさないための配慮だと、横尾は理解していた。

　踊り場から向こうは、急に暗さが増していた。十七番は、腰に装着していたマグライトを取り外すと点灯させ、横尾に手渡した。二人は、更に階段を上って行く。もう一つ、踊り場に出た。この上に、屋上へ通じるドアがある。高校生の横尾友也は、その手前にいる。横尾は、小さくブルッと肩を揺らすと、目指す先を照らした。光の中で、若者が、手を翳《かざ》して顔を隠した。

「横尾友也さん、ですね」

　横尾が、冷静な声を作って問い掛けた。

「すいません。……あの、その、ちょっと身体の調子が悪くて、授業をサボッた訳じゃなくて」

「そこを動かないように！」

　狼狽《ろうばい》する友也にピシリと言葉を投げ、十七番が、相手に何かをさせる余裕を与えず階段を駆け上がった。慌《あわ》てて、横尾も追った。

　突然の襲撃に、しゃがみ込んだ友也は、手で眩《まぶ》しさを避け身を縮め、顔を伏せたままだ。

「騒がないで下さい。恐がる必要はありません」

彼の前に立ってそう告げた十七番が、おもむろに腰を落とした。その横に、横尾が座る。友也のことを恐々《こわごわ》観察し、表情は見えなくても、全体から発せられる空気感から直感で理解した。やはり、彼は自分だ。そうと判っていても、説明しようのない気味の悪さがあった。昔の自分との対面など、こうして現実になろうが、どこか絵空事との意識は残っている。が、横尾の真ん前、僅《わず》か数十センチに存在しているのは、紛れもない自分だった。歳《とし》を得た今からすれば、幼稚で無知で、恥ずべき自分。

十七番は、アタッシュケースと靴を脇に置き、マグライトを横尾から受け取ると、その先端カバー部分を回転させて取り外した。本体に剥出《むきだ》しになった光源が、お互いと近辺を明るく照らした。階段の壁に、三人の影が、異形の怪物のように歪《ゆが》んで張り付く。十七番は、マグライトを三人の中央の床に立て、ゆっくりとした口調で尋ねた。

「確認します。横尾友也君ですね」

友也が、顔から手を離した。顔が、明々と照らし出された。横尾は、思わず喉《のど》を鳴らした。

……若い……若いが、どことなく気持ち悪い。何て顔付きだ。

正直、横尾は、今後の苦闘を夢想し、こいつとは永久に判り合えないのではないかと思った。何より、人としての交流を予感させない程に、眼が死んでいる。心の腐りようは想像以上だ。

友也は、眼を泳がせていたが、ちらちら目認して二人が教師でないと判ったのか、訝《いぶか》って口を開いた。

「あんた達、誰」

「質問しているのはこちらです。お答え下さい。あなたは、横尾友也君ですか」

友也は、逃げる気も起きないのか、気怠《けだる》い様《さま》で仕方なさそうに「ああ」と頷いた。

「結構」

十七番は、一言そう言ってから、横尾に眼で合図をした。こちらに、役を引き渡したのだ。もう逃げ出せない。肝《きも》を据えた横尾は、光に浮かんだ友也を凝視した。見詰められているのに気付いた友也が、ちょこちょこ眼を外しつつも見返してきた。

時の隔たりを超越して、同一人物が、年齢の異なる別人格として相対した。

「横尾、友也さん」

横尾の言葉に、友也は何も言わない。ただ、眼線を床に向け、そのまま動かなくなった。横尾は、すうっと息を吸い込むと、吐き出す勢いで喋《しゃべ》った。

「横尾友也さん、私は、横尾友也です」

友也は、無反応だ。横尾は、声のトーンを下げた。

「先程、電話をした者です。あの時は、突然で失礼しました」

　思い出したのか、友也の顔から、ほんの少し緊張が抜けたように見えた。彼が、横尾の方を見やった。横尾が続けた。慎重に、ひたすら低姿勢で、言葉を吟味しながら。

「どうか、最後まで話を聞いて下さい。私は……実は、未来のあなたなんです。三十五年後の、あなたです。こうして歳は取りましたが、この顔も、髪も、身体も、脳みそも、指紋も、血液も、細胞も、DNAも、全てがあなたと同じです。クローンとか、そんなものではありません。あなたそのものなんです。私は、歳を取ったあなた本人なんです」

　友也は、惚《ほう》けた顔をしている。汚濁した瞳《ひとみ》は、自分には関係ないしどうでもいいという、放棄の気分を示していた。

「私は、どうしてもあなたに伝えたいことがあって、伝えなければならないことがあって、今こうしてここにいます」

　横尾は、一呼吸おいてから言った。

「あなたが今日の午後、美術の課題を提出した後――折り込みのチラシに出ていた女性を描き、『MOTHER』とアルファベットでタイトルを付けて提出した課題のことですよ――それを提出した後、授業には出ないで、サボッてここに来ていたことは判っていました」

　友也の眼の光が、瞬時に増した。生気に満ち、まるで別人になった。友也は、自己防御の殻の奥に身を隠したままで、軽い敵意を含んだ鋭利な言い方で尋ねた。

「……どこで見てた」

「別に見てはいません」

「嘘《うそ》だ。見ていなきゃ、そんなこと判る訳ない」

「見なくても判ります。経験していたことですから」

「経験？」

「深夜、ラジオで耳にしたことがあったでしょう。『MOTHER』という外国の曲を。印象的な鐘の音と、絶叫する歌手の声を」

　今度は、明らかに、友也の顔全体が変わった。横尾は、それが判っても、変わらぬ語調で話し続けた。

「どこの誰が唄《うた》っていたのかは、覚えていない。でも、題名の『MOTHER』だけは聞き逃さなかった。私は、あの叫びが、何か自分の気持ちを代弁しているというか、今の感情にぴったりだと思ったんです。詞の内容も知らないのに。それに、絵に描いた女性が本当の母親かどうかなんて、どうせ教師も誰も判りませんしね。気にもしないし。だから、絵の裏側にそうタイトルを付けました。英語の大文字で、M・O・T・H・E・Rと」

空中に、横尾の指がアルファベットを刻んだ。横尾の説明に、友也の声が、細かな震えで上擦った。

「あんた……誰……何……」

「私は、横尾友也、五十一歳です。三十五年後の未来から、若い頃の自分、あなたに会いに来ました。非常に重要な事実をお話しするために」

友也が、僅かに前のめりになった。横尾の顔を、隅々まで精察する。彼の口元が歪んだ。

「もしかしたら、親父《おやじ》の親戚《しんせき》とかの人」

「え」

「あんた、俺の父親にどっか似てるよ。ちょい老《ふ》けてるけど。どういう関係なの。あいつに兄弟とかいたっけ。聞いたことないけど」

友也は、疑念を追い払おうとでもするように、言葉を発し続けた。

「あのクソ親父から、何か頼まれたの。ずっと何もしてくれなかったくせに。今更、あいつと話すことなんて別にないし。話したくもないし。顔も見たくないし——」

「口を開けば、俺をけなしてばっかだし」

横尾の声が、ごく自然に友也のトーンをなぞる形で、流れ出していた。他人の割り込みに、友也は口を開けたまま眺めた。

「何かっていやあ、レベルが低い、兄弟の落ちこぼれだ、家族の落ちこぼれだ、駄目人間だ、生きる価値のない存在だ。これからどうするつもりだ。生き恥を曝《さら》すのか。家族の足を引っ張るのか。父親だけじゃない。母親だって。幸重《ゆきしげ》も美樹《みき》も。死に損ないのジジイとババアも。奴ら、結局は、俺を攻撃することでしか家族の中での自分の価値を確かめられない、クズみてえな連中の集まりなんだ。最低の野郎だ。あいつらこそ、生きる価値のないクズそのものだ。あんな奴らと血が繋《つな》がってるなんて、考えただけでも反吐《へど》が出る。冗談じゃない！　冗談じゃねえぞ！」

殻を突き破った大声は、壁と階段に響き渡り、最後の言葉の語尾が、長いエコーを残して消えた。辺りの空気が、ひんやりと静まった。

忘我の状態で、横尾は、若い頃そのままに喚《わめ》いていた。友也は、恐怖と驚きの入り交じった面相で、静止画みたいに動かない。

横尾の腕を、ぎゅっと掴《つか》んでいる手がある。十七番だった。彼の行為がなければ、横尾の叫びは止まらなかっただろう。ここは校内で、もし誰か人でも来て見付かったら、不審者である自分達にとっては完全なる終わりを意味する。真の意味での、完全なる終結を。十七番が、耳を澄ました。横尾も、息を潜める。音は……ない。十七番が、横尾から手を放し、頷いてみせた。

「父親に似ている」――友也のさり気ないその一言が、横尾のどこかのボタンを押してしまったのかもしれなかった。

自分を取り戻した横尾は、昇り切っていた熱い血が、そのまま下方に逆流する感覚を覚えた。当時のままの場所にこうして座り、当人を眼の前にし、声を聞いただけで、あの時分の激情が波のように膨れ上がって、一気に壁を突き破ってしまった。長い年月の果てに、過去の横尾友也を第三者的に眺めることが出来るようになったと思っていた。担当官達からも、そう判断もしてもらえた。それなのに……。

何かが、横尾の背中を軽く叩《たた》いた。十七番の手だった。それは、予想外の自爆で固まっていた横尾を解きほぐした。

横尾は、小さく息を吐いた。不自然な力がふっと抜け、身も心も少し楽になる。そこで、再び友也を見た。そこには、完全な拒絶ではない、何かを受け止めた友也の眼《まな》差《ざ》しがあった。

「横尾君、失礼しました。横尾さん、お続け下さい」

二人に、絶妙のタイミングで十七番が言った。友也は、自分と中年の男の両方を横尾と呼んだ十七番を、斜めに見やった。

「……私は、あなたの父親に、似ていますか」

横尾が、ゆっくりと口を開いた。

大人になって、とっくに死んだ父親の年齢を越えていた自分が、よりによって父親似だとの指摘を受けるとは。しかも、当時は、自分が将来そうなることなど想像もしていなかった、もはや横尾が戻ることも叶《かな》わない、高校生の己れ自身の口から。自分と私が同じ人物だとは考えもせず、あたかも突き放すような物の言い方で。私は、お前なのに。

見詰める横尾を、友也はもう避けようとはしなかった。友也が、甲高い声で訊《き》いた。

「あんた……一体誰」

「まだ高校生のあなたは、自分は自分、どこまで行っても自分、そう考えているのかもしれません。でも、悲しいことに、血は嘘を吐《つ》かない。あなたが忌《い》み嫌った父親や母親や、家族の連中と同じ濃い血液が流れているんです。私の身体にも、あなたの身体にも。不本意だけど、でもこれは、誰にも否定出来ない」

「……誰なんだ」

「私は、あなたです。横尾友也さん」

「馬《ば》っ鹿《か》みてえ。そんなの、ありっこない」

「…………」

「あり得ない」

横尾は、左の手の平を、光源の前に掲げてみせた。そして、親指の付け根付近を指差して言った。

「音石第三小学校二年一組の一学期、ゴールデンウィークが終わってすぐの頃、昼休みに友達とふざけていて左手に鉛筆が刺さり、芯《しん》の先が折れました。そのまま誰にも話さず、今でも、その芯はここに残っています」

横尾の左手を見た友也は、落ち着きなく自分の左手を見詰めた。

「相手は、葛城忠。ちょっと太ってて動作が遅く、あだ名はカメチュー。しょっちゅう爪《つめ》を噛《か》んでいました。彼とは、三年のクラス替えで別れて、それっ切りでしたが」

「……カメチュー」

呟《つぶや》いて、友也が、自分の左手の芯の入っている部分を触った。

「あなたの自宅の机、上から二番目の引き出しの右奥に、くしゃくしゃに丸められた茶封筒がありますね。中には、キーホルダーが入っています。何て言いましたか……

キティとか何とか、そんな感じの名前の、白い猫の小さな人形が付いたキーホルダーです。開藍中学三年E組で同級生だった、赤石美代子のカバンに付いていたものを、風邪で体育の授業を見学した時に教室に戻り、こっそり盗みました。覚えていますか」

横尾は、ここぞとばかりに畳み掛けた。たかが一個のキーホルダーだが、若い友也にしてみれば、触れて欲しくない過去であるし、触れられる筈《はず》のない過去だった。十六年間の人生における比重は、決して軽くない。

「これは、誰にも話したことはありません」

横尾は、十七番の方を見、そして友也を見た。

「こんなこと、初めて人前で告白しますが、私は、赤石さんのことが好きでした。しかし、当時彼女は他のクラスの男子と付き合っていて、え……そいつの名前は……C組の……確か……美術部で……ひら……」

揺らぐような話し方で、横尾が友也をいざなった。反射的に、友也の口は動いていた。

「平沢」

「そうでした。そう……そうだ。平沢浩市。直接話したことはなかったけど、廊下なんかで出会うと、変に上から見下ろすように人を睨《にら》む奴だった。彼女は、あんな奴のどこがよかったんだろう。どことなく病的で神経質で、嫌味ったらしく唇の片方を引き上げて笑う奴だった」

横尾が、言葉通りに唇を強調して笑った。友也は、受けた衝撃をしっかりと顔で表現して見せた。彼の眼は、何故《なぜ》そんなことを知っているんだと、無言で横尾に訴え掛けていた。

「言ったでしょう。私は、あなたなんです」

横尾が言った。

「私は、あなたのことは全《すべ》て判《わか》っています」

友也に、顔全体を覆《おお》い尽くすような恐怖の色が現れた。次には、彼の身体は二人の間を飛び越え、階段下へと消えてしまっていた。何かを言う暇もない。

「……あ」

横尾は、やっとそれだけ呟いた。駆け下りる友也の足音は、もうしなかった。

「いいペースです」

十七番が、外しておいた先端部分をマグライトに戻しながら、そう言った。光源が隠され、明かりは、天井の大きな光の円だけになった。横尾は、暗くてよく見えなくなった十七番に言った。

「本当に、何て言うか、お恥ずかしいところを」

「初日としては、充分満足のいく結果です」

十七番は、激した横尾の発言には触れようとしなかった。

「まず、こちらの存在を相手に報《しら》せ、次に、その存在が現実なのだということを相手に認識させる。このステップまでは、クリアしたと考えて差し支えないでしょう。あなたも、個人的情報を思い出し始めているようですし。ただ、本当の勝負はここからです」

十七番からの励ましに近い言葉を聞いて、横尾は、心が安らいでいくのを覚えた。彼の舌が、やや滑らかになった。

「白状しますと、私にとっての個人的情報、生きる上での記憶というのは、実は十六歳位で止まっているんじゃないかと、今は思うんです」

横尾は、天を見上げた。

「事件を起こしてからの、緊張と疲弊の中のみでの逃亡……囚《とら》われの身となってからの三十数年は、殆《ほとん》ど無変化の日々。こうしたある種極端な状況下では、人に思い出は残らないものなのではないだろうか、と。事実、私の脳は、この期間のことを何か思い出そうと苦心しても、これといった内容が浮かんできません。つまり、思い出せるような思い出がない。空っぽなんです。人生が。これは、生きていることになるんでしょうか」

しんみり語る横尾に、十七番は無言だった。横尾が、無意識に顎《あご》を擦《こす》ると、短いヒゲが手の中でじゃりじゃりと細かい音を立てた。横尾は、声を少し高めて、軽い調子で付け加えた。

「ですから、その後の新しく貴重な、生き方に影響を及ぼすような人生体験の記憶の積み重ねがないものですから……雪でも、新しい雪が積もれば、地面に接している所から溶けて姿を消していくものです。でも、私には、この時代の記憶が、私にとっての永遠の新雪なんですよ。自分で蒔《ま》いた種なんですけど」

明かりが、十七番が立ち上がるのに併せて上昇した。

「移動します。彼が誰かを呼ぶとは考えにくいですが、でも、用心するに越したことはありませんので」

十七番は、そう言っただけで、横尾の発言に対する感想は口にしなかった。

横尾も、立ち上がると、彼からマグライトを受け取り、階段を照らしながら下り始めた。両手の塞《ふさ》がった十七番が、横に並んだ。

横尾は、十七番が言った「充分満足のいく結果」という言葉を、改めて心の中で嚙み締めていた。何かを行ったことに対して、他人から認められ誉《ほ》められる――そのことの重要性を、肌身に染《し》みて実感していた。

もし……もしだが、もし自分が、例えばこの時代に絵の才能について聞かされていたりしたなら、何かが変わっていたりはしなかったろうか。僅《わず》か一つだけでもいい、胸を張っていいことがあると、誰かに教えられていたら。そういう人物との、出会いがあったら。横尾は、半ば死人のようだった友也の眼を思い返していた。あれが、自分だったのだ。高校二年、十六歳の時の自分だった。何てことだ。何て眼だ。何という毎日だ。何という生活だ。何という人生だ。横尾は、彼が不憫《ふびん》でならなかった。そして、何とかして彼を救いたいと、心から思った。

階下が明るさでぼわっと白み、横尾は、マグライトをオフにして十七番に返却した。二人は、敏捷《びんしょう》に階段を下り踊り場を過ぎた。視界が、ぱっと明るくなった。数回瞬《まばた》きをし、眼を慣れさせる。そのまま、元来た廊下を歩き始めた――その時だった。

彼らの後方で、妙な咳払《せきばら》いがした。二人の足が止まった。同時にゆっくりと振り返る。ちょうど階段向こうのトイレから出て来た一人の男子生徒が、こちらを見ているのに出喰わした。

覚えのある顔だ、と横尾は即座に感じた。

相手は、ぬぼーっとした表情で突っ立っていたが、そのままこちらへと歩み出した。その足が、床を引っ掻《か》くように動く。だが、一歩一歩は、着地点が定まらず覚束ない。バランスを欠いた彼の身体は、酔っ払いみたいにふらりふらりと左右に揺さ振られた。端から見れば、どうにも尋常な様子ではなかった。

「まずい……」と、十七番が鋭く言った。

横尾は隣で、彼の一言に含まれていたのは、その生徒に見付かったことよりも、その生徒そのものに対する警戒だと、理解した。十七番が、待ち受けるように身体の向きを変えた。

「無視して下さい」

横尾は、当時の心根のままに小声で語っていた。

「あいつは、時々勝手に授業をフケては、トイレでラリってた奴なんです」

「ラリって?」

「何かは判りませんが、シンナーかトルエンか、多分そんなもんでしょう。私も、こんな風に数回廊下で会ったことがあります。絡《から》まれると面倒なことになりますが、強いてこちらから眼を合わせなければ、何事もなく素通りしてくれますから」

はっきりとした口調で、横尾が言い切った。

横尾は、かつて彼自身も、好奇心から何度か、その類のクスリに手を出した過去があった。が、眼の前の人物は、他にもっと強力なモノをやっているとの噂《うわさ》が絶えなかった奴だ。それよりも、よくよく考えれば、こんな奴が授業中に校内をうろつくなど、異常でしかない。自分は、何という高校に通っていたのだろう。

よろけた男子生徒の身体は、壁に凭《もた》れ、接触したそのままの体勢でズルズルと移動した。彼の眼は、二人の知るノーマルな人間のそれではなく、トロンとした半眼状態でトンでいた。横尾は、顔を廊下に伏せて呟いた。

「絶対に、顔を見ないで下さい。そのまま動かないで」

横尾と十七番は、視線を逸《そ》らし、今の姿勢を維持した。やがて、相手の気配は、つい今し方二人が使っていた階段へと消え、不揃《ふぞろ》いの足音と共にそこを下っていった。

細めていた両者の呼吸が、同時に太くなった。

「急ぎましょう」

横尾が言い、二人は、忍ぶように足を進めた。気付いてみると、足の裏が極度に冷たい。横尾が、後方を振り返ると、湿った足跡が、床上で光を反射して鈍く光っていた。

横尾は、周りに神経を張りつつも、心の隅で、別れたばかりのあの生徒のことを考えていた。

あれからあいつは、どうしただろうか。どうなったのだろうか。そう言えば、今くらいの時期に、奴が人を刺したって噂が校内で流れた。思い返せば、姿を急に見なくなった時期と一致もしている。そして、その後どうなったのかは知らない。

もし、今の自分がこの場で、お節介にも何か声を掛けていたら、彼の未来も変わったりしたのだろうか。この高校で、歩いている人生のコースが偶然にも隣り合い、その後すぐに距離が出来て見えなくなってしまった相手。袖《そで》振り合った多人数の中の一人と言えばそれまでだが、しかし所詮《しょせん》、人生はそれの繰り返しだった……短いとはいえ、自分が生まれてから捕まるまでの間は。

横尾は、思いがけない再会に、人と人との交差が孕《はら》む不思議さを反芻《はんすう》していた。


ホテルのベッドは、快適そのものだった。一日で、余りに多くのことが身に降り掛かったせいもあったのだろう、睡眠中、一度も横尾の眼が覚めることはなかった。

友也にも考える時間を与えたらどうかとの十七番からのアドバイスもあって、あの段階で説得を切り上げた昨日、横尾と十七番は、自宅の最寄り駅にあるホテルに早々にチェックインしたのだった。二日目は、登校途中の友也を捕まえての、本格的な説明と命懸けの説得が待っている。そのためにも、長時間かつ長距離の移動による心身の疲労を、根底から取り除いておく必要もあった。

二人は、ホテルのロビー隣にあるレストランで、朝食のトーストを口にしていた。昨晩の就寝は、午後九時。拘置所での消灯時間と同じだった。横尾は、不安と緊張で眠れなくてもおかしくないのに、いざベッドに入るや、ものの数分で泥のように寝入ってしまった。そのことに、彼は、我ながら苦笑するしかなかった。同時に、自分の神経の太さがどこか気恥ずかしくもあった。

監視のためか、二人の宿泊はツイン部屋であった。だが、横尾には、十七番の睡眠がどうだったのかを知り得ない。それ程の深い眠りだった。ただ、今朝の十七番の眼は少し赤かった。

二人は、朝食を軽く済ませると外に出た。歩きながら、横尾が、ゆっくりと言葉を口にした。

「昨日ご相談した通り、自宅へ先回りして、私が――つまり彼が、家を出て来るのを、待ちたいと思います」

「判りました。そこで確保します」

横尾は、すぱっと出た十七番の『確保』という一言に、ひんやりしたものを感じた。それは、向こう側の人間がしばしば使う単語であるのを、横尾はよく知っていた。同じ使命を帯びた協力者ではあっても、一線は引かれている――それだけは忘れてはならないと、彼は心の中で、再度己れに告げた。

二人は、友也の、つまり横尾の自宅前へとやって来た。自宅から駅までは十五分前後。念のため、毎日駅まで使っていた道程を逆に歩いて来たが、友也に会うことはなかった。

家を出る時刻までは二十分以上あるから、友也は、まだ家の中だ。物陰から、友也が出て来るのを待つだけだった。

横尾は、感慨深げに家の全容を見渡した。ここに来るまでの風景は無論、自宅も、こんな風にじっくりと朝の空気を通して見るのは初めてだった。二階を見た。ここからでは自分の部屋は奥にあり、僅かに見える窓には、カーテンが引かれている。

この家も、今はこうして見ることが出来るが、例の事件が起こってからやがて取り壊され、二〇四〇年では、全く違う一軒家が建っていることになる。だが、無理もないことだとも思った。自分でやらかしておいて言うのもなんだが、家の中は、血だらけだったという。血臭も血染《ちじ》みも、何より殺人が行われたという事実も、家が現存している限りは、人々の記憶から消え去ることは不可能だっただろう。

急に音が聞こえ、横尾は構えた。

ドアを開け、門扉《もんぴ》を開けて道路に出て来たのは、父親の逸夫《いつお》だった。続いて、母親の眞佐子《まさこ》が姿を見せた。二人とも、四十代半ばの年齢だ。横尾よりも年下の両親は、頭に描いていた容姿よりも、遥《はる》かに若々しく見える。何故か、横尾の目頭が熱くなった。情などないのに、こうして再会を果たすと、胸の奥がしくしくと痛む。

彼らは、駅へと同じ方向に歩き出したのに、銘々のペースで勝手に進み、角を曲がるまで一言も会話を交わさなかった。

暫《しば》くして、大学生の兄が現れた。また暫くして、その双子の姉が大学へと向かった。二人の小生意気な目鼻立ちは、当時いびられていた横尾の記憶そのままで、だがそれすら、奇異な懐旧の思いを彼に呼び覚ました。

が、何気なく腕時計に眼を落とした横尾は、言葉を洩《も》らした。

「遅い」

彼の呟《つぶや》きに、十七番が、ハンディＰＣから引き出した映像ペーパーに眼を凝らした。

画面上の時間割りに指先で触れ、次々に画像を展開して、言った。

「午前中の出席記録からも、今日彼が、普段と変わらず登校したのは確かです」

「それにしては……変だ」

二人は、自宅を見た。友也が出て来る様子はない。それとも、今日は登校しない
「私達が来るより先に、家を出てしまったのか。それとも、今日は登校しないつもりつもりか……やはり昨日、私達に会ったことが原因でしょうか」

それには返答せず、十七番は、映像ペーパーに新しい画面を出すと、両腕を前方に突き出し、ハンディPC全体を自宅に向けた。そこに映し出されたのは、青系統の沈んだ色で曖昧《あいまい》に描かれた家の全景だった。指先で、微妙な調整を行う。

ガラスが開く音がした。画面の中に、オレンジ色の人の形が現れる。十七番は、指先の操作でそこにズームした。人の形が、アップになった。

「サーモ・サーチです。温度に反応します。こちらからは生け垣が邪魔になって見えませんが、どうやらこの人物は、庭に出て来たようです」

更に、十七番は、ハンディPCで家の各所を探った。やや右にずれた位置に、別のオレンジ色が出る。その人の形は、何かを片付けているような動きで、ゆっくりと移動していた。

十七番が、高い位置に方向を変えた。別のオレンジ色が出る。二階にいる人物らしかった。それは、横になったままの体勢で動かない。

横尾は、画面を睨《にら》みながら乾いた声で言った。

「私です」

ハンディPCが、もう一度、オレンジ色で形どられた三名を順に画面に映していく。それに合わせて、横尾が説明した。

「朝のこの時間に家にいるのは、私の祖父母二人だけです。多分、こちらで動いているのが祖母の裕子《ゆうこ》、庭で一服しているのが祖父の成士《せいじ》だと思います」

画面には、人の動きに合わせて、小さなオレンジの点が一瞬赤くなる様が見えていた。煙草《たばこ》の火だと、横尾はすぐに理解していた。

「若い私は、今日は登校しないつもりのようです」

突然の不登校か。それを踏まえた上で、こちらからのアプローチということになると、昨日同様、電話でコンタクトを取ってみるというのが、第一の方法になるが。

「でも、呼び出すにしても、昨日みたいな方法では……もう無理じゃないでしょうか。きっと彼は、電話には出ないと思います。家族関係の現状を考慮しても、祖父母に私宛《あ》ての電話を取り次いでもらうのは、多分不可能です。何より、昨日の一件もありますし」

横尾の意見に、十七番も頷《うなず》いた。

相手が警戒している最中、こちらの誘いに乗せるというのは、かなり困難だ。ただ、居場所が判《わか》らなくなってしまうよりは、ずっとマシではある。若い自分が今、自宅に存在していることだけは確かなのだ。となれば、障害は、祖父母二人ということになる。

「祖父母の今日の動きなんてことは、判ったりしますか」

横尾が尋ねると、十七番は腰を落とした。地面に横倒しにしたアタッシュケース上にハンディPCを置き、携帯電話と接続コードで繋《つな》ぐ。

「どうするんですか」横尾も、その横で腰を屈《かが》めた。

「自宅に残っているのが、祖父母のお二人だけだとするなら、日々の生活用品などの買物は、彼らに任されていると考えられます。ですから、その買物先が判れば、何か情報が——」

十七番は、この時代のヒントを得ようと、ハンディPCと携帯電話の両方をこまめに操作した。

「買物先で考えられるのは、近隣のスーパー、コンビニ、デパートなどです。その得意先の顧客リストに名前があれば……なるほど、大型ショップのポイントカードか……利用明細は……ほぼ毎日、同じ頃の時間帯に、ここで食料品などの買物をしていますね。昨日の代金支払いの時刻は……午後二時十八分。買ったのがこれだけの量ですから、買物には二人で行っていると推測していいでしょう」

「つまり、その近辺の時間帯なら、この家で、彼が一人になっている可能性があるということですね」

「そうです」

横尾は、気が遠退《とおの》きそうになった。当人への説明と説得は、直接面と向かって、しかも、この時代の第三者に知られることなく、為《な》されなければならない。午後二時、か。優に七時間はある。自分に与えられた時間も、無限ではない。どうする。

「彼に、連絡を入れさせて下さい」

横尾が、思い切ってそう告げると、十七番は、表情を変えずに短く言った。

「方法は」

「メールを送ります。文字だけですから、声に比べれば、多少は圧迫感はないと思います。無視を決め込むかもしれませんが、根気よく何度でも送り続ければ、何かリアクションがあるかもしれない」

横尾は、家の二階にある自室の方を見上げた。

「彼は、気になっている筈《はず》です。気になっているからこそ、今日の登校を拒否した。

こちらからのアプローチを、無視はしません。……もし私だったら、無視は出来ない」

横尾の言葉に、柔らかさが加わった。

「人嫌いを気取ってはいましたが、それなりの孤独感はありましたし、人並みの好奇心も持ち合わせていましたから。世間からは、単調で退屈で先の見えない、でも家族からは、熱い鉄板の上でじりじり焼かれるような生殺しの不愉快な、そういう時間を与えられ、その中で過ごすだけの毎日でした。だからこそ、必ず興味を示してきます」

横尾と十七番は、見詰め合った。確信に満ちた横尾の顔を見て、十七番が深く頷いた。

「判りました」

「私のパソコンは、常時ネットに接続していました」

既に十七番は、行動を開始していた。ハンディPCと携帯電話を駆使し、メール書き込みの準備を整えた。

「サーバー上に、架空のサイトを臨時でオープンしました。そこを経由し、こちらと向こうのパソコンのみを繋いでいます。チャットの要領で、リアルタイムの会話が可能です」

　彼が、フック付きの極小のマイクを横尾に差し出した。

「言葉がそのまま文字化されます」

　横尾は、マイクを受け取ると、フック部分を耳に掛けた。

「ゆっくりと、お名前を喋《しゃべ》ってみて下さい」

　十七番の指示で、横尾が自分の氏名を告げた。

「声紋を登録しました。では、呼び掛けて下さい。どうぞ」

「こんにちは、横尾友也さん」

　声が、心なしか高い。横尾が見ると、その通りの文字が、映像ペーパー上に並んだ。

　十七番が頷く。漢字も正確だ。少し待った。返答はない。

「横尾友也さん。読んでおられたら、お返事を下さい」

「接続に際し、向こうには音楽が流れるようにアレンジしてあります。彼が熟睡でもしていない限り、パソコン上の変化には気付いている筈です」

　十七番が言った。

「横尾友也さん。こんにちは」

　映像ペーパーには、三つの文章だけがあった。待ったが、応答はない。次の呼び掛けをしようと、横尾が小さく息を吸った、その時だった。

『誰？』

文字が出た。間髪入れず、十七番が言った。

「来ました」

「横尾友也さん。突然また失礼します。昨日、学校でお会いした者です」

間があって、その下に文章が現れる。

『いいかげんにしろよ。ふざけんな』

「ふざけてはいません。話を聞いて頂きたいだけなんです」

数秒間の空白の後に、文章が続いた。

『あんたたち、いったい何者？』

「昨日お話しした通りです。あの時あなたに私が申し上げたこと、事実だったと思いますが、如何《いかが》でしょう」

また間が出来た。

『そんなの、信じられるわけない』

「それは判ります。私があなたでも……いえ、私はあなたなんですが、私が今のあなたの立場だったら、何を言われても簡単に信用するのは無理でしょうから」

友也の沈黙が続いた。

「横尾友也さん。聞いていますか」

「横尾さん。お願いです。返事をして下さい」

「横尾さん。返事をお願いします」

『聞いてるよ』

文字が出た。横尾は、静かに息を吐き眼を閉じた。

「あなたの座っている机の反対側に、本棚があります。部屋を入った左側の壁です。一番上の段には、ドラゴンボールが揃《そろ》えてある。豪華版の大きいものですね。本当はDVDセットも欲しかったのですが、諦《あきら》めて漫画だけにしたんです。その漫画本の奥に、私は、一冊のノートを隠しました。あと数ページで、終わるノートです」

横尾が、眼を開けた。

「中身を話しますか?」

『目的は何』

友也からの返事を見て、横尾が続けた。

「私と会って下さい。今すぐに」

『何で』

「前回も申し上げた通り、非常に重要なことを、お話ししたいからです。嘘偽《うそ》りのない何よりも大切な、あなたの、将来に関わることです。私も、お遊びで来てるんじゃないんです」

『会って、それで？』

「詳しいことは、その時に話します。私には、許された時間が余り残っていません。お願いです、今すぐ会って下さい」

『会えばいいの』

「そうです。もし会って貰《もら》えなければ、私は勿論《もちろん》、あなた自身も、何《いず》れ一生後悔することになります」

横尾は、ここでワンクッションおいて、声のトーンを下げた。

「今私は、あなたの家の外にいます。出て来て頂けますか？　とにかく、時間がありません。話を聞くだけでも、損はないと思うのですが、どうでしょう」

横尾が、言い終えると同時に、家の二階を見た。十七番も見る。奥の部屋のカーテンが少し開き、人影らしきものが動いた。

横尾の声は、より丁寧に慎重になった。

「あなたに危害を加えるとか、どうこうしようとか、そんな気持ちは毛頭ありません。

ただ、会って下さい。話を聞いて下さるだけでいいんです。お願いします」

映像ペーパーには、友也からの反応は返って来ない。見ると、奥の部屋は、再びカーテンによって遮《さえぎ》られてしまった。

「横尾さん。横尾友也さん。返事をして下さい」

「パソコン切断の形跡はありません」

「横尾さん。横尾さん！　聞いてますか！」

「冷静に」十七番が、静かに口を挟んだ。

横尾は、息を呑《の》み、首を縦に振った。そうだ、我を見失うと、本来の目的まで忘れることになる。ここは、一つの正念場でもある。対処の仕方を誤ってはならない。

「横尾さん。お願いです。聞いて下さい」

横尾は、心身を平常に保とうと努め、何度も友也に語り掛けた。が、映像ペーパー上には、友也からの返信の文字は現れない。

横尾の中にも、このアプローチに対する断念の思いが生まれつつあった。呼び掛けの声は力をなくし、間隔も開いた。

カタリと音がした。二人は、そちらを見た。玄関のドアの向こうから、友也がそろそろと顔を出した。

ホテルに着くまで、三人は一言も発しなかった。通勤や通学で駅へと移動する人波も、一段落した後だったので、会話のなさは余計に際立《きわだ》っていた。ただ、横尾は、何ともない体《てい》を見せてはいたが、時折向けられる友也からの刺すような視線だけは、しっかり感じていた。

三人は、横尾と十七番が宿泊しているホテルのロビー脇《わき》にある喫茶店に入った。横尾としては、ホテルの部屋で膝《ひざ》突き合わせて、じっくり話をしたいところだったが、密室という形が、友也に無形の心理的圧迫を与える危険もあると考え、まずはここを選んだ。

それほど客のいない店内だったが、窓からも入り口からも最も離れた奥の四人用テーブルを選び、三人は座った。自然と、十七番と横尾が隣り合わせになり、二人の正面に友也がくる格好になった。腰を降ろすなり、努めて気楽な調子で、横尾が友也に言った。

「朝食は、食べましたか」

「いえ、まだ」

ぎこちなく、友也が答えた。

　こうして明るい場所で、近距離で面と向かって見る友也の顔は、考えていた以上に若く見える。真ん前で肩を窄《すぼ》めている友也は、まるで子供だ。大人への発展途上にある肌には、染《し》みも皺《しわ》もない。何も判っていない、浅慮ともいえる瞳《ひとみ》。そんな己れが、やがてあんな惨《むご》い事件を起こす。

　無意識に横尾は、手で自分の頬から顎《あご》に掛けてをまさぐった。かさついた皮膚と剃《そ》り残したヒゲが、指先に当たった。テーブルの上に両手を置いて、指を組み合わせる。眼を落とすと、潤《うるお》いが失《う》せて節が太くなった歳《とし》相応の手があった。テーブル一つ隔てた両者の間には、三十五年の歳月が横たわっている。思わず、両手をテーブルの下に隠したい衝動に駆られた。

　横尾は、気を取り直し、朝食メニューを見た。

「モーニングをまだやってるみたいですから、私は、このセットのAにします。卵は、スクランブル。飲み物は、ホットで」

　十七番が、即座にセットのAを三つ注文した。友也の意見は、聞くまでもないといった雰囲気があって、さすがに、友也は嫌な顔をしてみせた。

「間違ってますか」

　不意に、横尾が友也に声を掛けた。

「Aセットが、一番お好きなのでは。私の好みは、あなたの好みだと思いますので」

言い終えて、メニューを友也の前に置いた。Aセットはトースト中心の洋食、Bセットは和食、Cセットは中華粥《がゆ》だった。友也は、仏頂面《ぶっちょうづら》を崩さずメニューを横尾に押し戻した。

「あの、あんたは？」

友也が、十七番を怪し気に見て言った。

「私は、今回の横尾さんの一件に関する見届け人です。但《ただ》し、あくまでサポート役ですので、気になさらないで下さい。あなたの話相手は、私ではなく、あくまでこちらの横尾友也さんです。その点だけ、よろしくお願い致します」

十七番が、隣の席の横尾を指し示した。横尾と友也が、見詰め合った。横尾は、過去の自身のことであるから当たり前なのだが、友也の顔をよく知っていた。だが、友也にとっては、自分とはいえ歳を重ねた未知の顔である。それでも、ぼんやりと何かを感じるようになっていたのか、前回の完全に内に籠《こ》もっていた雰囲気とは異なっていると、横尾には思われた。盲目的な敵視も、彼の眼からは失せている。

「あんた、何歳って言ったっけ」

今回は友也が、先に横尾へと話し掛けた。

「五十一です」

「俺の、三十五年後、だって？」

「そうです」

「あのさ……ちょっとあんたに、触ってみてもいい？」

問われた横尾は、十七番を見た。十七番が承諾の合図を返し、横尾が答えた。

「どうぞ。特に害はありませんから」

友也は、そろそろと左手を出して、握手を求めた。横尾が応《こた》え、同一人物の左手同士が握り合った。次に友也は、両手で横尾の左手を摑《つか》み、手の平と甲を観察し、自分のそれと見比べた。手の全体像と大きさ、指の長さとバランス、ホクロや傷の位置などを調べている様子だった。もちろん、親指の付け根に残っている鉛筆の芯《しん》の欠片《かけら》は、言うまでもない。怠りはなかった。

「どうも」

そう言って手を放した友也は、深く息を吐き、しゃちこばっていた肩からは、余分な力が抜け落ちた。

「落ち着きましたか」と、横尾が訊《き》いた。

友也は、自分の左手を眺めたまま頷《うなず》いたが、まだ半信半疑で渋々といった心の内は見て取れた。その証拠に、唇を尖《とが》らせ、反抗的な語調で付け加えた。

「まだ、全部を信じた訳じゃないからね」

「無理もありません」

友也から微妙な表現を引き出しても、あくまで穏やかに、横尾は対していた。友也が続けた。

「でも、俺しか知らないことを、あんたは知ってた。誰も知らない筈《はず》のことを、会ったこともないあんたが。訳判《わか》んないや」

「私は、あなたなんですよ。それが理由であり、説明です」

友也が、黙り込んだ。言い返すにしても、説明がつかないのだろう。

「少しは信じてもらえたんだと、解釈しても？」

友也は、やはり何も言わない。その変化は、これまでの全否定の流れからすれば、一部同意を表現しているのと同じことだった。

「部屋に場所を移しましょう」

唐突に、十七番が告げた。

「ここからは、非常に重要な話になります。出来れば、誰かに聞かれる可能性は完全に排除したいのです。食事は部屋に運ばせますから、移動しましょう」

相手の警戒心が揺らぎ、小さくとも信頼感が芽生える兆候があったら、外からの騒音の及ばない密室で、説明と説得を試みる。それは同時に、前日の校舎内での轍《てつ》を踏まないために、友也の退路を完璧《かんぺき》に断つという意味合いもあった。

友也に熟慮する暇を与えず、すぐに二人は席を立った。友也も、仕方なく彼らに従う。ルームサービスのようなデリバリーは行っていないと渋る喫茶店のオーナーらしき人物に、十七番は、幾らか余計に握らせたのだろう、横尾の見る限り、交渉は即決でまとまった。

横尾と十七番が、二泊の予定で確保した部屋は、四一二号室だった。エレベーターで上がり、ワイン色のカーペットの廊下を歩き、三人は誰にも会わずにドア前に着いた。まず横尾が入室し、前後を二人に挟まれていた友也は、思わず足を止めた。室内で迎える横尾が、微笑《ほほえ》んだ。ここに来て、彼を放す訳にはいかない。後方を振り返った友也を、十七番の真顔が受ける。友也は、ふらりと部屋に足を踏み入れた。十七番は、外側のドアノブに、室内クリーニングを避けるためのタグをぶら下げ、ドアを閉じた。

「掛けて下さい」

横尾は、友也に席を勧め、もう一つの椅子《いす》に自分が座った。十七番は、ベッドの一つに腰を落とした。程なくして、注文しておいた食事が運ばれてきて、テーブルの上を埋めた。十七番が、自分の分を、ベッドに置いたアタッシュケースの上に移した。

横尾は、頭の中で今一度、話すべき内容を短く繰り返し、口を開いた。

「横尾友也さん。もう一度だけ言いますが、私も、横尾友也です。何度も申し訳ありませんが、完全な事実として、私はあなたと同一人物です。私は、今から三十五年後のあなたです。時間がありませんし、あなたは私で、つまり、これから話すことは自分自身のことでもありますので、遠慮せず単刀直入に申し上げます。直接的な表現は、許して下さい」

横尾は、一拍おくと、殊更《ことさら》に声調を変えずに言った。

「あなたは、今からそう遠くない未来、殺人事件を犯します」

友也の、横尾を試すような眼付きは変わらない。

「家族六人全員を、殺害するんです」

友也が、眼を大きく開いた。明らかに、殺意の心当たりがあるような変化だと、横尾には思われた。殺意というにはまだ小さく、今日まで意識すらしていなかったのかもしれないが、指摘を受けて自覚が生じたに違いなかった。

「家族というのは……お判りですね。あなた以外の、両親、双子の兄と姉、そして祖父母の計六人です。父親の逸夫、母親の眞佐子、兄の幸重、姉の美樹、祖父の成士、祖母の裕子」

横尾が、僅《わず》かに顔を前に出した。友也は、逃げるように顔を伏せた。

「それだけでは、ありません。家族全員を殺した後、あなたは逃亡し姿を隠します。もちろん、国内ですが。その約一年半の間に、時にはアルバイト、時にはホームレスまがいのことをやりながら、日本各地の大都市を転々とし……更に知り合った女の子五人を殺害、所持金を奪いました。私が殺した女の子は、三人が家出中の中学生、二人が高校生でした。どれも微々たる金額だったんですが……最初の女子中学生の時、彼女は、金沢から東京に家出して来たと言っていました。そして、色々と自分について語ってくれました。それこそ、壊れた水道管から噴水みたいに休みなく漏れる水のように、彼女自身も自分で自分の口を止められないみたいでした。ただ、その内容の真偽の程は判りません。私も、彼女に自分の境遇を話しました。もちろん、嘘《うそ》で塗り固めた過去ですが」

横尾は、小さく咳《せ》き込み、鼻水を啜《すす》った。

「人の外側なんてものは、そうやって、どうにだって装飾出来るんだ。残念だけど、その程度のもんなんだ。——私は、そう信じていました。今となっては、きっと彼女は人恋しくて、私に心を開いてくれたのかもしれないと、そう思えるようにもなったんですが。でも、あの時、唯一《ゆいいつ》真剣に私が望んでいたのは……私は、どうしても牛丼《ぎゆうどん》が食べたかった。温かい牛丼が。生卵をかけ、紅生姜《べにしようが》を山盛りに乗っけて。逃亡途中で金はなく、多分四ヶ月は、口にしていなかったと思います。……つまりは、そんな風なことだったんです。全部が。似たような理由で。五人を殺したのは、あくまでも金欲しさで、性的目的はありませんでした。ただ本能には勝てず、自棄もあって、ついでに彼女達を強引に辱《はずかし》めたことも事実です。落ちていく私には、何の歯止めもなかった」

横尾は、犯行を行う以前の自分に、犯行の恐ろしい内容を自供しているような思いに捉《とら》われていた。残酷だろうと何だろうと、何を措《お》いても第一条件として、事実を突き付けなければならないとの強い信念だけが、彼を突き動かしていた。でなければ、本当に友也の心を動かすことは叶《かな》わない。それと共に、横尾が長期にわたって味わった口に出来ない精神的苦悶《くもん》の原因は、絶対的に眼前の友也にあり、そんな彼の何も知らない凡庸とした顔が憎くも思えてきて、責を問いたいとの怒りも含まれていたのだった。

友也の顔色は、白かった。脆《もろ》く儚《はかな》く見える。我ながら、無垢《むく》にさえ見える。無知ということでもあったのだろうが。この頃はまだ、女も知らなかった。横尾は、そんなことまで思い出していた。

「結局、私は、巡り巡って池袋に潜伏しているところを、警察官に偶然職務質問され、思わず逃げ出してしまったことが、運の尽きでした。それまで幸か不幸か、警察などの眼に付いたことはなかったんです。私みたいな若者は、日本各地の大都市の街中には、腐る程うじゃうじゃいましたから。私は、逮捕されました。拘束され、精神鑑定など、ごちゃごちゃとやられた挙げ句、長期間の裁判で最終的に下った判決は、死刑でした」

ここで、横尾の喉《のど》が詰まった。二人の間には、手付かずの朝食が並んでいる。室内が、静かになった。友也は、何かを必死に考えているのか、組んだ手の指先を小刻みに動かしている。長々と話をした横尾は、ただ彼からの反論を待った。

十七番が、コーヒーを飲み、カップをソーサーに置く音がした。それを切っ掛けに、友也が喋《しゃべ》った。

「あのさ、あんたが言ってることって、やっぱり冗談としか思えないんだけど。俺が、そんなことするなんてさ。リアリティー、全然ないし」

「そうでしょうか。本心から、そう思っていますか」

横尾の切り返しに、友也は無言になる。

「思っていないんでしょう」

横尾が追い打ちを掛けるが、それをさらりと躱《かわ》して、友也は、別角度からの質問を投げた。

「あんたの言うことがさ、仮に、その、本当だったとして、俺がその事件を起こすのって、いつの話」

「それは、お話し出来ません」

「何で」

「どうしても、です」

「でもさ、もしだよ、もしあんたが、本当に未来から来たって言うんなら、正確な日付けとかだって、知ってる訳でしょう」

「はい」

「それなのに、駄目な訳」

「はい。詳しく話すことは、許されていないんです。そう遠くない未来、とだけしか申し上げられません」

「……遠くない、未来……家族……六人……」

そう呟《つぶや》く友也を見て、やはり彼は可能性を全否定し得ないでいると、横尾は信じた。

急に、今まで一人黙々と食事だけをしていた十七番が、ベッドから離れ友也の横に立った。そして、ハンディPCを取り出すと、伸ばした映像ペーパー上で指先を動かした。

「失礼します。証拠を一つ、お見せ致しましょう」

そう言うと、十七番は、映像ペーパーを長々と引き出した。そのまま、まるで掛軸のように友也の前に、映像ペーパーを垂らしてみせる。横尾も、身体を傾けて覗《のぞ》き込んだ。

画面に映っていたのは、最初の事件を報じた新聞記事だった。日付けや時間など、紙上の数ヶ所を塗り潰《つぶ》された朝日新聞の夕刊が縮小されたものだ。

『一家六人、自宅で殺害』の大見出しと六人の顔写真が、横尾の眼に飛び込んで来た。脇《わき》の小見出しには、『十六歳の次男が行方不明』ともある。所々に黒塗りがある以外は、昨日ファイルにあった記事と同じだ。横尾の中に再度、事件翌日以降の自分の行動がまざまざと蘇《よみがえ》った。

心臓の高鳴りを隠し、駅の売店やコンビニで、新聞や雑誌を幾つも買った。だが、インパクトや事件の不透明さが世間の注目を集めたのか、時が経《た》っても、他の一般的事件のようにはなかなか記事は小さくならず、横尾は、財政難だったこともあって、その時その時で近くにあった図書館で、それらを読むようになっていった。追われる身ではあっても、時間だけはあった。

十七番は、友也の視線の動きに合わせ、手元で記事を拡大し移動させた。友也は、眼をぎょろつかせて記事を読むのに夢中だった。何回も繰り返し、中身を読んでいた。真剣に読みながら、友也は、懸命に否定のポイントを模索しているようでもあった。

「でもさ、でも、こんな記事、幾らだって作れるし。金と技術さえあれば、こんな記事を捏《でっ》ち上げる位、別に」

そう言う友也に、横尾が言葉を重ねた。

「大したことではありませんね。現代の技術でも、製作は可能でしょう。それは、否定しません。ですが」

彼は、映像ペーパーを指差した。

「この機械は……ハンディPCは、どうでしょうか」

言葉と同時に、次々と別の新聞の記事が、切れ目なく画像となって登場した。十七番の指先一つで、一般紙からカラフルな見出しのスポーツ紙まで、下から上へとスクロールされていく。

友也は、初めてその存在に気付いたように口が半開きになった。

「この技術は、三十五年後の世界では、これといって珍しくもない、ごく標準的で一般的なものです。でも、この時代では不可能でしょうね。最先端でも、ここまでは到達していない筈です」

十七番が、映像ペーパーを湾曲させてみせた。それでも、柔らかいその表面を、記事の画像が滑らかに走っている。

「あの、触っても？」

「残念ですが」

十七番は、映像ペーパーをハンディPCへと戻し入れた。

またもや友也は、口を堅く結んだ。

「横尾さん」

横尾が声を掛けると、友也が虚《うつ》ろな眼を向けた。

「続けますが――」

そう話し始めて、急に、若い友也に対してよそよそしく丁寧な言葉を使うことが、無意味で馬鹿馬鹿しくなってきた。友也の心に飛び込むには、不必要な壁でしかないのではないか。

「続けるけど、いいかな」

横尾は、優しく親しみを込めて語り掛けた。

「これから、私が君を訪ねた目的を話す。さっきも言った通り、私は、死刑が確定している。ところが、それから暫《しばら》くして、日本では死刑制度が廃止されてしまうんだ。結果、私の存在は、宙に浮くことになってしまった」

いきなり、横尾が、友也の両頬を両手で強く挟んだ。肌を叩《たた》かれた友也の瞳《ひとみ》に、光が入った。

「ちゃんと聞くんだ！　私の眼をしっかり見ろ！」

その勢いに押されたのか、友也の顔が、横尾の手の中で素直に上下した。細かな震えも伝わって来る。横尾の両手に力が入り、叫びが室内に木霊《こだま》した。

「私は、三十年以上の月日を、囲われた空間の中で生きてきたんだ！　そこには、本当の自由なんかない！　今の私を見ろ！　見てみろ！　これが、今の君の成れの果てだ！　君が今のままだったら、将来必ずこうなる！　これは、厳然たる事実だ！　人生の殆《ほとん》どを、苦しみと身悶《みもだ》えに費やすような、こんな惨《みじ》めで情けない、愚かな人間に！　亡《な》くなった人達のことを毎日考え、罪の意識という重荷を背負い、己れを責め、果てしない虚《むな》しさと悲しみの中に、ずぶずぶと沈んでいくだけの毎日が待っている！

そして、亡くなった人達は決して戻って来ないし、失われた私の時間も永久に戻らない！　永久に！　絶対に！」

友也が一時的な感情に走ったその結果が、今の横尾である。今日までの人生は、どんなに言葉にしようとも言い尽くせない。お前にそれが判《わか》るか。

一気に捲《まく》し立てて、横尾が言葉を切った。友也は、ぴくりともしない。横尾の両手が、そろりと友也から離れた。

「……絶対に、と、私もそう思っていた。その時、最後のチャンスが天から降ってきた。本当に本当の、最後のチャンスが」

そう言うや、横尾は、冷え切ったトーストに、何も付けずそのまま齧《かじ》り付いた。無造作に、ポットからコーヒーをカップに注ぐ。湯気が立ち、香りが散った。友也のカップにも、コーヒーを入れてやる。

「食べよう。食べながら話そう」

食欲はなかったが、已れを勇気付けるように、横尾はコーヒーを飲み、トーストを胃へと送り込んだ。温かさが喉から腹部へと移り、そのことが、横尾に現実を実感させた。一息吐き、今度はトーストの半分にバターを、残りの半分にジャムを塗り出した。角を齧られた四角の上に、赤と白の三角形が彩《いろど》られる。じっと見ている友也に気が付き、横尾は、当然といった口調で言った。

「昔から、こうやって塗ってたよな、二色に」

「……何か……恐えよ、俺」

「コーヒー、飲みなよ」

友也は、細かく振動する手でカップを持ち上げ、口を付けた。

深刻過ぎてもいけない。現実を理解するには、心の余裕が不可欠だ。世間話でもする調子で、横尾が言った。

「最後のチャンスっていうのは、つまり、今の私の姿なんだ。過去に戻り、事件を起こす前の自分――君のことだよ――自分に会い、事件を思い止《とど》まらせる。そんな残酷なことをしないように、説得する。これが、私に残された最後のチャンスの正体だ。もし失敗したら、未来に戻った時、やはり私は、判決通りに裏舞台で死刑に処せられる」

「……簡単じゃんか」

「簡単？」

「要は、俺が、そのあんたが言ったみたいな事件を、起こさなきゃいいんだろ。嘘《うそ》みたいな話だし、こうしている今でもまだ信じらんないけど、そんなこと、する訳ないよ。それだけは、はっきりしてる。そこまで俺は、馬鹿じゃない」

横尾は、首を振りながら言った。

「甘いな。君は、絶対に事件を起こすよ。今のままだと」

友也の眼差しが、きつくなった。

「何でそう言い切れる訳」

「言い切れるさ。だって、事件を起こしたのは私なんだからね。そんな考えだったら、君は何《いず》れ必ず人を殺す。十一人の人を、ね」

横尾は、そう言いながらも、心の奥底で、本当の数が十二人であることを、忘れた訳ではなかった。発見されていない女の子の身体《からだ》は、あと一つある。そのことを、彼は警察に告白していないし、遺体が出ない人物は、世間では単なる行方不明者でしかない。言ってみれば、あの頃、家出した若い女の子に繁華街で出会うことなど、さして困難なことではなかった。街を歩けば、フラつき歩いている少女達に幾らでも当った。日常茶飯事の、さして珍しくもないことだった。警察の厳しい追及の網に掛からなかった一人を、横尾は封印した。今の歳《とし》になれば、その子も含めた彼女達にも生活があって、彼女達なりのその後の人生があったのだと思えるが、若い時には、そうした想像力も欠如していた。

無論、時と共に深まっていった心からの悔悛《かいしゅん》と謝罪の思いは、十一人と一人の間で違いはなかった。いや、むしろ、その一人に対しての気持ちが最も深いかもしれない。彼女の最期《さいご》の姿、そして今存在している場所を知る人物は、他ならぬ自分だけなのだ。横たわった細身の身体。華奢《きゃしゃ》な首。浮いていた青い血管。肘《ひじ》の皺《しわ》。結構長かった睫《まつげ》。肌の産毛《うぶげ》。全《すべ》てが、今も眼に焼き付いている。

横尾は、十一人については、亡骸《なきがら》が発見されていたこともあり、犯行を認めていた。だが、その彼女一人に関してだけは、言いそびれてしまっていた。単純に、言い出す切っ掛けをなくしていたということもある。隠しているということは、心の底から反省していないということではないのか——そう問われれば、それを否定する言葉を横尾は持っていない。

「じゃあ、どうしろって訳」

友也の挑発的な言い方に、横尾は現実に戻った。そうだ。だからこそ、十一人だけでなくその一人のためにも、この説得をミスする訳にはいかないのだ。何が何でも、成功させなくてはならない。他に気を奪われていたことを押し隠し、友也に語った。

「人を殺しちゃいけない、なんて言葉にするのは簡単なことだ。でも、その本質は、そう単純明快なことじゃない。どうして、人を殺しちゃいけないと思う？　私だって、君の年齢の頃、漠然といけないことなんだろうなとは思ってたけど、でも、現実には、そのハードルを呆気《あっけ》なく越えて、罪を犯してしまった。その後、社会がそう決めているから、深く考えもせず、そういうものなんだって自分の中に受け入れていたことに気が付いたんだ。だって、捕まってから、時間を費やしてどんなに調べたり考えたりしても、はっきりこれだっていう、自分を百パーセント納得させられる明快な正解に、辿《たど》り着けなかったんだから。正直に言うと、実は今でもそうなんだ。反省とは別にね。とても恥ずかしいことだけど。でもね――」

横尾は、コーヒーを飲んだ。友也は、ただ待っている。

「これだけは、はっきりしてる。人には、それぞれ人生があって、その人なりの生き方があって、可能性と未来がある。この世の中には、人の数と同じだけ人生の数があって、未来の数があるってことだ。人を殺すということは、そうした人生そのものの存在を、別の人間が力任せに消し去ってしまうってことに等しい。それが、いいことなのか悪いことなのかと訊《き》かれたら、やっぱり私は、決していいことではないと答えるだろう。何故《なぜ》かは、巧《うま》く言えない。でも、そう感じるんだ。実際、私も、これから先があった筈《はず》の幾つもの他人の人生を、中途で断ち切ってしまった。私が勝手に、だ。その罪悪感は、消そうと思っても一生涯消えるものじゃない。それが、何よりの証拠だと思う。殺した人間と殺された人間。殺した側の人間が、ちょっとでもまともな感情を持ち合わせている限り、両者の間は、否応《いやおう》無しに、強く深い縁《えにし》で一生結ばれて仕舞う。これは、どうやっても絶対に切り離せない」

横尾は、試すように友也を見た。友也は、彼なりに何かを摑《つか》もうと努めている、そんな眼をしていた。

「こんな、曖昧《あいまい》な言い方で申し訳ない。でも、それらしい理屈を何個も並べる言葉遊びみたいなことは、私には出来ないんだ。曖昧だからこそ、昔から人は人を殺してきた。もっともらしい理由と言い訳の下に、殺し続けてきた。結果は、歴史が証明する通り、悲しみと憎しみが積み重なっていくだけだった。だから、法律というものが生まれ、殺人はいけないと定めた。感情論ではない線引きが、必要だったのだろう。そう私は考えた。私の考えだ」

いいか、と横尾は前置きして続けた。友也だけでなく、十七番もじっと黙って聞いている。

「君にも、心の底から、考えて欲しい。単に、表面上で判ったようなつもりになっていても、そんなメッキは、私が君の前から去ったら、何日もしない内に剝《は》がれ落ちるだろう。そして君は、君自身の短絡的な感情に走り、一時の思いのままに事件を、殺人を起こすだろう。何人もの人を、殺すだろう。それじゃ、駄目なんだ。それじゃ、何も変わらない。以前と同じことで、私がここに来た意味もなかったことになってしまう」

横尾は、友也を睨《にら》んだ。

「もしかしたら、君は、ここで私と会ったことすらも、夢か幻だったと思い込もうとするかも知れない。自分の都合のよいように物事を歪曲《わいきょく》し解釈し、そう判断するかも知れない。今の君なら、きっとそうなるだろう。私には判る。何故って、君は私だからだ。私は、君だった。その場しのぎの承諾は、無意味なんだ。半永久的に理解してくれるには、心に刻み付ける位の厳しさが必要だ。君にも、私にも。そして、今、この限られた時間が、私と君に残された唯一《ゆいいつ》のチャンスだってことも、きちんと頭で冷静に見極めて欲しい」

横尾は、念押しするように友也を見詰めてから、静かにトーストを食し、コーヒーを一口飲んだ。混乱している様子の友也に、更にしんみりとした調子で言った。

「私の願いは、他人の命を奪うことの残酷さと、奪われた人の不憫《ふびん》さと、遺族の人達の悲惨さと、その後の私が過ごした時間の無意味さを、この私の姿から常に思い出して欲しいということだ。あんなことさえなければ、自分も含めた全員に、人生が残されていた。何より、君の未来は、この私とは全く違ったものになるだろう。そうならなくちゃいけない。君は、そうしなくちゃいけない。償いの時間など、本来あるべきではないし、ないに越したことはないんだ。殺人という愚かな行為を、君の人生とは一生無縁のものにしなくちゃ駄目だ。判るかい。そのためには、君自身が変わる必要がある」

横尾は、友也に再会を果たせたら、忘れずに告げようと心に期していたことを、口にした。

「だからこそ、君には、自分の殻に逃げ込んで閉じ籠《こ》もることだけはやめて欲しいんだ。自分の中とその周りだけが、全てじゃない。もっと広い視野で、外側に眼を向けてみることも必要だ。今だけでなく、今後の君の人生のためにも。私の人生のためにも」

横尾は微笑し、「私の眼を、しっかりと見て欲しい」と告げた。そう言われて、友也が視線を合わせた。

「外の世界を全て否定し遮断《しやだん》し排斥するのは、君の将来にとって、マイナスにしかならないんだよ。これは、大人になった未来の君である私だからこそ理解出来た事実だし、それ故《ゆえ》にまず第一に、君に伝えたかったことなんだ。私は、過去の自分に再会したら、他の何よりもそれだけは伝えようと強く願っていた。最低でも、それだけは絶対に伝えようと。自分というものの、外に出て行くんだ。そこは、もっと多彩で奥深い」

友也は、初めて見せる真剣な表情で聞き入っている。

「今の君なら、私のような愚劣な人生に落ちることを避けられる。まだ、穴の手前なんだ。その穴の存在に気付いて欲しいから、私は、未来から君に会いに来た。君が変に強情で頑固だっていうのは、自分のことだから最初から判ってたけど、他の人ならいざ知らず、私の言うことなら少しは耳を傾けてくれるだろうと信じてね。だって、私が話すことっていうのは、イコール君自身が話すことなんだから」

最後に横尾は、「歳を取らないと、見えてこないこともあるんだよ」と、ぽつんと加えた。

友也の顔に、色々な情が現れては消えた。それらに揺さ振られるように、彼の語りも変化を遂げる。

「……難しいこと、言ってさあ……どうしろってのよ、俺に」

声のトーンには、不安定な強弱が付き纏《まと》った。

「そんなさあ、いきなし俺の前に現れてさあ、未来だ殺人だ死刑だってトンでもない話聞かされてさあ、信じらんねえ話を信じろって言われてさあ、こっちが判ったって言やあ、そう簡単には判んない、判ってもらっちゃ困るみたく言われてさあ、おまけに、何だか難しいことごちゃごちゃ言われてさあ、ほんじゃ、俺はどうしたらいい訳よ」

友也の呼吸が激しくなり、頬がひくひくし始めた。神経質に、肩を細かく上下させている。

「殺人を犯すということは、君に何ももたらさないということなんだよ。さあ、私を見てくれ。よく見てくれ」

横尾は、立ち上がって両手を掲げ、その場でくるりと一周してみせた。

「この、五十歳を過ぎたしょぼくれ男は、人生のいいことを一つも経験することなく、こんなになっちまった。君も、若いとはいえ、今まで生きてきて、いいことなんて一つもなかっただろう。なかったんだ。一つもね。そう、なかった、一つも。でもね、これから先には、何かあるかもしれない。何もないかもしれないけど、でも、一つ位はあるかもしれない。ここが大事なんだ。ないかもしれないけど、あるかもしれないってことがね。人生は、誰も先を読めない。だけど、今のままじゃ、君はこうなる。君の行き着く先は、君のすぐ前にある。この私だ」

横尾は、万歳したままで立ち尽くした。友也は、力なく横尾を見やっていたが、やがて、愚痴るように言った。

「……こんな……俺をさ、追い詰めてさ、どうしようってのさ」

「追い詰めちゃいないさ」と、横尾が腰を降ろした。ぐっと顔を寄せる。

「いいかい。私は、君の敵じゃない。味方なんだ。君が、家族や大人達、周囲の連中にどんなに不信感を持っていても、君を絶対に裏切らない人間が、たった一人だけいる。そう、自分だよ。私は、その自分なんだ。未来の君自身だ。こんなに信用出来る味方が、他にいるかな」

友也の瞳《ひとみ》に、何かを請《こ》う色合いが混じり始めたように、横尾には思えた。

「私は、君を救いたいんだ。私自身のためにも、横尾友也という若者を助けたい。心からそう思って、また助けられると強く信じて、私はこの時代に来た」

友也の喉仏《のどぼとけ》が動いた。それから、やや擦《かす》れ気味の声で尋ねた。

「……それが、本当だったとしてさ……俺は……その……どうすりゃいい訳。何をしたら」

それを聞いて、横尾は、説得の芽が出て来たと思った。少なくとも、僅《わず》かな隙間《すきま》ではあるが、内面の扉を開けてくれたらしい。相手側に、こちらの話を受け入れようとの姿勢が全くないと、伝わるものも伝わらない。

横尾の言葉が、ますます丸くなった。

「何もしなくていいんだよ。私の話を聞いてくれて、しっかりと心に刻み付けてくれて、そのことを忘れないでいてくれれば」

横尾は、コーヒーカップを手にして、友也が、全く食事に手を付けていないことに思い至った。

「食事を食べて。少しでも、口に入れた方がいい。物を食べるってね、不自由な生活の中では、一番生きてるって感覚を実感出来たことだった。物を食って排泄《はいせつ》するってのは、生き物の基本動作だ」

横尾が、大口でトーストをぱくついた。豪快にムシャムシャとやる。それを見て勇気を得られたのか、やっと友也もトーストに手を伸ばした。時間の経過したトーストは、サクサク感を失っていた。

横尾は、殺人から逃亡、更なる殺人、逮捕、裁判、判決、その間の拘置所生活という一連の過程の中で、どのように自分の心境が変化していったのかを、頭から順次、時間の許す限り何回でも友也に語っていこうと決意していた。このラストチャンスに懸けるしかなかった。横尾は、精根込めて話せばきっと理解してくれると、自分を信じて、文字通り自分——友也——を信じて、説得を試みようとしていた。

最終的に二日目の話は、昼食を挟み夜の九時過ぎまで続いた。

「どう思いますか」

ホテルの玄関で、夜の空気の中を帰って行く友也の背を見送りながら、横尾が十七番に訊いた。

「あなたは如何《いかが》です」と、逆に十七番が問い返した。

「私の感想ですか」

「はい」

「そうですね。正直、よく判《わか》りません。手応《てごた》えがあったのかなかったのか……私なりに精一杯、真剣に話はしたつもりなんですが」

ある種の達成感と、それと同じ位の不安感が、横尾の胸中で複雑にせめぎ合った。

「今夜一晩、彼も一人になって色々考える筈です」

十七番が、穏やかな口調で言った。

「単なる高校生である彼は、嘘《うそ》でも冗談でも欺瞞《ぎまん》でもない常識外の重い現実に、押し潰《つぶ》されそうになっているに違いありません。それでも、現実は現実として、つまり、自分の身にやがて降り掛かる運命の問題として受け入れていたと、考えて差し支えないでしょう」

珍しく長々と、十七番の声が続いた。後押しを受けて、横尾は安堵《あんど》して言った。

「ということは、順調にきていると？」

それには答えず、十七番の話し方も毅然《きぜん》としたものへと戻った。

「何《いず》れにしろ幸運なことに、可能性は、明日へと持ち越されたようです」

二人は、ロビーへと引き返した。

実際、横尾は、相応の張り合いを感じていた。室内では、殆《ほとん》ど横尾が一方的に語る格好だったが、その都度友也の表情は、豊かに移り変わっていったからだ。心が動いている、そう思わせるものがあった。見込みはある。横尾は、やるだけやったとの充足感もあって、気分は満ち足りていた。

「夕食なんですが」

十七番が尋ねた。それと同時に、安心したせいもあったのか、猛烈な空腹感に横尾は襲われた。胃が収縮する様まで判る。夕食を取ることも忘れて、横尾は友也と話し込んでいたのだった。

「あ、彼は」

横尾が、帰った友也を気遣って振り向いた。既に、友也の姿はなかった。追い掛けようかと考えたが、寸前で思い直した。

彼は、今日一日で、精神的にも肉体的にも、かなり疲れて参っている筈である。これ以上、自分達との同席を強要することは、マイナスでしかないだろう。今晩はこのまま解放し、一人にしてやるのがベストだ。でないと、神経面で潰れてしまいかねない。そうなったら、説得も何もない。明日もあるのだから。

横尾が、がらりと口調を変えて明るく言った。

「今夜は、駅前にある中華料理店で食べたいんですが」

「中華、ですか」

「はい。ここからだと、駅の反対側になるんですけど。そんなに大きくない、本当に普通の中華屋なんですが、高校生の頃、たまに食べてたことがありまして」

「判りました。それでは、そこで」

二人は、玄関へと向きを返した。歩く横尾の口に、忘れていたラーメンの味が微《かす》かに拡《ひろ》がった。忽《たちま》ち、一気に当時の感覚に引っ張り込まれそうになる。辛うじて、横尾は踏み止まった。頭では冷静に判断しているつもりでも、感覚はしばしば勘違いし錯《さく》綜《そう》し、時間を狂わせる。その理性と感性のギャップを思う時、横尾には、逆の立場ではあっても友也の困惑や混乱の状況が、自然と納得出来るのだった。

「まずいですね」

ハンディPCの映像ペーパーを通し、サーモ・サーチで室内の様子を探っていた十七番の口から、硬質な声が洩《も》れた。周りでは、静かに鳥が鳴いている。言い知れぬ胸騒ぎに、横尾が近寄った。

彼の嫌な予感は、的中した。人の存在を教えるオレンジの形は、横尾家の中に六つある。が、昨日、友也の姿を捉《とら》えた付近には、温度を放つモノは見当らない。

「彼が、家の中で自室を出ている可能性というのは」

十七番の質問に、横尾は、首を横に振りながら、それでも、自分の姿を求めて映像ペーパーを凝視していた。

「ないです。風呂かトイレか、その二つ以外は。食事も部屋で食べてましたから。いや、でも、まさか」

昨夜別れる時、横尾達は友也と、今日の朝八時にホテルのロビーで再会する旨《むね》の約束を取り付けていた。彼を信用していなかったということではないが、しかし、この日が最終日である以上、前倒しにフォローを入れていくことは、二人にしてみれば当然の成り行きと言えた。だからこそ、万が一を考え、昨日よりも早い時間に自宅を訪れたのだ。友也が家を出て、約束通りにホテルに到着する姿を、追跡しつつ確認さえすればよかった。だが、どうやら友也は、この時点でもう家にいないらしい。現況は、そう伝えていた。

もうホテルに向かったのか。いや、ここに来る途中でも見掛けなかったし、第一、時間的に早過ぎる。

「どうしますか」

十七番が、冷静に訊《き》いてきた。彼は常に、こちらに指示を請うばかりだ。横尾は、一瞬苛立《いらだ》ったが、感情を自身の中に封じた。判っている。これは、他の誰でもない自分の問題だ。

「そうですね。……家に、電話を、してみたいと思うんですが」

横尾は、必死に考えを絞り出した。今のところ、正確な情報を得るには、それ以外に手段はなさそうだった。

「あの、電話とはいえ、私が家族と直接話すことは、やはり――」

「禁じられています」

「そうですか……」

「承知しました。では、私が代わりに」

十七番が、何でもないといった様子で言い、次にはもう携帯を取り出していた。

横尾は、自宅を睨《にら》み付けた。また今日も、昨日と変わらず会って話が出来ると考えた自分が、甘かったのだろうか。自分に落ち度があったとするなら、心が通じたと思って安心し切ってしまった油断だろうか。相手が自分であっても、あっさりと信じた己れが馬鹿だったのか。昨日の友也の神妙な面持ちが、横尾の脳裏を掠《かす》めた。

不意に、ドアの開く音がした。十七番が、携帯を閉じる。門扉に手を掛け出て来たのは、姉の美樹だった。スポーツタイプのバッグを肩に引っ掛けた、ラフな格好をしている。

すかさず、十七番が彼女の許《もと》へと走った。

「失礼ですが、横尾さんの家の方ですよね」

「そうですけど。何ですか」

足を止めた美樹が、不審そうに十七番を見ている。朝の落ち着いた空気の中、二人の会話は、離れた横尾の耳にもよく届いた。

「朝からすいません。私、高校で、横尾友也君のクラスの副担任をしている者です」

「あ、そうですか」

途端に、美樹の表情が崩れた。知り合いとか関係者とか、自分と何らかの繋《つな》がりのある人間に対しては、前から本当に外面《そとづら》がよかった。やっぱり昔のままだ、と横尾は呆《あき》れた。苦々しさも、一瞬復活する。だが、自分の説得が無駄足に終われば、人のよさそうなあの笑顔も、およそ一ヶ月後には血で彩《いろど》られることになる。それも、まあいいか……とぼんやり考えそうになって、慌《あわ》てて打ち消した。何を血迷っているのか。横尾は、自分でないような潜在意識にゾッとなった。そんなことを、彼女は、年下の姉は知る由《よし》もない。

「実は昨日、横尾君が、何の連絡もなく無断で学校を欠席したものですから。どうしたのかと心配になりまして」

「それでわざわざ？」

「ええ」

十七番の作り話に、美樹は、一度感謝の会釈《えしやく》をしてから、笑みを消さずに淡々と述べた。

「友也は、何か昨日帰って来なかったみたいなんですよ」

「帰宅していない」

「はい」

「昨日から」

「はい」

「本人から、何か連絡は」

「どうでしょうか。私はちょっと」

心配する素振りもなく、美樹は笑顔を続けている。

「でも、昨日からどこに行っているか、判らないんですよね」

「はい」

「それで、他のご家族の皆さんは、何か仰《おつしや》っていましたか」

美樹は、小首を傾《かし》げただけだった。横尾は、互いに干渉しなかったし交渉もなかったのだから無理もない、とは思いながらも、今の客観的立場からは、連中の無関心さに腹が立っていた。自分の身から出た錆《さび》ではある。それでも、横尾は、友也のことが可哀相《かわいそう》になってきた。

「彼の行き先に、心当たりはありませんか」

「すいません」

「ご家族の方は、彼の行き先に——」

言い終わる前に、美樹が首を振って否定した。

「なるほど。横尾君が昨日から帰っていないのに、ご家族の皆さんは、彼が何処《どこ》に行ったかも判らない。彼から何か連絡があったのかどうかすら、定かではない」

「あの、もういいですか」

やや詰《なじ》り口調だった十七番に、美樹が、肩のバッグを掛け直しながら言った。

「約束の時間があるんで。ごめんなさい」

十七番の返事を待たずに軽く一礼すると、晴れやかな笑顔のままで美樹は立ち去った。横尾は、物陰から、脱力感をもって見送るしかなかった。

「連中の態度は、以前からのことです。慣れてますから」

横尾は、戻って来た十七番を軽くいなした。またもや頭をもたげてきた、三十数年振りの美樹や家族への怨《うら》みは、一人自分の中で殺した。

それより問題は、友也の行き先だ。自宅にいないことは、はっきりした。昨夜別れて以降、彼はどこに行ったのか。横尾は、自分の立ち回りそうな場所を、当時の記憶を必死に掘り起こし、列挙していった。十七番は、ハンディPCで、それらに関する情報を、過去の蓄積データと現在のリアルタイムのデータという両面から検討していく。

予測していたことだが、過去データに反して、友也は高校にも行っていなかった。

横尾達が登場したことで友也の行動に生じた、歴史の小さな歪《ゆが》みだった。

高校生の友也の行動範囲は、さして広くはない。ベースは、通学圏内だ。二人は、自宅周辺、駅までの道、駅周辺、高校とその近辺を、施設や店からコンビニまで片っ端から探した。

――このままでは、説得はまだ十分じゃない。いい所までは来た。来ているとは思う。だからこそ、絶対に最後のもう一押しが必要だ。確実性をより向上させるための、最後の駄目押しが。

昨日の段階で、そう横尾は感じていた。そこにもってきて、友也の行方が知れないということは、説得の成功率が、疑いなく昨日から後退していることを意味している。好ましくない事態である。

まだ時間はある――そう前向きに思い込もうとしても、厳しさは増していく。時は、容赦なく無情に走った。横尾には、学生の時によく遊んでいた懐《なつ》かしい街であるが、感傷に浸る余裕はなかった。焦《あせ》りばかりが、積もっていく。

横尾は、捜すことに全力を注ぎながらも、自分が悲しく情けなくて、何かの拍子で涙すら出てしまいそうな危険を覚えていた。我ながら、感情の掌握が完全ではない。まるで、歳《とし》不相応で未熟な餓鬼のレベルを、自分がうろついているみたいだ。そう、友也に極めて近いレベルを。

太陽は、今日も人間界の営みとは関係なく空を移動し、地上に降り落ちる光線は、角度を鋭く変えながら、白から黄色そして橙色《だいだいいろ》へと変じた。街の影は例外なく、細く長く伸びた。横尾の疲労の色も濃く、絶望と自棄が、じわりじわりと台頭し始めた。

とある路地に入った二人は、そこで自動販売機の缶コーヒーを買うと、その場にぺたりと座り込んだ。そして、モノも言わずに、二人同時に中身を一気に飲み下した。

胃に流れ落ちた冷たさに、横尾のいらいらも、小休止してくれたようだった。

——頭を冷やして、発想と視点を変えてみよう。同じ場所は、何度も往復した。当てもなく彷徨《さまよ》うだけでは、もう単に雲を摑《つか》むような話になってしまう。

横尾は、奥歯を嚙《か》んだ。とち狂って、行ったこともないような場所に行ってしまったとでもいうのか。例えば、どこかの海とか……横尾は寒気がした。自分には不似合いだし、そんな感傷的で青臭いこと、考えたくもない。考えたくもないが、もしそうなら、行き先は無限である。そうなってはお手上げだ。

十七番が、腕時計を見て言った。

「再確認します。今、五時三十七分です。飛行機と車を使って仁徳天皇陵まで戻ると考え、予約した飛行機が九時四十五分。これは、充分な時間的余裕も考慮したものです。羽田に九時半と仮定して、あと約四時間あります。最終のこれを逃すことは出来ませんから、空港への移動時間もみて、残り三時間、それが全《すべ》てです」

無感情な言い回しで告げると、十七番が、手先で軽く空缶を投じた。販売機の横に置かれた空缶入れの丸い穴を、空を舞った缶はすぽりと通り抜け、中で音を立てた。並みの運動神経ではない、驚異のコントロールだった。

あと三時間。いよいよ土壇場に来た、そう横尾は思った。……多分、姿を消してしまったのは、話を信じたからだろう。信じたからこそ、自分の中で巧《うま》く収拾出来ずにいる。自分だったら、何を思うか……逃げたかったのか、とにかく逃げたかった、見知らぬ二人からも現実からも、昨晩友也は、自分達と別れて一人になったら急に恐くなって、それもある、だったら、どこに逃げるか、ふらふら逃げ回る、逃げ回りながら何かを考えただろう、どこか知らない場所に行くか、そういう気持ちにならないとも限らない……でも……見知らぬ土地は不安だ、そう、恐い、心細い、そうだ。

横尾は、自らの深層部に侵入でもするように、扉の一つ一つを押し開ける気持ちで自問自答した。

ただでさえ不安なのに、更なる不安の上塗りはいらない。欲しいのは、落ち着ける場所。それだけ求めて、昨日から……待てよ……何故《なぜ》家に帰らずに……いや、帰れなかったってことか。それもあり得る。私は、家に帰りたくなかった。帰れなかった。自分がその内、家族六人を殺すと聞かされたら、その六人と顔を合わせたくはない。顔も見たくない。同じ空気すら吸いたくない。だが、それはつまり、これまでにない程に家族を意識しているということであって……家族のことを考えているということで——。

横尾の心中で、家族の六人に情が傾いた時、突然六人の笑顔が眼の前を通過した。皆が皆、笑顔だ。変な含みの全くない、見たこともない笑顔だ。干涸《ひから》びていた種子が水滴を得て発芽するように、死んだ振りをしていた思い出が、ぐんと突き上がってきた。不意打ちに、横尾は、思わず狼狽《うろた》えた。

何だ……これは何だ。どうして、こいつら朗らかに笑ってる。侮蔑《ぶべつ》や嫌味の入り交じった笑い顔なら、こちらだって幾らでも身構えることが出来る。だが、裏に何もない笑みには、横尾としても、どうしたらいいか判《わか》らない。記憶の血管に詰まっていた血栓が、次第に溶解し、遂《つい》に急流になって流れ出した。両親が、何かを食べている。祖父母も一緒だ。幸重と美樹は、高校生位だろうか。自分の前にも、料理が並んでいる。そうだ、ファミレスをリクエストしたのは、私だ。中学受験を控えて、初めて両親から許された我儘《わがまま》。こんなことも、あったのか。横尾は、ふらりと立ち上がった。

無言で、十七番も立ち上がる。

家族揃《そろ》って——普段なら、思うだけで気色悪いし、見た目も格好悪く、赤面したくなる出来事を、横尾は純粋に回想していた。

笑いもあった。全員で食事をした。家族……殺害……恨みと憎しみ……今は生きている六人……連中との距離がまだ近かったずっと以前の過去……唯一《ゆいいつ》の思い出？　それを、今の横尾は、意外な程率直に切望していた。また、否定しようとする横尾もいる。自己分裂、自己瓦解《がかい》の一歩手前。何ていうことだ。自分は、そんなにセンチメンタルになるか。

母親が、自身のハンバーグを二つに切り分けて、大きい方を横尾の皿に移している。笑い顔だ。横取りしようとした幸重の手を、父親が叩《たた》いた。横尾のために、兄を叱《しか》ったのだ。美樹が、幸重をからかった。幸重が、それに応戦する。いつもなら必ず手を組んで横尾に対していた二人——しかし、その図式は、ここにはない。祖父母は、ただ微笑《ほほえ》んで、家族の姿を眺めている。

横尾の心の奥に、ぽっと何かが灯《とも》り、次いで、じんわりとした、染《し》み入るような温かみが拡《ひろ》がった。どこにも逃がしたくなくて、いい大人が、両手で自分の肩を抱き締めた。不覚にも胸がいっぱいになり、目頭が熱くなる。感傷が零《こぼ》れ落ちそうになった。

「横尾さん」

十七番からの呼び掛けが、救いとなった。これではまずいと、横尾は、連れて行かれる手前で踏ん張った。

「すいません。大丈夫です」

十七番に答え、横尾は大きく息を吐いた。大きくうねった波が、平穏を取り戻すよう努める。眼を閉じ、己れに言い聞かせた。そうだ、リミットが迫っている。今となっては、自分の気持ちの整理などに、時間を費やしている暇はないのだ。横尾は、眼を開き、考えを一点に集中させた。

誤っているかもしれない。もし時間の浪費に終わったら、という危険もある。しかし、今は、もう別の方法を選択する時間だった。他がない以上、試してみるしかない。

――あのファミレス、場所はどこだったか。

横尾は、表に出そうになった思いを誤魔化すように、手で顔を強く擦《こす》り鼻を啜《すす》ると、眉根《まゆね》を寄せた。

タクシーに乗った二人は、駅を中心とした円を考え、半径を伸ばしながらその範囲に存在するファミレス、もしくはそれに近い飲食店を、次々に訪れていった。ハンディPCで場所を調べ、店ごとに虱潰《しらみつぶ》しに当たっていく。

ファミレスは、恐らく家族七人であの時に行ったのが最後だろうと、横尾は思った。その後、近寄りもしなかったのは、家族六人と共に食事をした、生き恥とも言えるそうした事実そのものを認めたくなくて、場所を回避することでバランスを保っていたのかも知れない。或いは、まさかとは思うが、あれを一つの思い出として封印したくて、わざと避け続けたのかも知れない。いや、この歳になってみると、それもあながちない話ではないと思える。反対に、その可能性の方が高いのではないか。最大の憎《ぞう》悪《お》は、最も意識しているということの裏返しに他ならないのだから。四十年は昔の、家族揃っての食事という過去を思い出せたことにも驚きながら、横尾は、行き先の判らない友也を思い、彼の心情に自身を重ね、切なくなってきた。自分は、何と哀れで小さく悲しい若者だったのだろう。

横尾の眼が、何かに反応した。この情景、初めてじゃない。タクシーは、十七番の指示で、ファミレスのパーキングへと入った。

「……夜だったか」

納得するように、横尾が言った。

「覚えがありますか」と、十七番が尋ねた。周章のない声だった。横尾は、深く頷《うなず》いた。そうだ、時間は夜だった。あの時、店内から見た窓の外は暗かった。道路を通る車のヘッドライトが、店の様子が反射して映っている窓の向こうを、ぼやけて過ぎて行った。こんなに離れたファミレスにどうして……車で来たのか……何かの帰りか。そこまでは、思い出せない。

店内は、満席に見えたが、席が空くのを待っている客はいなかった。横尾は、完全に思い出していた。何てことだ。窓際《まどぎわ》の奥から二番目のテーブル、あの六人と食事をした席だ。そこに、身動《みじろ》ぎもせずに座っている友也の姿があった。肩を落とし背を丸め、視線は下向きで、八方塞《ふさ》がりの様子である。

まさか本当に居るとは、という驚きと、やっぱりという思いが、横尾の中で複雑に絡《から》まり合った。発見したという安堵《あんど》感と、居てくれたことへの喜びも込み上げる。そうだ、自分は自分なんだ。横尾は、小さく感動すらしていた。

二人は、ゆっくりとテーブルに近付いた。気配に感付いた友也が顔を上げ、眼を見開いた。

「あちこち捜したんだけどね、でも、この場所を思い出したんだ。私は、君だからね」

何でもないといった風にそう言うと、横尾は微笑し、友也の隣に腰を降ろした。対面では、無意識に眼の前の相手から自分を防御しようとする気持ちが働く。今回は、それを避けるためだった。十七番が、横尾の前に座った。友也が、おどおどと答えた。

「別に、大した意味なんか、ないよ、ここに来たのは。俺はさ、何て言うか、ただ、その」

横尾がここに来たということは、自分の心情も見抜かれている、そう友也は感じたのかもしれなかった。それを汲《く》んで、横尾も、この場所を推測した理由は話さなかった。タイム・リミットがすぐそこまで迫っていたこともある。横尾は、核心へと切り込んだ。

「約束したよね。どうして来てくれなかったのかな。信じて、楽しみに待ってたのに」

横尾は、敢《あ》えて正面を向いたままで訊いた。友也は、口を結んだままだ。オーダーを取りに来た女性店員を、十七番が、軽く手を上げて下がらせた。

「恐かったし、やっぱ」やっと友也が言った。

「恐がる必要ないじゃない。自分に会うのに」

「恐いよ。常識で考えたら、あり得ない話でしょ」

横尾が、一拍おいて、諭すように語った。

「混乱しているのは、よく判るよ。でも、だからこそ、考えをもう一度整理してもらうためにも、やっぱり君の方から会いに来て欲しかった。それが、私に対する君の意思表示というか、決意の表れでもあると思ってたしね。それに、約束は絶対に守るって、昨日あれだけ力強く、君は言い切ってくれたし」

外面上は申し訳なさそうに、友也が項垂《うなだ》れた。

「でも、それはもういいよ」と、横尾は、テーブルを眺めた。友也の前に、コーヒーカップが一つあるだけだ。

「いつから、ここにいるの」

「お昼頃から」

「コーヒーだけで、随分粘ったね。それまでは、どこに行ってたんだろう」

「いろいろ。あっちこっち」

「今日一日、どんなことを考えてた」

「別に。何も」

「本当に？」

友也は、返事をしなかった。十六歳の若者には手に余る心の悲鳴を、横尾は想像していた。が、昔の自分に寄り添おうとするそうした思いを断ち切っても、言わなければならない。彼を己れを鼓舞した。ますます友也を追い詰めることになったとしても。

「そんなに心配しなくても、もうすぐ私は消えるよ。私には、もう時間がないんだ」

隣席の友也の顔が上がった。

「元の自分の生きているべき時代に帰る時間が、近いんだ。嫌でもここを去らなきゃならない。だから、絶対にもう一度会っておきたかったんだよ。判って欲しい」

横尾が、隣を見た。友也も、横尾を見ていた。

「君を、信じていない訳じゃない。だけど、未来の私の運命の全ては、この時代の君に掛かっている。君が、全てを握ってる。未来の私というのは、つまり未来の君のことだよ。君の行いの全てが、君の将来を左右する。それだけは、忘れないでくれ。そこにある現実が、つまり今が、君の人生の全部じゃない。眼の前に私がいるように、君の人生には、ずっと先がある。それも、可能性と希望に満ちた未来がね。先は長いんだ。想像以上に長いんだよ。その可能性を完全に奪われた存在が、私だ。私は、こんな風にはなりたくなかったし、君には、こうなって欲しくない」

友也が、重さに耐えられなくなったのか、眼を外した。振り絞るような声で、横尾に問い掛ける。

「もう一度、訊《き》いていい」

「勿論《もちろん》」

「あのさ、どんな気持ちだったの。六人を、その、殺した時って」

友也にとって、現実感があったのは、家族への殺意だったろう。彼は、昨日からその時の私の気持ちを、頻《しき》りに知りたがっていた。

「昨日も話したけど、正直言ってね――」

横尾は、一息吐いた。忌《い》まわしき過去だが、脳の機能は、自分に不都合な部分を、消去したり美化したりすげ替えたりもする。自分の意に反して、である。身勝手なものだ。カウンセリングを以てしても、深層心理の完璧《かんぺき》な解明は困難ですらあったことを、横尾は思い出していた。

「あの時の詳しい記憶は、余りないんだ。忘れたのかどうかも、判らない。説明も出来ない。ただ、気持ちの表面に引っ搔《か》き傷みたいに残っていたのは、言いようのない怒りだけだった。歯止めの利《き》かなくなっていた怒り。今思うとね、物を見る見方って、本当なら幾つもある筈《はず》なんだ。私は、それに気が付けなかった気がする。ある一方向からしか見なかった。それは、自分の見ている世界の狭さに等しい。だから、それが全てになって突っ走ったんだ。一つでも違った見方をしていれば、違った考え方もあるんだってことを知れたかもしれない。不幸なことだった。でも、もっと不幸だったのは、私のせいで犠牲になった人達だ」

横尾は、家族六人と少女達の顔を思い浮かべた。

「怒りや欲望イコール相手にぶつけるもの、そういう考え方もあるよ。ただ、君の年齢の私には、それだけしかなかったんだろうね、きっと。でも、その怒りや欲望を、エネルギーとして別の方向にぶつける考え方だってある。そうすれば、例えば、家族なんて構ってる暇がなくなるし、気にしているのも馬鹿らしくなってくる」

「ホントに?」

「本当だ」

「……それを知るには、どうすりゃいい訳」

昨日と似た質問だった。横尾は、念を押すつもりで言った。

「私は、どうやら絵が好きだったらしいんだ。自分じゃ気付いていなかったみたいだけどね。実は私も、もしかしたらって思ったのは、たった二日前なんだよ。そう、この時代に舞い戻った時だ」

「……確かに、絵を描くの、嫌いじゃないけど」

「絵の世界に踏み込み、画家の生き方や考え方に触れるだけでも、君は別の世界を知ることになる」

「別の世界」

「そうだ。君位の年代では、知ることは成長することだ。成長すれば、違った生き方を模索する。その過程で、また新しい何かに接すれば、またその世界を知ろうとするだろう。但《ただ》し肝心なのは、次々と新しい世界を知っても、やっぱりそれが全《すべ》てじゃないんだという考えを、きちんと頭の隅に置いておくことなんだ」

「それじゃ、キリがないじゃんか」

友也が、不満足気に言った。

「そうだよ。生き方には、限りがない。だけど、人は絶対それらの中からどれかを選んで、生きていかなくちゃならない。そして、人の数だけ生き方がある」

「そんなもんかな」

横尾は、友也を前に若い頃の自身を追想した。

「あの頃、周りは敵ばっかりだったよな。敵しかいなかった。敵しかいないと思ってた。暴力なき迫害。私の居場所はなかった。どこに行っても、何か居心地が悪かった。自分の部屋ですら、その安心感が逆に恐ろしかった。誤った認識とはいえ、君の言葉にならない忿懣《ふんまん》は、判《わか》っているつもりだよ」

ピピッと電子音がした。十七番の腕時計が発した、タイム・アップの合図だった。

この場所から空港への距離を考えても、もう出た方がいい時刻だった。

「どうやら、時間だ」

横尾が、友也を見詰めた。

「もう行かなきゃならない。私は、言いたいことも言うべきことも話したつもりだ。君が、判ってくれたと信じるよ。私は、信じるしかない。私は、三十五年後に還《かえ》るけど、何かあるごとに、私の言葉を思い返して欲しい。一気に走りそうになる前に、ちょっと足を止めて、考えてくれ。三十五年後の私は、君次第だ。君に、私の全てを託す。それは同時に、君自身の将来をも救うことだ。頼んだよ。私をがっかりさせないでくれ」

横尾は、友也の肩を摑《つか》み最後のお願いとばかりに頼み込んだ。その静かな熱気に、友也は少々たじろいだ。

十七番が席を立ち、横尾を促した。

「予定時間は終了です」

仕方なく頷いて、横尾も立ち上がった。その際、誰に言うともなく友也が呟《つぶや》いた。

「絵、ねえ」

軽い声調だった。両手で掬《すく》った水から一雫《ひとしずく》だけ、指の間を落ちるような、些細《ささい》な言葉だ。気にした横尾が、友也を見やった。友也は、渋い顔で左の耳たぶを、忙しく触っている。横尾は、心臓を鋭利な鉄串《てつぐし》で貫かれる痛みを味わった。まさしく、零《こぼ》さぬように注意していた本音の水、その水滴が最後に落ちた、そんな印象だった。横尾に見られていることを知った友也は、顔から表情を消して言った。

「絵って言われてもさ、正直、あんましピンとこないけど」

セリフや顔付きとは対照的に、耳たぶを弄《いじ》る友也の左手は、動きが細かくなった。

この三日間、横尾の過去への神経は、着実に研ぎ澄まされていた。彼自身にも、その自覚があった。点だった思い出は線で連結され、網目が拡大していく。こちらに時空移動してから、夜に観《み》る夢でさえ、当時の生活を追体験していた程だ。そして、眼が覚めると、その過去の時間軸に、実際に自分が存在している。彼は、しばしば夢と現実の境界線を見失う錯覚に陥りそうになった。

そんな横尾には、友也の仕草の意味するところは、記憶の蓄積からさほど苦労せずに弾《はじ》き出すことが出来た。無意識の仕草や行動、癖は、心の負の部分をそれで相殺《そうさい》することで平穏を得る、人間の防衛本能でもある。耳たぶについて言うなら、小学生の時分から、家族や教師、クラスメート達に、からかいも含めて何度か指摘されていた癖だった。

――左の耳たぶを触っている時は、馬耳東風。聞きたくないか他のことに気を取られているか、小馬鹿にして人の話を真剣に聞いていない証拠。

大人達からは、そのお陰で、余分な説教や体罰を数回食らったこともあった。そして時は移り、叱《しか》られていた横尾が、第三者的な立場で見てしまった自身の奇癖。だが今は、そんなことは信じたくもなかった。こんな去り際に、冗談じゃない。思い過ごしであってくれ。横尾は、友也に向き直った。

「絵じゃなくてもいいんだ。何でもいい。君がもっと広い世界に触れられるものであれば」

「うーん……そう……一応、探してみるけど」

左手は、耳たぶから離れようとしない。微《かす》かな不安が、横尾を苛《さいな》む。取り越し苦労であってくれ。だが、この一点を残して、すんなり帰る気には到底なれなかった。自然と、横尾の問い掛けは、責め口調に変わった。

「本当だろうね。嘘《うそ》じゃないね」

「本気だって。嘘吐いてどうすんの」

「馬鹿なことは絶対にしない、最後に約束してくれるよね。でないと、私は帰れない」

「約束するって。大丈夫だよ」

「本当に――」

「心配すんなって、しつこいなあ、ったく」

「その左手を止めろ！」

耳たぶを強く引っ張り出した友也に、我慢ならなくなった横尾がきつく言った。彼には、友也が安請け合いしているとしか思えなくなっていた。しかも、軽くあしらわれるような口の利き方が、余計に横尾の心情にヤスリを掛けた。瞬間吃驚《びっくり》した顔を見せた友也は、そろそろと左手を耳から下げ、次には、横尾を睨《にら》んだ。横尾の背中を、悪寒《おかん》がぞわりと駆け昇った。つい一分前の神妙だった発言と態度を翻《ひるがえ》し、考え悩むことに疲れたのか飽きたのか、投げ遣《や》りな元の友也が再びそこに居た。

「横尾さん」

十七番が、暴走を押し留めるように、横尾の腕に手を掛けた。頭では理解している。こうした強気の言動は逆効果だ。にも拘《かかわ》らず、横尾は、理性という尾翼を破壊された飛行機のように、制御不能になっていた。感情のダッチロールが止まらない。

「何だその態度は！　私の話をもっと真剣に聞け！」

一歩近付いた横尾に、友也も席を立った。

「俺を、そんな眼で見るな」

鋭く言い放った友也の眼が、きゅっと細くなる。隙間《すきま》から覗《のぞ》く彼の瞳《ひとみ》は、敵を迎え撃つそれだった。

「お前が俺だって？　お前は、あいつらと同じだ。同じ眼で見やがって」

威圧された横尾の視野に、窓ガラスに映った五十一歳の横尾友也の立ち姿が入った。大人の眼をした彼が、自身を見ていた。別に友也を、上から見ていたつもりはなかった。しかし——お前は俺なんだ。だから、俺の言うことを聞け——そういう無意識の傲慢《ごうまん》さがあったのだろうか。態度や言葉の端に出たそれを、友也が見抜いていたとでもいうのか。

「いや、私は、そんな」

途端にしどろもどろになって、後が続かない。友也は、相変わらず反撃の表情で立っている。へりくだってさえいた友也は、ここにはいない。だがしかし、あれが単なるポーズであったとは、横尾は、まだ信じたくなかった。

一度ぎゅっと眼を閉じてから、横尾は、友也を正面から見詰め直した。何とか平常心を取り戻そうと試みる。

「私の存在、これを夢とか何かの冗談とか悪戯《いたずら》として割り切れば、君には、心の平静が手に入るだろう。でも、それは逃げだ」

「偉そうに言うなよ。同じ横尾友也なら、俺とあんたは対等だろ」

「積み重ねた経験が決定的に違う」

「は」友也が鼻で笑った。「あんたの言ったことが真実なら、塀の中の経験だろ。ふざけてろよ」

友也の言葉遣いは、ますます図に乗って尖《とが》った。横尾は、何とか言葉を返した。

「経験が教えてくれることだってある。私は、あんなことをしてしまって、ただ後悔している。今日まで、後悔のし通しだ」

「後悔ってのはさ、やった後の人間がすることだろ。やる前の人間には、全然関係ないことだね」

友也が、不貞腐《ふてくさ》れたように脇《わき》を見た。彼の頬は、みっともない程の若い肌をしている。世間知らずで傷付きやすく壊れやすい、人としての未熟の象徴。窓ガラスの横尾とは、大違いだ。照明の影響か、横尾の顔面には部分部分に影が落ちて、初老の特徴をより際立《きわだ》たせていた。やはり、距離は近くとも、二人の間には、絶対に埋めようのない決定的な隔たりがある。横尾は、急速に冷めた。思いを立て直そうと握り締めていた操縦桿《かん》から、あっさりと手が放れた。

今そこにある現在こそが、若者である友也にとってのリアリティーなのだ。未来のような、摑もうにも摑めない不確かなものは、相手にしないしきちんと見ようともしないし、また元々その気もないのだろう。仮に見ようとしてみたところで、見える筈もない。

——無理だ。こいつは裏切る。……もう裏切っている。駄目だ。もう駄目だ。おしまいだ。

咄嗟《とっさ》に横尾は、隣のテーブルに手を伸ばした。ハンバーグセットを食べている女性からナイフをかっさらい、身体《からだ》を返す反動で、友也の胸に横向きに突き入れた。思い出したくもない感触が、手元に鎖みたいに巻き付いた。同時に、自分の胸にも激痛が走る。だが、ナイフは、まだ刃の半分を外気に曝《さら》していた。刃先が丸いことを抜きにしても、自分ではそれなりの力を込めたつもりだったのだが、知らぬ間に手加減をしたのか。横尾は、この三十年以上の年月は無駄ではなかったことを漠然と思った。あの時と違い、抑制が働いたのは、少しはまともな人間になったことの証明だ。

「横尾さん！」

叫び声を上げた十七番が飛び掛かるより早く、横尾は、全体重を友也に預けた。ずぶりと、ナイフが肋骨《ろっこつ》の間を進み、先端はより奥へと達した。かつてない痛みが、横尾の胸部も貫いた。友也の口が、ぱくぱくと動いた。二人の身体は、折り重なるように、そのままシートに横倒しになった。

「何てことを！」

十七番が、横尾を引き剝《は》がしに掛かった。隣の席から、悲鳴が上がった。横尾の全身はぶるぶると震え、汗が吹き出し、歯がかちかち鳴った。横になった友也は、ひくひくと痙攣《けいれん》し、白いトレーナーの胸元からは、茶色の柄が突き出ている。その周辺は真っ赤だった。拡《ひろ》がった赤い液体が、激しくシートを伝って床へと滴《したた》り落ちた。横尾のワイシャツは、白いままだったが、焼いた金属か何かを突っ込まれたような熱い痛みだけは、友也の胸と同じ位置にあった。

「まだチャンスはあったんです！　前にも言ったでしょう！　本当の答えは、あの時代に帰るまで判らないって！　答えは、歴史が出すんですよ！　それなのに！」

そう絶叫する十七番の乳白色の顔を見て、横尾は、ふとおかしくなって唇の片側を上げた。

「あなたの、そういう顔、初めてですね。そういう、人間臭い顔」

「何言ってるんです！」

横尾は、しっかりと十七番の眼を見て言った。

「これは、結局は私の問題なんです。あなたには、関係ない」

そのまま十七番の首を引き寄せ、彼の耳元に告げる。

「あなたは、逃げて下さい」

驚いたのか、十七番が離れようとしたが、横尾は、首をがっちり摑んだまま続けた。

「そのうち警察が来ます。あなたは、捕まる訳にはいかないでしょう。捕まれば、あなたは死を選ぶ筈《はず》です。この時代に居てはいけない人間。秘密を守る義務がある」

横尾は、手を緩め、十七番と見合った。

「色々と、お世話になりました」

十七番は、何も言わない。が、気のせいか、彼の瞳が濡《ぬ》れているように、横尾には思われた。それは、横尾への同情からなのか、任務に失敗したことへの無念さからなのか、その両方なのか。そこまでは、横尾には判らなかった。

全てが無に帰した横尾は、初めて十七番に対し、年下に接する口調で言った。

「あんた、今の仕事……そんな生き方して、本当に楽しいのか。まだ若いのに、何のための人生だ」

十七番の両眼が、大きく開いた。

全部を断ち切るように、横尾が、十七番の二の腕を殴った。

「行け！　早く！」

十七番は、唇を真一文字に結ぶと、悔しそうに眼を伏せてアタッシュケースを掴み、そのまま走り去った。訓練の賜《たまもの》か、即断した彼の行動は、迷いのない速さで、集まり出した客の間を風のように通り抜け、振り返りもせず消えた。

お節介にも、救急処置か何かをしようとする者がいたが、横尾はそいつの手を弾き、意味不明に喚《わめ》き散らし、睨《ね》め付け、自分達の身体に触られるのを拒絶した。

そのうち、警察や救急車という言葉や、年齢の離れた二人の横尾を心配する声や、好奇心からの会話など、一切の雑音が、ゆっくりと横尾の周囲から聞こえなくなった。

胸痛は、もう感じない。友也を見た。彼の胸は、まだ休み休みに上がったり下がったりを繰り返している。

「お前を見ていると」横尾は、シートにぐったりと背を預け、友也に語り掛けた。聞いていようがいまいが、どちらでもよかった。

「つくづく自分が嫌になったし、自信もなくした。私は、本当に酷《ひど》い、最低の奴だったんだ。そう、人の本質なんて、そう簡単に変わるもんじゃない。私が今の私になれたのは、三十数年の努力があったからだ。それでも、基本的に私は気分屋だ。変えようのない性《さが》ってやつで、自分でも、よく判ってる。打算的でその場しのぎ。油断すると、すぐ顔を出したがる。だから、このままの状態でお前を置いていくのは不安だし、そうなれば、未来の私も、どう転んでいるのか心許《こころもと》ない。それは、恐怖だ。未来に戻って、あの悪夢の続きを観るのは、もうゴメンだから。ゼロかイチかなんだ。小数点はいらない。だから、自分の中に生き残っていた良心に従って、私は私なりに私にケリを付けることにした。判るな」

友也の顔は、もう感情を示す変化を乗せてはいなかった。歯の間を、ひゅーひゅーと息が通るだけだ。

「私を、責めないでくれよな」

横尾は、その続きを、独り心の中で呟いた。

――これは、私が過去に犯した殺人とは違う。これは、他人を殺したんじゃない。自殺なんだ。

横尾は、どこかで自分の善の可能性を信じてもいた。自分は、多くの面で劣る人間ではあるけれど、完全なる悪意の塊ではない。いい所が幾つもあるし、人間性も、捨てたものではない。瞬間風速で、悪意の針がレッドゾーンに振り切れることがあっても、少し後にはセイフティーゾーンに戻るものだろう。だとすれば、まだ救いの余地はある。時間を経た今だからこそ、また本人である横尾自身だからこそ、友也をより深く理解出来るつもりだった。だが、友也の人間的未熟さと幼児性に、根底からメスを入れるのは、たった三日間では無謀な話だったのかもしれない。いや、今の友也を相手にしたら、これが一週間でも十日でも同じ結果になったのではないか。

　何気なく血に塗《まみ》れた右手を見て、横尾は息を呑《の》んだ。輪郭線が薄れ、肌の質感と色彩がぼやけている。呼吸をするように濃淡が交互に現れ、時折皮膚が透けて向こうが見えた。死が近いことを確信して、友也に眼をやった。彼の息の出し入れは、インターバルが開き始めている。それに合わせて、横尾の身体も、シグナルみたいに透明感が増したり戻ったりした。横尾は、覚悟を決めて眼を閉じた。最後に思い浮かんだのは、たった一人の顔だった。

　首を絞めた時に抵抗もせず、私を殺してと頼んできた人物。

　――美里亜梨沙。

　横尾が手に掛け、自白せずに胸に仕舞っておいた、最後の犠牲者だった。逃亡中にゲームセンターで再会した時、横尾は驚きと喜びを背後に追いやって、彼女に接した。いや、横尾が在学中の亜梨沙を覚えていても、亜梨沙は横尾の存在を高校で知らなかったのだから、正確には再会とは言えないのだが。

そう、他の女の子達のケースと異なっていたのは、亜梨沙だけが、会話をし身体を重ね、そして殺すという手順を踏んでいたことだった。他の四人は、殺すことが二番目にきていたのに。

人生にこれっぽっちも価値を見出《みいだ》せなかった横尾は、亜梨沙に同類の空気を嗅《か》ぎ取っていた。どこか似通った二人だった。横尾は、彼女を人間として見、彼女も人間として横尾を見た。自分を人間として見てくれた初めての人だった。そんな亜梨沙を、横尾は、殺した。別に、犯してきた殺人を彼女が知ったとか、そういうことがあった訳ではない。寝ている彼女の細く白い首に、手を掛けてみたくなっただけだった。眼を開いた亜梨沙は、何故《なぜ》か抗《あらが》わなかった。微笑《ほほえ》んできた。横尾は、恐くなった。手に力が入った。痛々しいほど痩《や》せた首筋に、細く血管が浮いた。私を殺して。たどたどしい舌が、そう言った。横尾は、訳もなく泣いて、泣けば泣く程に血液が両手に集まり、絞る両手に力を注いだ。涙が、ぽたぽたと彼女の顔の上に落ちた。

「……何で……泣くのよ」

「……知るかよ」

やがて、真っ赤になった亜梨沙の顔は、笑みを湛《たた》えたままで永遠になった。

今回の時空移動では、友也のことで頭がいっぱいで、亜梨沙を深く思い出す暇はなかった。会える期待もしてなかった。が、一昨日、喫茶店で生きて動いている亜梨沙を見た時だけは、時間も空間も、全てが横尾の傍から飛び散った。

友也の説得に挫《ざ》折《せつ》し絶望に腐食された今、暗く沈んだ闇の底からふわりと浮いてきた願いは、もう二度と、彼女を殺してはならないということだった。自分に、二度も彼女を殺させちゃ駄目だ。そのことのみだった。

直接の被害者である家族や、他の五人の女の子、遺族や警察や検察や弁護士や裁判官や刑務官や、その他の関係者から十七番に至るまで、また友也すらも、その顔が、最後の最後で一瞬でも横尾の頭を過《よ》ぎることはなかった。横尾は、亜梨沙の負けん気が全面に出ているつんとした顔を、瞼《まぶた》の裏に見た。勇気を持って、逝《い》けそうな気がした。恐いものは、何もなかった。自分なりに、けじめを付けた誇らしさが、横尾友也を包んでいた。

気のせいか、あの曲のどんよりとした鐘の音が数回、耳の奥で鳴り響いた。

第3章　憎　悪

水の流れる音が、薄手の壁を伝ってくぐもって響いた。隣が、トイレを使ったのだ。忍び寄っていた睡魔が、飛び去った。

「うっせえぞ！」

三日月《みかづき》憲人《のりと》は、怒鳴って、手近のコンピューター雑誌を壁に投げ付けた。水洗の音が細くなり、コポコポいってから静かになった。耳を澄ます。音一つしない。憲人は、舌打ちをした。この不愉快さの根源である人物の、ぱんぱんに張った肉まんのような顔を、思い浮かべる。そして、その頭を支えるに相応《ふさわ》しい、たぷついた顎《あご》と首と胴体を。

時計を見た。三時を過ぎている。ついウトウトしてしまったことも、憲人のイライラに拍車を掛けていた。

——こんな深夜に雑音を立てて、俺の一番貴重な時間を邪魔しやがって。ありゃ、絶対わざとだ。あのブスデブ女。大量に飲んで喰うから、ボテボテタプタプになって、しょっちゅう出す羽目になるんだ。いつか殺したろか。

そう心で毒突いてから、憲人は、パソコンのキーを叩《たた》いた。これといった特徴のない、平凡でシンプルなトップ画面が、ディスプレイ上に現れる。角ゴシック体で書かれたタイトルは、『高船院幼稚園の会』。憲人は、マウスを操り、ポインタを枠に移動させた。順に、IDとパスワードを書き込み、エンターキーを押す。数秒して、新しい画面が開いた。『高船院幼稚園　サポートセンター』とある。そしてまたもや、同じような二つの小さな枠。同様に、別のIDとパスワードを入力する。

憲人は、缶ビールを一口飲んだ。少しぬるくて気の抜けた苦みが、舌の上で転がった。次の画面には、メッセージ、ルーム、リポートの各項目が並んでいる。この時間帯では、もうルームには誰もいなかった。在室人数も0を示している。自分個人宛《あ》てのメッセージもなかった。彼は、リポートをクリックした。

画面は、一瞬真っ黒になり、次には、一面が文字だらけになった。ずらずらと並んだ文章は、日本を含めた複数の国の文字、数字、多種の記号が混在しており、一見すると、読解出来るようなものではなかった。画面上の全文を僅《わず》かにスクロールし、文章の頭を定位置に合わせ、憲人は、用意しておいたプラスティック製の黒カバーを、画面前に吊《つる》した。ランダムに開いた穴から、画面の文字が読み取れる。

九月二十七日付けの一番上、つまり最新の書き込みは、〈フクロウ〉からのものだった。無論、これはＨＮ《ハンドルネーム》だ。本名なんか知らない。

ここ一週間、カシューナッツがやめらんねえ。最近は、これとコーラだけありゃあ充分。腹下ってピーピーいってんだけど、手の方が止まんねえんだ。だから、今日は正直ちょっとつれえんだよね。何だかんだで、バイトも休んじまったし。中毒かな。ま、クスリなんかと比べりゃ、ずっとマシなのは確か。悪いけど、今日はこんなとこで。昨日のアニマルレースの結果。レトリーバー、一。八王子市めじろ台一－××－×、八島家の飼犬。日時、平成十七年九月二十六日午後二時四十五分。薬殺。以上自己申告。トータル、八。公式、三。内訳、犬三（三）、猫一、鳥四。報告以上。

世間的に、ネットに関わる法の制定や改善は、一応のろのろと進んではいたが、現実の水面下では、非公開の特殊サイバー機構か何かによって、その下準備が先を行く形で進行中である、というのが、憲人や仲間達の一致した意見だった。『殺す』などのヤバイ直接的な言葉や表現は、ヒットされカウントされ、それらが蓄積すれば連中の眼を惹《ひ》く。要注意先として、リストアップされるやもしれない。この黒カバーは、仲間内での一種の暗号ごっこみたいなもので、アナログな手法ではあったが、手軽な割りには案外見破られにくいやり方だった。

それ程に、このサイトは特別なのだ。何の変哲もない毎日が続き、憲人は、ただ同じトラックを人生の持久走のようにぐるぐると廻っている。一周前と二周前とそれ以前と、見えている景色は少しも変わらず、自分が今何周目を走っているのかさえ忘れてしまっている。埋没しそうな日常という底無し沼の中で、何とか首から上を出して呼吸が出来ているのは、このサイトがあるからだった。繋《つな》がっていると実感出来るからだった。自分の存在価値や居場所を、確認させてくれるからだった。蜘蛛《くも》の糸ならぬ空から垂れ下ったこの命綱が、憲人の一日を支えていた。明日を待ってもいいかなと、思えるのだった。

再び、ディスプレイに眼を戻した。言葉はぞんざいだが、変なところで神経質なのか、〈フクロウ〉は、いつも通りに律儀にきっちりと数字を記していた。

憲人は、少し感心した。レトリーバーか。飼い犬にしても、どの位の大きさだろう。数ヶ月でも、結構大きくなるらしいし。いずれにしろ、勝負は新聞や雑誌なりテレビなりでニュースとして報道されるかどうか、だ。その次に重要なのは、記事の大きさや放送された時間の長さ。記事に限るなら、ポイントが高いのは、当然写真付きの方になる。〈フクロウ〉が記した『公式』というのが、報道などによって他のメンバーにも認知された結果を示す数字で、〈フクロウ〉でいうなら、犬のカッコ内の三という数字がそれに当たる。他者による報道ほど、これ以上に客観的で安全で公正で、確かな判断材料はない。

憲人は、一度だけ会ったことのある〈フクロウ〉の、細い眼を思い出していた。こっちを見ているんだか見ていないんだか判《わか》らない、まさしくカッターで引いた線みたいな眼だった。眼は、表情の本当にキーとなるパーツなのだと、その時彼は悟った。自称二十二歳の大学生という〈フクロウ〉の肩書きが正しければ、二十五歳の憲人よりは年下になる。だが、何を考えているのか読めない〈フクロウ〉の顔は、憲人には、年齢に関係なくとても奇異で冷たいものに思われた。

憲人は、黒カバーを持ち上げ、マウスで画面をスクロールし、次の文頭を移動させた。再び黒カバーを戻す。

今回は、大量なんですよ。ついさっき、鳥を約二十羽、まとめて焼いちゃいました。

次の人物の書き込み内容に、憲人は、画面へと身を乗り出した。数が多い。まさか、店か何かをターゲットにしたのか。ペットショップや動物園や動物プロダクション、ブリーダー、或いは廃棄動物の保管所は禁じ手の筈《はず》だ。

なんと、伝書鳩を飼っている家なんですね。だから、正確な数は判りません。でも多分、いえ間違いなく、これはニュースになるでしょう。その時に、最終的な成果の詳細が明らかにされると思いますので、その時まで結果の数字は、保留ということにさせて下さい。埼玉県八潮市伊勢野の永井家。二十六日夜十一時。では、今日はここまで。

これはデカいな、そう思った憲人は、唇を嚙《か》んだ。一般家庭で飼えるペットの数には、自ずと限界がある。伝書鳩とは盲点だった。やられたという悔しさが、彼の中で暴れた。

恐らく九十九パーセント、これはニュースになるだろう。放火との推測や、また犠牲になった鳩の数の多さでも、話題にならない訳がない。これで、一気に〈PAP〉がトップに躍り出ることになる。ここまでの奴は、自己申告上の数字で、鳥ばかり八だった。数は稼いではいたが、個別種のポイントは、鳥が一点で一番低い。しかも、公式はゼロ。つまり、〈PAP〉のトータルも、実質ゼロだったということになる。が、これで風向きが変わるかもしれない。過去の鳥の件が、今回の鳩に結び付けられて公になれば、更にプラス八だ。これだけでも、猫一匹に相当する。

憲人としては、心のどこかで、〈PAP〉がいることで自分が四人の中で最下位になることはないと、油断していたこともあった。

憲人のHNは〈アーチ〉。名字の『三日月』からきている。〈アーチ〉のトータルは、四。数字は、九日間変化がない。やや焦《あせ》りが出始めた頃でもあった。内訳は、犬二(二)、鳥二。即《すなわ》ち、公式は二。地方版の小さな囲み記事だった。現時点のポイントに換算すれば、犬のポイントは五なので、トータルは十。今のところ、鳥が公式になる見込みは薄く、となると、他には材料すらないことになる。もう九月も二十七日だ。今日も入れてあと四日しかない。

「僕は、要領が悪いんだよね」

あの時、自嘲《じちよう》気味に語っていた〈ＰＡＰ〉の暗い顔が、今になって憲人をイラつかせた。あんな奴に負けるなんて、自分のプライドが許さない。プライド……Ｐｒｉｄｅ　Ａｎｄ　Ｐｒｅｊｕｄｉｃｅ……日本語では、〝自尊心と偏見〟とでも訳すのだろうか。ＰＡＰというのはその頭文字なのだと、何かの機会に奴は書き込んでいた。どんな経緯でそんなＨＮにしたのか、訊《き》く気も起きなかったのだが。同い歳《どし》でもあることで、嫌でも憲人にとって意識せざるを得ない存在となっていた。

憲人は、左手に歯を立てた。やや強く噛む。こうすると、昔から不思議と落ち着いた。

伝書鳩か……もう一度、憲人は思った。それを思い付かなかった自分にも、怒りが向く。大量の動物がいて、しかも自分達で決めたルールにも抵触しない場所で、放火などで一遍に充分な結果を生み出せる、そんな好都合なターゲットなんか他にあるだろうか。

そうだ――憲人に、あるアイデアが閃《ひらめ》いた――世の中には、安っぽい同情から、捨て犬や捨て猫を大量に自宅に集めて飼っている物好きがいるって聞いたことがある。そこを捜し出して狙《ねら》えば、まだ逆転もある。周囲に悪臭を放ち、予防の注射もしていないために病気の危険もあるらしいから、近所迷惑でもあるだろう。ゴミ屋敷と同様、役所も手を出さないし、自分の手で処理されれば、周辺の住民からはむしろ感謝されるかもしれない。取り敢《あ》えず、狙いを猫屋敷か犬屋敷に絞ってみるのも……。

ふと、憲人は、まだ〈モデム〉の書き込みがないことに気が付いた。パソコンの時計で、時刻を確かめる。午前三時十二分だった。いつもなら、午前三時前には書き込みを済ませているのに。珍しいこともあるもんだ、と憲人は不思議がった。

〈モデム〉が、メンバー四人の中では最年長の二十八歳で、このグループの言い出しっぺでもあり、精神的な支柱であり、リーダー的存在だった。

――一度、逢いませんか。

三人が〈モデム〉から誘われたのは、フリーチャンネルのチャットで話すようになって、半年近く経《た》った頃だった。

『今日の不満』というルームで、沢山の奴が来て文句を言い、日頃の鬱憤《うっぷん》をぶちまけ、憂《う》さ晴らしをするだけして去って行く中、ほぼ常連のように会話を続けていたのが、〈モデム〉、〈アーチ〉、〈PAP〉、〈フクロウ〉の四名だった。訪れる時間帯も、四人共、午前二時半から三時半くらいまでの約一時間と一定で、生活のサイクルが合っていた。

その内容は、最近の音楽、小説、映画、テレビなどの柔らかいものから政治、経済、事件、生死、宗教、教育など幅広く、拡《ひろ》がりに限界がなかった。単に気が合ったということだろう、と憲人は思っていた。テーマは多岐にわたり、意見交換の情熱は冷めなかった。やがて、四人の間で妙な絆《きずな》らしきものも生じ、他の人間の入る雰囲気を消していった。

四人は、四人だけのフィールド上で四人だけの会話を楽しみ、書き込みのほぼ百パーセント近くが、四人によって占められるようになった。そんな様子が何日も続けば、当人達にその気がなくても、公共ルームの私物化と管理人が判断したとしても不思議はない。

後になって考えてみると、〈モデム〉は、何かを敏感に察知していたのかもしれない、と憲人は思う。事実、四人のリアル初会合の約束を交わした後すぐに、このルームは閉鎖されたのだから。

四人は、日曜日を利用し、七月初めに静岡で待ち合わせをした。集合場所は、駅近くの神社。目印は、白いキャップに黒いTシャツだった。静岡になったのは、リーダー格の〈モデム〉の住所が近かったから――あくまでも〈モデム〉の言によるが――で、メンバー達の反対は特になかった。いや、心の内は判らない。彼に異論を言えない空気が、既にその時には、形になってしまっていたということなのかもしれない。他の二人は、東京と茨城だから――これも当然彼らの言だ――まだよかったが、博多に住んでいた憲人――これは本当のことで、憲人は正直に語っていた――には、わざわざ遠出をして静岡まで行くのは面倒だ、との思いがなかった訳ではなかった。だが、それ以上に、三人に会ってみたい欲望が勝《まさ》っていたということだろう。

黒Tシャツを着て、安い白キャップを大手ディスカウントショップで購入し、憲人は三人に会いに出掛けた。

集合場所の周囲には、木々が生い茂り、大気もすっかり夏のそれで、気の早い蟬《せみ》が途切れなく鳴いていた。それが、余計に暑さを盛り上げる。辺りに人の姿はそれ程多くなく、同じ格好をした四人は、離れた位置からでも、即座にお互いを認識出来た。

十一時の太陽が、高みから憲人達を見下ろしていた。

顔を合わせた年齢もまちまちな四人は、眩《まぶ》し気に少し眼を細め、時間が経過してから再会した幼なじみのように、軽く会釈《えしやく》し照れ臭そうに笑みを交わし合った。約束通り、全員が手ぶらだった。

蟬が、これでもかと鳴き声を降り注いだ。

憲人は、書き込みの様子から、眼の前の三人の誰が誰なのか当たりを付けようとしたが、外見と結び付けるのは困難だった。彼ら四人が唯一《ゆいいつ》共有していた世界は、性別年齢不問の完全なる匿名《とくめい》が通用し、顔も声も書く字体の特徴も判らず、語り合う文体や画面上の文字しか存在せず、それらすら当人の素に従っているのか曖昧《あいまい》で、つまりはどのようにも己れを偽れる社会だったのだから。それはきっと、敵意のない笑みの奥で探るような眼差しを向け合っている、他の三人もそうなのだろう。だが、彼らの眼に、自分だけが〈アーチ〉だと見抜かれているような気もした。だから、判り易《やす》い人物だと思われるのも嫌で、憲人は独り、笑みのままで顔を固めながら、安易にその場で視線を交えることを拒否した。

背の高い瘦《や》せた男が、最初に口を開いた。縁なし眼鏡のレンズに反射した光が、キラリと跳ねた。

「近くに、美味《おい》しいコーヒーの店があるんです。お湯じゃなくて、天然水で作るんですけどね。いわゆる水出しコーヒーです。完成するのに時間と手間がかかりますが、コーヒー本来の深い味わいと芳醇《ほうじゅん》な香りが楽しめますよ」

如何《いか》にも、大人然とした口調だった。この界隈《かいわい》に詳しい人物といえば、一人しかいない。しかしそれ以上に、実際に耳にしたこの声と話し方と、こうして眺めて改めて知った佇《たたず》まいだけで、本能的に憲人は、色々な意味で、こいつには太刀打ち出来ないかもしれないと思わされた。年季が違う、と彼の直感は告げていた。こいつが〈モデム〉だろう、間違いない、そう確信した。

が、とにかく、この男が喋《しゃべ》ったことで、一同の間に、ほっとした空気が流れた。緊張とこの暑気でどんより重苦しかった事態が、何とか動き出したのだ。

一行は、取り留めのないことをぽつりぽつりと話しながら、暫《しばら》く通りを歩いた。そして、ある一軒家の前に来た。一般的な人が平均的な生活をしている、見た目はそんなごく普通の、中古と言っていい一戸建住居であった。

「会社を定年リタイアしたご主人が、半ば趣味の延長でやっているんです。口コミだけの商売なんでね。ここが店だなんて、前を通る人は誰も気付かないでしょうね、きっと」

表札にも、『明野』という名字が書かれているだけで、店の存在を示すものはない。四人は中へと進み、先頭に立っていた背の高い男が、呼び鈴に目もくれずいきなりドアノブに手を掛けた。

　急に、彼が振り返って言った。

「マスターは——つまり、ここの主人のことですが——とても無愛想ですが、悪気はありませんので、不快に思わないで下さいね。根はいい人だと思うんです。あの人のよさを知るには、ある程度の時間が必要なんで。ただ、人付き合いが苦手なタイプっているじゃないですか。夜、布団に入って眠りに落ちる前、うとうと微睡《まどろ》み始めた時、ふと、そういえば今日一日誰とも話をしていなかったと、初めて気が付いたりする毎日。そして、愕然《がくぜん》として、眠気が嘘《うそ》のように消える瞬間。判りますよね」

　話しながら、彼が憲人から順に一人一人を見て、その視線の動きを往復させた。最後に、再び憲人に戻り、両者は見詰め合った。眼を外したかったが、憲人には出来なかった。引っ張り込まれるように、見返していた。まるで、その問い掛けが、自分だけにされているみたいで、憲人は、深奥《しんおう》の魂を凍らされ立ち尽くしていた。

　相手が背を向けてくれたことで、やっと緊縛から逃れた。鼻から長くそっと息を吐き出した。次に、身体《からだ》がぞぞっと寒くなった。

　三人が先に家に入り、ドアの閉まり掛けに憲人も何とか足が動いた。締め出される直前でドアを止め、もやもやを振り払うべく、腕に力を入れて引き開けた。

玄関で靴を脱ぎ、勝手知ったる様子で、男はずかずか上がり込んだ。三人は、他人の家に無断で入ったような神妙な面持ちのまま、彼を追った。リビングに入るや、男が小さく右手を上げた。その先にいた男性は、椅子《いす》に腰掛けたまま特に驚く様子もなく、顔を顰《しか》めて一つ頷《うなず》いただけだった。他には誰もいない。男性は、それ切り眼をこちらにやることもなく、読み掛けの新聞を折り畳んで立ち上がった。上下ジーンズという姿は、定年でリタイアした割りには、老境にはまだ遠い。

リビングには、家庭用の四人掛けテーブルが二つだけあった。

「えっと、一応初対面ってことで、自己紹介をしましょうか」

テーブルに落ち着き、キッチンの明野に注文を終えると、あの男が、ハンカチで額の汗を拭《ぬぐ》いながら言った。しっかりとアイロンのかかったハンカチで、その清潔感のある白さが、憲人の眼に焼き付いた。一人暮らしで女っ気が皆無の自分とは無縁な何かを、そこに見ていた。

「私が、〈モデム〉です。年齢、二十八歳」

色白、尖《とが》った顎《あご》、柔和な眼差し。ひょろりとした体型。何か針金みてえだな……当人とまともに対面して、憲人は、改まって独り思った。私が、ときたか。なるほど。皆さんご存知の、って言いたい訳だ。

こうして直接会うことによって、このメンバー内での〈モデム〉の主導権は、これまで以上に、自他共に認める確固たるものとなった。それに対抗しようとか、それに異論を唱えようとか、そんな考えは憲人にはなかったし、それは残りの二人も同じようであった。〈モデム〉という古臭いHNにも、その背後に見え隠れする彼の自負心のようなものを、憲人はずっと感じ取っていたのだった。

〈モデム〉は、自己紹介でそれだけ告げると、隣の人物に手を指し示してバトンを渡した。

「あ、え、僕は、その、〈PAP〉です。よろしくお願いします。歳は、二十五になったばっかりです」

〈PAP〉が、眼を落としたまま、軽く頭を下げた。中肉中背でがっしりしている。

「何でそんなHN付けた訳」

小太りで細目の男が、砕けた調子で尋ねた。消去法で、憲人は、こいつが〈フクロウ〉だと判《わか》った。

「それは、前にカキコした通り――」

「判ってるよ。頭文字だってのは。何か意味あんのってこと。そんなややこしいHNにした」

この中では一番若そうな〈フクロウ〉は、全く腰が引けることもなく、逆に目上を目上とも思わぬ言葉遣いだった。傍目の憲人の方が、冷や冷やしていた位だ。

「つまり――」

「そんなタイトルの小説がありましたよね、確か」

〈モデム〉が、助け船を出した。

「マジで。聞いたことないけど」

「古い海外文学にあったと記憶してますけど」

「そうです、その通り」

〈PAP〉が、大きく頷いた。

「へえ」

横槍《よこやり》が入って、自分のペースにならなかったのが気に入らなかったのか、〈モデム〉を見てそれだけ言うと、つまらなそうに〈フクロウ〉は、グラスの水を一口飲んだ。氷が、涼し気にカチンと鳴った。初対面の年上だろうが何だろうが、おかまいなしに振る舞おうとする、いや、振る舞える〈フクロウ〉を、憲人は少しだけ羨《うらや》ましく思った。それは、サイトでの〈フクロウ〉の文章から受ける印象そのままだ。であるにしても、仮に自身をその立場に置き換えてみれば、憲人は、とてもじゃないが自分には、現実の他人を前にそんな態度には出られないと思った。

　サイトという非現実の世界では、別に正直に素性を語らなくても構わないし、それは仕方のないことだ。そこまでの規制はないし、各人のモラル――これまた不確定な線引きではあるが――に委《ゆだ》ねられている、というのが暗黙のルールである。だが、四人の大まかな趣味嗜好《しこう》が相容《あいい》れないものであったなら、ネット上とはいえこれだけ長く会話など続けられるものではない。つくづく憲人は思う。内容が自分の好みだったからこそ、飽きることなく参加し得たのだ。見ず知らずの四人の接点は、それが全《すべ》てだ。他人になりすまして振る舞うとか言葉遣いはどうにかなったにしても、付け焼き刃の装《よそお》いなど、これだけディープな言葉の交換の中ではものの数日でボロが出る。尤《もつと》も、自分の好みについて話すこと程、実はその当人の本質を突き、内面を雄弁に語っているものはないのだろうが。

　そういう点では、〈フクロウ〉は、態度も言葉も、見事なまでにサイト上の〈フクロウ〉そのものだった。

〈PAP〉の眼の合図を受けて、〈フクロウ〉の番になった。

「〈フクロウ〉っス。二十二歳の大学生で」

　そう言って首だけ面倒臭そうに動かし、挨拶《あいさつ》らしきものをした。本当にダルいのか、照れ隠しのポーズなのか、憲人には判らなかった。

「どうも、〈アーチ〉です。二十五です。よろしく」

憲人も、軽い笑みを張り付けて三人を見た――。

これが、唯一、彼らが顔を合わせた、最初で最後のオフ会のイントロだった。当然と言うか、文字上とは勝手が違うので、挨拶後の会話が弾むのに多少の時間を要したが、サイトで話していた幾つかの話題が出るや、忽《たちま》ち既知のように打ち解けた。

そこで緊急に〈モデム〉から提議されたのが、自分達四人だけの独自の会員制共有サイトを作らないか、ということだった。会員制にすれば、固有のIDとパスワードで、無関係の他人の介入を完璧《かんぺき》にシャットアウト出来る。

用意のいいことに、〈モデム〉は、既にその運営に着手しているとの話で、ご丁寧にもそのアドレスの入った作成済みのカードを各人に手渡した。隠れサイト名は『レーサーズ』。それぞれに、当人固有のID二つが併記されていて、それぞれアルファベットと数字の九桁《けた》の組み合わせからなっていた。

〈モデム〉は、このサイト運営者という立場上、自分だけが四人全員のIDとパスワードを把握することになるのを了承して下さいと述べ、次に、この場でそのパスワードを決めて欲しいと求めた。

その手回しのよさに、通常は不安や疑問を抱くのだろうが、手元にある自分だけのIDが、憲人の優越感をくすぐった。選ばれし人間。仲間内だけの、もっと奥深い会話。こうして実際に会うことで昇華した、より強い心の繋《つな》がり、連帯感。この先に待ち構えているだろう、興奮と享楽《きょうらく》。それは、他の二人も同じようだった。

憲人は、『Ｍｉｓｔｅｒ』と『Ｍｏｏｎｌｉｇｈｔ』の二つを、二重ロックのためのパスワードとして〈モデム〉だけに告げた。

いきなり、携帯電話が鳴り出した。散々着音を弄《いじ》くった後に、原点回帰みたいに一周して行き着いたごくノーマルな呼び出し音が、狭い一室の静寂を破った。それ程大きな音ではなかったが、滅多に喋らない無口な携帯がこんな深夜に急に音を発したために、虚を衝《つ》かれた憲人は心臓が止まる位驚いた。この大切な時間を守るために、普段なら怠ったことはなかったのに、何故《なぜ》か今日は電源を切り忘れていた。

憲人は、舌打ちをして携帯を開いた。見ると、覚えのないナンバーが画面に並んでいる。時間も時間だったし、出る気にもなれなかった憲人は、そのまま電源を切った。

パソコンに戻り、何気なくクリックして画面を更新させてみると、新しい書き込みが現れた。

をセットする。

——〈モデム〉だ。

意味不明の文章をスクロールして、規定の位置に文頭を合わせ、画面上に黒カバー

そろそろ九月も終了します。皆さんの到達度も、それぞれに素晴らしいですね。進歩の跡が見られます。学習能力の高さには、本当に感服しますよ。技術の向上、意識の改革、鍛えられたスピリットの純粋さとタフさ。

実質八月から始まったアニマルレースは、九月で飛躍的にその実績の数字を上げ、今や公式も珍しいものではなくなった。公式の第一号の名誉が憲人にあったことなど、もう遠い昔の出来事のようだ。そんな中でも、神業に近い手際《てぎわ》のよさと公式の数で、他を圧倒していたのが、他ならぬ〈モデム〉だった。彼だからこそ、こういうセリフを堂々と言えるし説得力もある。

〈モデム〉は、今月の公式だけで、犬が三、猫が四を数え、しかもその現場は、彼の地元と称される静岡界隈《かいわい》に集中していた。ペット連続殺害として、それなりの規模で

マスコミにも取り上げられ、飼い主の心理にも影響を与える状況すら生み出していた。しかも、敢えて自分の生活圏内に全ての公式を集めた彼の大胆さには、三人も舌を巻くしかなかったのである。心理として、自分とはなるべく関係性のない場所や地域を、ハンティングスペースに選ぶのが自然だ。そんな危険は、とてもじゃないが憲人には冒せない。

そこで、そろそろ次のステップに進んでもよいのではないかと、私は考えるようになりました。更に高いレベルでのレースに挑んでも、問題のない時期に来たのではないだろうか、と。

「ユー・ガッタ・メール」

メールの着信を告げる声が、パソコンから流れた。またどうせ迷惑メールだろうと高を括《くく》りながら、それでも憲人は、一旦《いったん》サイトから離れてメールボックスに移った。そして、書かれていたタイトルを読んで愕然となった。

——『携帯を無視しないで、アーチさん』

〈アーチ〉というHNは、従来からネットで使用してはいたが、何故自分のアドレスを知っているのか。レーサーズのメンバーにだって、教えていない。心を通わせた仲間とはいえ、伝え合った互いの個人情報はゼロに近い。自分のプライバシーに興味を抱いた者が、メンバー内にいたとでもいうのだろうか。

いや、それ以前に、自分を〈アーチ〉さんと、さん付けで呼ぶような律儀というか他人行儀な奴は、メンバーにはいない。携帯って……さっきの電話のことか。憲人は、発信元のアドレスに眼を凝らした。アルファベットと数字がアトランダムに並んでいるだけで、何の手掛かりもない。

憲人は、僅《わず》かに躊躇《ためら》ってから、マウスを握る手に力を入れ、クリックしてメールを開いた。

——アーチこと三日月憲人さん。あなたは今、レーサーズのサイトへの書き込みを読んでいた筈《はず》です。PAP、フクロウ、モデム各氏の書き込みを。いいですか。絶対に、モデムの意見に賛成してはいけません。断固として拒否して下さい。これは忠告です。ここで引き返さなければ、取り返しのつかない最悪の不幸を招くことになります。この意味、お判りですね。また携帯に連絡しますので、携帯の電源は、絶対に切らないでいて下さい。よろしくお願いします。

シャック

憲人は、混乱した。自分は、監視されていたのか。パソコンに侵入を許し、内部情報を閲覧されたのか。待て。相手の書き込みは、明らかにリアルタイムのこちらの行動を言い当てている。使っているのは、簡単なレベルの技術じゃない。こいつは誰だ。他のメンバー三人の顔を思い浮かべたが、誰もが該当しそうだし、誰もそんなことをしそうにないといえばそうだ。最後に書かれた『シャック』というネーム。これは、憲人が高校の時に呼ばれていたあだ名だった。『シャック』は、顎がしゃくれているところから来ている。別に、憲人の顔がそうだった訳ではない。名字の『三日月』から、その形が人の横顔に結び付き、変化を遂げて『シャック』へ落ち着いたのだった。

とすれば、高校時代の自分を知っている何者か、ということだ。見当も付かない。しかし、喉元《のどもと》に切れ味のいい何かを押し当てられているような恐さと寒さだけは、彼にも実感出来た。

異常な後味の悪さに顔を顰《しか》めながら、憲人はサイトへと戻り、黒カバーを準備し、〈モデム〉の書き込みの続きを読んだ。

そんな訳で、私は、皆さんに、ヒューマンレースの開催を提案致します。詳細は、後日改めて送信しますが、賢明な皆さんは、おおよその内容の予想は付くことでしょう。メンバー諸氏のお考えも、参考までに伺いたいと思いますので、忌憚《きたん》のない意見をお待ちしています。但《ただ》し、主催者の私の中では、本件は既に決定事項と考えておりますので、是非ではなく、どうしたらスムースな運営が可能となるか、発展的示唆《しさ》や工夫を期待します。よろしくお願い致します。

マウスを持つ指先が、悴《かじか》んだみたいに細かく震えた。〈モデム〉の最新書き込みを読み、いきなり送り付けられたメールとの間に通じる一本の筋を、憲人は見ていた。

メンバー間で現在実行中のアニマルレースを前提にすれば、ヒューマンレースという単語の意味するところは、憲人にも容易に想像出来た。恐怖の想像だ。とんでもない書き込みではある。まともな人間の考えることじゃない。と同時に、〈シャック〉なる人物からのメールの内容が、改めて鮮明になった。〈シャック〉は、このヒューマンレースに反対しろと言っている。

ヒューマンレースという提案――〈モデム〉いわく、これは決定事項だと言い放っていて、それもまた普通ではないのだが――にも神経を疑うが、その書き込みを見透かしたかのような〈シャック〉からのメールは、不気味という以外なかった。

憲人は、マウスを手にしたまま、いつまでも考え込んでいた。

憲人の一日のスケジュールは、博多に流れ着いて以降のここ三年、殆《ほとん》ど変化がなかった。土日を除いた平日は、博多駅近くにある美術館の監視員のアルバイトをしていた。ある建設会社が所有するコレクションを並べた、質、量のいずれも中クラスの有料美術館だった。もっとも、監視員といっても、絵や展示物に触れようとする人や、はしゃいだりする子供を注意する位のもので、何か美術的な質問を受けたとしても、その方面の知識がある訳でもない。役目としては、日がな一日、パイプ椅子《いす》に腰を降ろし、たまに来る来館客に眼を光らせてさえいればよかった。それ以外は、憲人の自由に任されていたので、彼は、美術館に来る途中の路上でよく売られていた、一冊十円から三十円の中古文庫本を買っては、館内で読むことがあった。

美術館そのものは、明らかなバブル経済の名残で、母体である建設会社の経営が芳《かんば》しくないことから、いずれこの美術館もどうなるか判《わか》らないとの噂《うわさ》は、憲人の耳にも入っていた。もし何かあれば、次のアルバイトを探すのはしんどいし面倒だなというのが、最近の憲人の心配事の一つだった。一浪の末に入った大学を、その余りのくだらなさにたった三ヶ月で中退し、家族から行方をくらますように、各地を転々としていた憲人にとって、美術館でのアルバイトは、ここ数年の生活の中で唯一《ゆいいつ》長続きしていることだったのである。

朝、いつも通りに眼を覚ました憲人は、何か不快な違和感を胃袋の底に感じていた。眠りが浅かった上に、のっぺりとした異物が、がっしりと根を張っている。そして、すぐに昨夜のことに思い至った。憲人について詳しそうな、正体不明の人物からのメールだ。

寝袋から這《は》い出したが、昨日以上に食欲はなく、例によって朝食抜きで憲人は美術館へ行こうと考え、そこでやっと今日が休館日であったことを思い出した。

出勤向けの心情が解け、寝袋の上に寝転がって手足を伸ばす。脇《わき》に置いておいた携帯を手に取った。迷ったが、結局指先は動かず、電源を切ったままの状態で元の場所に戻した。安っぽいテーブルの上にあるパソコンも、電源は落ちたままだった。室内は静かで、あの、心地よいパソコン特有の唸《うな》る音も聞こえない。起床時には、いつも色鮮やかな表情で迎えてくれていたのに、暗い画面を前にすると、こんな風に沈黙しているパソコンは、まるで死んでいるみたいだった。が、さすがに、昨日の今日ではパソコンを復活させる気にはなれない。

憲人が、時折うつらうつらしながら、時間の経《た》つのも忘れ浅く薄くあれこれ考えていると、ドアがトントンと叩《たた》かれた。控えめなノックだった。時計を見やると、何時《いつ》の間にか昼近い。憲人は、とにかく動くのが煩《わずら》わしくて、居留守を決め込んだ。どうせいつもなら出勤してとっくに居ない時間帯だし、何かの勧誘なら、すぐに諦《あきら》めて隣の部屋に移るだろう。しかし、期待に反して、ドアを叩く音は、鳴ってから間があってまた鳴るというのを繰り返した。しかも、急《せ》き立てるような激しさはなく、音がエスカレートすることもない。ただ単調なリズムが、執拗《しつよう》に続いた。宅配便だろうか、そう思った時だった。

「三日月さん。澤島美術館の者です。いらっしゃいませんか」

小声だったが、やっと先方が名乗った。憲人は、溜息《ためいき》と一緒にのっそりと立ち上がり、ドア前に立った。ドアスコープから覗《のぞ》いてみる。見たこともない老域の男が一人、立っていた。迷ったが、勤務先の人間と名乗られては無視も出来ない。

「はい」

憲人の返事に、魚眼レンズ越しのその男性が口を動かした。

「あ、三日月さんですか」

「そうですが」

「お休みのところ、大変申し訳ございません。また、連絡なしに突然訪問しました無礼をお許し下さい」

「……あの、何なんでしょうか」

「本日は、非常に重要な相談がございまして、お伺いした次第です。その、当美術館の見通しと、三日月さんの今後について」

やはり、閉館のことだろうか。それにしても、わざわざ休みの日に自宅まで押し掛けて来るなんて、憲人は、絶対にいい話ではないなと思った。今の自分には、貯金もない。少ない給与からは、日々の生活で手いっぱいで、貯《たくわ》えに廻すそんな余裕はなかったのだ。今ここで仕事を失って放り出されたら、これといって何の取り柄もない憲人には、先の暗さは明らかだった。

憲人は、陰気にドアロックを外した。途端に、外からぐいっとドアが引かれて、男性が顔を突っ込んで来た。人の良さそうな笑みを浮かべ、だがそのまま無遠慮に狭い玄関に入り、憲人の前に立って言った。

「休みとはいえ、遅くまで寝過ぎですよ」

寝呆《ねぼ》け眼はふっ飛び、口をぽかんと開けたままの憲人をよそに、その男性は許可も得ずに、さっさと靴を脱いで平然と部屋に上がり込んだ。彼の身なりはきちんとしたスーツだったが、適度に刻まれた皺《しわ》と軽くウェーブの掛かったグレーの髪は、どこか気取った芸術家を匂《にお》わせた。しかも、全身に変な気高さがあった。

「三日月さん」

戒めるようにもう一人の、こちらは若い男性が言った。彼ら二人の年齢は、親子程に違う風に見えた。だが、何より憲人が驚いたのは、唐突に自分と同じ名字が出たことだった。てっきり、自分が呼ばれたと思って玄関を見やったのに、青年の視線は、自分を突き抜けていたのだ。その先は、断りなしに室内に入った人物へと向けられていた。

憲人が振り返ると、当の男性は、恥ずかしそうに頬を掻《か》き、素直な口振りで返した。

「失礼しました。つい」

「おい、勝手に――」

男性に文句を言おうとした憲人だったが、言葉は、中途で彼によって切られた。

「勝手に上がって、申し訳ありません」

憲人は、憤慨しながら、疑い口調で今度は青年に対した。

「あんたら、本当に美術館の人」

「はい、そうです。実は今日、書類をお持ちしたんです。非常に重要な書類を。三日月さんの書類です」

静かにそう言って、右手のアタッシュケースを上げて見せた。

「マジで」

「はい。大切なお話もありまして」

そこまで断言されては、一人上がり込んでしまっているこの場の状況で、ノーとは言えなかった。既に室内にいる男性の存在を後頭部に感じつつ、憲人は承諾するしかなかった。彼らが美術館からの人間かどうか、大いに不信感は残っていたのだが。

憲人は、言葉もなく頷《うなず》いた。

「お邪魔致します」

憲人は、自分の横を通って室内に進む青年を眼で追った。男性はというと、慣れた手付きで寝袋を丸めて脇に除《の》けると、畳の上に正座をして、ちゃっかり腰を落ち着けた。青年も、音もなく身体《からだ》を沈め、男性の隣に正座をした。が、脇に置いたアタッシュケースを開ける素振りはない。

青年が、散らかった室内をじっくりと眺め渡した。その様子を見た男性が、両肩を窄《すぼ》めて呟《つぶや》いた。

「いや、お恥ずかしい限りで」

——何なんだ、こいつら。ここは、俺の部屋だぞ。

自分の存在が無視されたかのような流れに、疎外《そがい》感と屈辱感を味わった憲人は、文句を言おうとした。が、それより先に、男性が青年に言葉を続けた。

「何もかも途中で放り出す、半端な人間だったもので。こうして改めて見てみると、何と言いますか、無知を絵に描いたみたいな部屋です」

男性の視線が、憲人に向けられた。

「知恵も経験も未熟なんです。子供です。でも、知識だけは一人前だと勘違いして」

ほんの一分前までは温和そのものだった男性の表情は、今や哀《かな》しみばかりになっていた。老年が、如実《にょじつ》に顔面に出た。その落差故《ゆえ》に、気を削《そ》がれた憲人は、嫌でも無口になるしかなかった。

男性の憲人への語り口が、丸くなった。

「すいませんでした。失礼な言い方は、許して下さい。座って頂けますか」

男性が、自分達二人の真向かいを手で示し、そのままの体勢で待ち続けた。これでは、どちらがこの部屋の主か判らない。

「お邪魔した本当の理由を、これからお話しします。どうか、お座り下さい」

そう告げられて金縛りから解放された憲人は、ふらりと歩み寄り、せめて己れの威を示すべくその場所にどすんと腰を落とした。男性が、感謝の意味か彼にお辞儀し、次いで居ずまいを正した。

「三日月憲人さん、ですね」

男性の問いに、憲人は、頭を縦に振った。

「正直に申し上げます。もう、何となく感じておられるとは思いますが、私達は、美術館の人間ではありません。ですが、決して怪しい者でもありませんので、どうか騒いだりしないで下さい。お願いします」

充分怪しいだろうが……憲人は、男性から青年へと眼線を移し、心中で罵《ののし》った。男性が、一つ咳《せき》をして言った。

「まず判って頂きたいのは、私達は、あなたに危害を加えるとか、そういうつもりで今ここにいる訳ではないのです。私達は敵ではなく、あなたの味方です」

味方？　自らそう言う奴ほど、注意すべき相手だ。そうやって安心させておいてから、こちらの懐《ふところ》に知らぬ間に潜り込む。そして、安心して寝入っているこちらの首を掻《か》っ切るのだ。きな臭い新興宗教とか商法とか、例外なくそうだ。

「昨晩のメール、といえば、思い出されるでしょうか」

憲人は、はっとなった。何もかも憲人のことを調べ尽くしているとでも言わんばかりだった、あのメール。あれを送ってきたのは、こいつか！

「待って下さい。今からきちんと、説明しますから」

憲人の瞳《ひとみ》が熱を帯びたことを察したのか、男性が言った。そのまま一度畳に眼を落とし、話の頭に何を持ってくるか思案でもするように、横髪を数度撫《な》で付けた。

「まあ、その」

憲人は、その続きを待ち構えていた。こいつらの目的は何だ。俺を選んだ動機は何だ。俺みたいな、言ってみれば社会的にどうでもいいポジションにいる人間を調べたところで、一体何の得がある。どんな利益がある。意味がないし、訳も判らない。

だから、逆に憲人の恐怖感は、ある程度の高さから上にならずに済んでいた。

「あなたは、三日月憲人さん——ですよね」

憲人は、返答しなかった。ただ待った。

「私の名前も、三日月憲人です」

そう言って、気のせいか男性がはにかんだように、憲人には見えた。同姓同名がどうした。こんなクソ爺《じじい》と同じ名前だからって、何だってんだ。別にそうであっても、こんな名前、極端な珍名って訳じゃない。この世の中、幾らでもあるだろう。

「使っている漢字は――『三日月』は、空にある月の『三日月』。『憲人』は、日本国憲法の『憲』に『人』です。あなたは、如何《いかが》ですか」

憲人は、動じなかった。第一、こんな話をする意図が判らない。だから何なんだ。

「私の両親は、父親は三日月勇人《はやと》。母親は三日月七恵《ななえ》。残念ながら、母親は、私が八歳の時に亡《な》くなりました。季節はすっかり秋だったのに、夏みたいに暑い日でした。教室に連絡があって」

やや心が揺れたが、憲人は、それをおくびにも出さなかった。その程度は、調べれば判ることだ。あのメールの内容からしても、何ら不思議ではない。が、それでも、あの時の情景が蘇《よみがえ》った。授業中に誰かが来て、その後すぐ先生に呼ばれた。深刻そうな先生の顔。俺は、小さかったけど、小さいなりに嫌な予感がして動悸《どうき》が激しくなって。

男性が、真顔になった。

「私の誕生日は、昭和五十五年五月十八日です」

憲人は、心の内で失笑した。この野郎は、何を言っている。そいつは、俺の誕生日じゃねえか。お前が二十五歳だったら、人類の想像を超えた恐ろしい老《ふ》け顔ってことだ。

しかし、男性は、変わらぬ表情で続けた。

「嘘《うそ》じゃありません。昭和五十五年、五月十八日が、私の誕生日です。今年で、ちょうど六十歳になります」

「計算が合わねえじゃんか」

憲人が、小馬鹿にして鼻を鳴らした。このクソ爺、ちょっとオカしいのかも。話にならないと判断した憲人は、さっきから沈黙を決め込んでいる青年の方を、相手にしようと決めた。

「俺と誕生日が同じだとか、同姓同名だとか、何がしたい訳よ。頭のおかしいこんなオヤジ連れて来てさ。目的は何。あのメール、俺が知る前に〈モデム〉からの提案のこと、何で判ってた訳。あんたら、何なの」

憲人の口が、ここぞとばかり滑らかになった。

「警察？　だったら、俺、別に何もやってないし。俺をどうこうしたいんなら、証拠見してよ。俺が何かやったっていう証拠を」

憲人の中では、たとえレーサーズの書き込みを盗み見られても、この連中が中身を判読するのは絶対に不可能だとの自信があった。一連の動物の事件と、メンバー達を結び付ける痕跡《こんせき》はない。一切ない筈《はず》だ。

「そうだ。その前にまず、警察手帳見せなよ」

青年は、悲し気に首を傾《かし》げ、まるで返答するのは自分の担当ではないとでも言うように、横眼で男性を見た。

「警察とは、少し違うんです」

男性が、厳かに答えた。

「ですが、あなた達レーサーズ……〈モデム〉、〈PAP〉、〈アーチ〉、〈フクロウ〉の四名が何をやっていたのかは、よく知っています。それは、動物殺害です」

直球で来られて、さすがに憲人は息を呑《の》んだ。

「動物の種類によって点数を付け、まるで単なるテーブルゲームでもするみたいに、その合計点で勝敗を競っている。報道などによって世間に公表されたものだけが、正式な得点として加算される。メンバーのみログイン可能なサイトに、前以て事件について報告することによって、公表された際に、それがその人の手によるものだとの証明になる。これが、いわゆる公式です」

予想していたとはいえ、こうまで的確に言われると、憲人に、口を差し挟む心の余裕はなくなっていた。男性の方は、一方的に語り続ける。

「サイト上の文章は、多種多様な文字でびっちりと埋められ、一見すると読解不可能、意味不明です。ですが――」

不意に立ち上がった男性は、パソコンの乗ったテーブルの脇に並んだ、パソコン関連の本や雑誌の中に指先を突っ込み、迷うことなく一冊の薄っぺらいクリアファイルを抜き出した。下手をすれば、その使い古され、ぺったんこに押し潰《つぶ》されたよれよれのファイルは、他の雑誌や本の間に埋もれてしまうような代物《しろもの》だった。が、憲人の顔色は、一瞬で変わった。

「これを使えば、中身を読み取れます」

男性は、ファイルの中から、例の下敷きのような黒いビニール製のカバーを引き出して、顔の前に掲げた。ペコペコと湾曲させ、カバーに点々と開いている穴を強調してみせる。

「如何でしょう」

男性に問われた憲人は、無言だった。

「私がここに来た、本当の目的をお話ししましょう」

黒カバーを脇にやり、男性が、声を低めた。

「どうか、真剣に聞いて下さい。冗談だとは思わず。……このカバーを発見されては、もう冗談だとは思わないでしょうけれども」

憲人は、畳の黒カバーを見ていた。これを使用している事実は、メンバー四人しか知らない。このオヤジは、前から何もかも判っていたかのように、黒カバーを探し出してここに置いた。たった今、俺の見ている前で。初めて来た俺の部屋で。一片の迷いもなく。

幾ら常識範囲内での知能を総動員しフル稼働《かどう》させても、憲人には、納得出来る解答が得られなかった。ということは、常識外のことが起こっていることになる。

「私は、あなたなんです。三日月憲人さん。私は、三十五年後の世界の人間です。未来のあなたです」

憲人は、ぼんやりと男性を見た。瞬間、考える気力は、全《すべ》て飛び散っていた。確かに、それは常識外のことだ。が、何をどうしようとも無理は無理だし、度を超えた非常識でもある。

憲人は、徐々に頬が垂れ下がるのを感じた。こういう時、人は笑いで紛らすのだと知った。その効果からか、弛《ゆる》んだ脳が静かに動き出した。

——こいつら、やっぱオカしい。

「あのさ、もういいから、帰ってくんないかな」

ふにゃふにゃになった口元で、憲人が言った。

「あんたら、美術館の人じゃないんだろ。だったら、もういいよ。俺は、部屋に入っていいなんて一言も言ってないし。これって、完璧《かんぺき》に不法侵入でしょ」

顔は笑うに任せて、憲人は立ち上がった。

「未来？　三十五年後？　何、あんたらドラえもんと友達？　ま、ウケたけど」

「憲人さん」

「残念ながら、俺の部屋には、引き出しのある机なんかないしね。はい、お帰りはあっち」

「私のこの顔を、よく見て下さい」

男性は、正座のままで憲人に訴え掛けた。

「いいから、帰ってよ」

「これは、三十五年後のあなたの顔なんですよ」

憲人は、見ようとしなかった。アホらしくて、話にもならないと思った。ただ、追い払うように手で玄関を指し示した。

「帰んなよ。帰れよ」

「あなたは、近い未来に、殺人を犯すんです！」

業を煮やしたのか、男性が叫んだ。憲人の身体が止まった。男性の声に、潤《うる》みが混じった。

「お判《わか》りでしょう。深夜の〈モデム〉からのメールですよ。ヒューマンレースです」

憲人は、ゆっくりと顔を廻して男性を見た。

「あなたは、メールを受けた段階で、ヒューマンレースがどういうものか感付いていた筈です。そして、そんなことあり得ないし、その提案に賛同するなんてとんでもないし、自分がする訳もない、そう思ったでしょう。つまり、それ程深刻には考えていない」

憲人と男性が、睨《にら》み合った。火の出るような瞳が、ぶつかった。ややあって、横から青年の平板な声が聞こえた。

「三日月さん、どうか気を鎮《しず》めて頂いて、もう一度お座り願えませんか。私達は、真剣も真剣、大真面目《おおまじめ》でお話ししようと思っているんです。耳をお貸し下さい。お願いです」

青年は、実直にも土下座のように頭を深く下げた。額も、畳に付いているだろう。そうまでされて、憲人の尖《とが》りも鈍った。逆に、多少の興味も湧《わ》いてくる。この必死さは何なんだ。ヒューマンレースという言葉と殺人という言葉が、とても近いもの——ほぼ同義語——であろうとの理解もあった。

憲人は、思い直して心の中で軽くほくそ笑んだ。確かに、この無礼な連中の突然の来訪に驚き、訝《いぶか》しがり、腹も立て、呆《あき》れ返りもした。だが、このアクシデントにならい、始終休みなく文句を言い続けてきた退屈の虫をあやす程度の効能は、あるかもしれない。それに、こいつの顔だ。憲人は、男性を見た。顔の細部にまで思いを込め、無駄な力の入った表情を見ていると、意味もなく笑えてくる。

憲人は、奥歯に力を入れて笑みを殺しながら思った。遊びで、こいつらの話にノッてみるか。サイトでのネタの一つ位にはなるかもしれないし。わざと厳しい顔付きを作った憲人は、元の場所に静かに腰を降ろした。

「ありがとうございます。……三日月さん、続けて下さい」

青年が、隣の男性に言った。またもや同じ名字。余りに自然な言い方だった。まさかな……憲人は、一歩退いたような心持ちで男性を眺めた。自分に似ているか。そういう眼で見れば見る程、そちらに思いが引っ張られる気にもなる。この奇妙な状況を面白がり楽しんでやろうとの思惑をよそに、小さな何かが、胸の奥で疼《うず》いた。

男性が、喉仏《のどぼとけ》を上下させてから、話の続きを語り出した。

「私は、送ったメールの中であなたに指摘しました。〈モデム〉の意見に賛成してはいけない、拒否をして下さい、と。実は、今回私があなたに会いに来た最終的な目的は、それに尽きるんです」

間を作って、男性は、癖なのか頭髪を撫でた。

「今は、馬鹿馬鹿しいと思っているかもしれません。ヒューマンレースに参加するなど不可能だし、自分にも理性がある。人としてぎりぎりの分別だってある。しかし、です」

男性の黒眼が、きらりと光を放った。

「本当に、断固たる態度で、〈モデム〉に意見出来ますか。他の連中の眼を気にせず、自分の意思を伝えられますか。仮に反対があなた一人だけだったとしても、特殊な仲間意識の環境下で、流されずに頑強に抵抗出来ますか。彼らから白い眼で見られようとも、彼らとの絆《きずな》が切られようとも、貫けますか。今一度、胸に手を当て、我が身を振り返って下さい。あなたの中に、それだけの強い自分が居ますか。如何です」

憲人は、出来るとの一言が口に出せなかった。口だけなら、出任せだって何だって言える筈だった。そういう生き方で、今日までやってきたとも言えるのに。この男性を前に、その瞳に相対していると、手にしている自己防衛の鎧《よろい》がやけに重く、身につけようという気すら失《う》せる。憲人は、男性を見詰めた。己れの心の裸を見抜かれそうな恐さが、この他人にはあった。遊びの感覚は、知らぬ間に消されてしまっていた。

「同じなんですよ。例えば、煙草《たばこ》とか大麻とか、覚醒剤なんかの時と同じなんです。……いや、さすがに覚醒剤は恐かったから、逃げ出したけれど。煙草は小二、大麻は高三でしたっけ。覚醒剤との接点は、大学に入ったばかりの頃のサークル。結局私は、そのディベートサークルでは幽霊部員だったんですが。覚えているでしょう。NOと言えない、その場の雰囲気ですよ。自分一人が、皆の賛成を拒否することで、楽しく面白かった空気が重くなることへの恐怖。自分だけに集まる蔑《さげす》みの視線。浮いた存在になりたくない、仲間外れになりたくない。そうやって、全員が同じ方向を見て同じ意見を言うようになると、盛り上がりは限界を知らなくなる。エスカレートし続け、ブレーキを掛けようという考え方すら、どこにもなくなる。イジメもそうでしょう。集団心理の快感に取り憑《つ》かれて、行ってしまうんですよ。どこまでも、どこまでも。行ける所まで」

男性が、眉間《みけん》に切り込みのような皺《しわ》を一本作った。

「情けないことですけど。全く、我ながら情けない」

そう言って、男性の頭は、またもや青年に向かって下げられた。青年も、恐縮した様子で小さく頭を下げ返す。立場としては、どうやらこの青年の方が上らしい。憲人は、驚きと恐怖と警戒に思考の大部分が費やされる中、残された脳の僅《わず》かなスペースでそんなことを思った。

三人は、黙ってしまった。窓の外で、散歩中なのだろうか、犬の鳴き声と人の声が通り過ぎるのが、やけにはっきりと聞こえた。

「先程も言いましたが、私はあなたなんです、三日月憲人さん」

声を高めにして、男性が再び語り出した。

「私の名前も三日月憲人で、あなたが三十五年経《た》つと、今の私になります。この顔になるんです。三十五年後のあなた、つまり未来のあなたである私が、わざわざここに来た訳――それは、あなたの殺人を阻止するためです」

憲人は、笑わなかった。何か言って、相手の話の腰を折るだけの強さも、空気が抜けつつある風船みたいに萎《しぼ》んでいった。

「あなたは……いいえ、私の体験を、お話ししましょう。私は、〈モデム〉の申し出に抗《あらが》う勇気もなく、それは〈ＰＡＰ〉も〈フクロウ〉も同じだったんですが、ヒューマンレースに参加しました。いつからという詳しい日付けは、規定があってここでは申し上げられません。ですが、そう遠くない未来です。そう、今のあなたにとっても、非常に現実的な話なんです。レースが始まり、レーサーズの面々は、それぞれ複数の人間を競うように殺していきます。私は、捕まるまでに五人の生命を奪いました」

　男性の眼差しが、冷たくなった。それは、彼の本質がそうさせたのか、その時のことを思い出してそうなったのか、憲人には判らなかった。が、これだけは、憲人も本能的に信じるに至った。眼前にいるこの男は、多分人を殺している。それ程、真に迫っていた。

「五人のうち四人は、小学生でした。残酷で非情なことに。もっとお話ししましょうか。後頭部をハンマーで殴り付け、意識を混濁させ、ネットを通じて極秘に入手した研究途中の液体燃料——ご存じですね。別サイトで、マーちゃんから仕入れた情報ですよ。あの、東京フレンドスペースの——それを使って、焼死させたんです。その液体燃料、ＰＶ‐71は、空気に触れてじわじわ揮発が始まってから、約二分で自然発火し、一気に大きな火柱になります。早い話、焼き殺したってことですね。その二分の間に、現場から逃げるんです」

男性が、畳の上を憲人へとにじり寄った。気迫に押され、畳に手を突いた憲人の身体が、後方へ反った。

「私は、年端《としは》もいかぬ四人を含む五人の尊い生命を、残酷な手段で無理矢理握り潰した、凶悪殺人犯です。あなたは、近い将来、その凶悪殺人犯になるでしょう。このまいけば、なるんです。必ず」

「……馬鹿みてえ、そんな話」

憲人が、喉の奥から何とか声を押し出した。男性は、それを無視して口を動かし続ける。

「私は、気の遠くなる程繰り返された裁判の果てに、死刑判決を受けました。当然のことです。当然の報いです。そして、囚《とら》われの身となってからは、今日か明日かと死への呼び出しを待ち続けるだけの日々でした。判《わか》りますか。いや、判らないでしょうね、これればかりは。経験のない人には、誰も」

男性が、右の拳《こぶし》で自分の膝《ひざ》付近を殴った。鈍い音がした。拳のかさついた肌の上を、気張った蒼《あお》い血管が走っている。歳月の年輪だった。遣《や》り切れなさのようなものが、男性を包んでいた。

隣の青年が、アタッシュケースのフックを外し、中から厚いファイルを取り出した。

「これは、真実なんですよ。三日月憲人さん」

青年が、静かに告げた。

「天に誓って、彼の話に嘘《うそ》はありません。事件の詳細の全《すべ》てが、このファイルに記載されています。残念ながら、規定により、この時代のあなたにお見せする訳にはいきませんが」

パラパラとページを捲《めく》って見せてから、青年は、そのファイルを脇《わき》に置き、憲人の眼を覗《のぞ》き込んだ。

「彼は……いえ、三十五年後のあなたは、ずっと苦しんできたんです。私は、彼を見守り、今回のことを見届ける役を仰《おお》せつかった者なんですが、三日月さんの誠実さは、私が保証致します。いえ、決して今のあなたがそうではないと、申し上げている訳ではありません。それだけは、誤解なさらないで頂きたいのですが」

憲人は、数回口をぱくぱくさせてから、やっと声を出した。

「待てよ。待てって。ちょっと待って。どう、信じろって訳。そんな映画みてえな話」

憲人の質問に、男性が答えた。

「私は、あなたなんです。もうここまでの会話の中で、幾つかは証明されているとは思いますが、何でも結構です、質問してみて下さい。あなただけしか知らない個人的なことを。よっぽどの細かいことでなければ、お答え出来ると思います。私が忘れていなければ、の話ですが」

憲人は、疑うことと信じることの中間にぶら下がっていた。この二人の人物像や話の内容は、到底受け止められない。だが、彼の個人情報に関しては悉《ことごと》く正しく、頭から完全否定するのは困難であると言わざるを得ないのもまた、本当のことだった。今の彼の心情は、安定せずにゆらゆらと揺れ、風向き次第では、どっちに振り切れても不思議ではない分岐点にあった。

他に手はないのか――憲人は、腹を決めるしかなかった。自分しか知り得ないこと、その一つを尋ねるだけで充分だ。人の心の中までは、非現実的な超能力者でもない限り読めっこないのだから。

男性は、眼を見開いて待っている。

「判りました」

丁寧な言葉が、憲人の口から零《こぼ》れた。そして、自分にも言い聞かせた。これで、最後だ。これで、はっきりさせる。面倒なのは沢山だ。これで、全て終わらせる。暇は暇だけど、それでも俺も俺なりに忙しいし、もうこのアホ臭い芝居に付き合っている時間はない。

「俺が、最近悩んでいることは、何ですか」

男性が、眼を細めた。やや困り顔になって、考え込む。

「ちょっと、質問が漠然とし過ぎていませんか」

「ヒントはありませんよ。あんたが俺なら、何だって答えられる筈《はず》だし。プライベートなことで、誰にも話していないことなんで」

男性は、眼を伏せた。短い沈黙があった。青年は、感情を表に出さずに見ている。

「女性のことかな」と、男性がぽつりと言った。

憲人は、鼻で笑って、違うと言おうとした。

「美術館のアルバイトだった、マコピーのことですか。係員の宇山真琴さん」

ショックで、憲人の喉が縮んだ。

「ずっと好きで……待てよ、時期が違うか。確か、いや、え、違うな。やっぱり違う。悩んでたのはもっと前で、今のこの時期には、もうとっくに告白してたか、確か。となると」

憲人の頭は、完全停止していた。マコピーにフラれた半年前の情景だけが、数秒前のようにくっきりと映し出された。あの時の色も匂《にお》いも覚えていて、一パーセントの見込みもなかったことに、悩み抜いた末にガラにもなく果敢に挑んだ恥ずかしさは、今思い出すだけでも胸が痛くなる。

「何だろう」

男性が、またもやぽつりと言った。憲人は、その言葉で回想の苦痛から逃れた。結果、憲人に残ったのは、この男性への畏《おそ》れであった。こいつ、何かが違う。やっぱ普通じゃない。

「どんな感じの悩みでしょうか。その、大きな意味での。ヒントとは言わないまでも、せめて、こんなカテゴリーに入るということだけでも教えて貰《もら》えれば、私も思い出せると思うんです。何もないと、記憶の引っ掛かりすら見付けられないので」

「判りました」

挑戦する意気込みで、憲人が告げた。いいだろう。少しは認めてやろう。お前には、俺にも理解不能だが、もしかしたら何かがあるのかもしれない、きっと。第六感みたいなものか、鋭敏なテクニックか、何れにしろ、化けの皮を剝《は》ぐにしても何にしても、これで全てにケリをつけて、こいつらを追い出す。ここは、俺の部屋なんだ。憲人は、冷たく言い放った。

「毎日の生活のことですよ。このアパートでの」

「生活……アパート……」

「これが最後。もう俺は、何も言わないから」

男性は、首を巡らせながら、室内をぐるりと見渡した。

——判るもんか。ここ一週間のことだし、当然このことに関しては、まだ他の誰にも話していない。一言も。

それでも、油断はならなかった。男性は、観察眼が鋭くて、普通の人なら見逃してしまう小さな点に気付き、そこから何かを得るということだってあるかもしれないのだ。憲人は、男性を凝視していた。

「何だろう」と、男性が呟《つぶや》いた。

「さあね。何でしょう」余裕たっぷりで、憲人が言った。

「ちょっと歩き廻ってもいいですか」

「まあ。でも、物とか勝手に触るのは禁止だよ」

男性は、頷《うなず》いて立ち上がり、狭い室内を見始めた。一廻りするのに、一分も掛からない。元の位置に還《かえ》ると、今度はパソコンのテーブル前に腰を降ろした。電源は入っていない。キーボードの上に手を置いて、適当に叩《たた》いているのか、カチャカチャと音を立てた。

「もういいんじゃない」

憲人が、青年を見て言った。次いで、男性を見た。

「ブブー。タイムアップね。さ、答えてよ」

カチャカチャ音が止《や》んだ。男性が顔を上げ、前方の窓を見、振り返って後方を見た。何かを感じ取り、何かを再現しようとでもするかのように、それを、数度繰り返す。虚空《こくう》を睨《にら》む彼の様子を眼にして、憲人の中で、黒雲がむくむくと膨れ出した。

「何だよ、答えろよ、早く」

心に冷えを覚えて、憲人は、逸《はや》るように問い詰めた。宙に投げていた視線を憲人の所まで落とし、男性が、半疑問形で言った。

「幽霊。女の？」

憲人は、身体の芯《しん》から一気に凍えた。脊髄ごと、刺し抜かれた。形勢は一変した。頑丈だった筈の防壁は、脆《もろ》くも崩れ去り、男性のオーラが憲人の全てを包んだ。

「……何なんだよ」

「正解ですか」

憲人の顔を見て、その異変に気付いたのか、男性が、微笑《ほほえ》みを浮かべて続けた。

「そうです。思い出しました。そうでした。気のせいかどうだったのか、今考えても判りませんが。相手の顔を、はっきりと見た訳じゃない。その姿も、しっかり見届けた訳じゃない。ただ、人がいるという気配、誰かに見られているという感覚、何かが通り過ぎた後の空気の動き、眼の端を掠《かす》めた人影、眼の奥に残像として焼き付いた肩までの黒髪、線の細い腕、白い肌、痩《や》せて青筋の浮いた首……そうした複数の細かい断片が積み重なって、さすがに真剣に悩み始めた。そう、このアパートを引っ越そうかどうしようか、そこまで考えるようになった。別に、恐かったからじゃありません。強がりでも何でもなく。そうですよね」

男性が、同意を求めるように憲人に尋ねた。しかし、憲人はぴくりとも動けない。

「ただ、煩《わずら》わしかったからです。ね、そうでしょう。自分の部屋に、別の人間の存在が意識されることがね。誰にも言えず、また言える相手もない。レーサーズの連中にサイト上で話したとしても、取り合ってもらえないのがオチだろうから」

憲人は、男性が、こちらの心中を鮮やかに言い当てる様を、半ば気力の欠落した状態で耳にしていた。

「実に馬鹿馬鹿しい話です。私だって、こんな経験をする前だったら、霊的なことなんて、きっと頭から信用しないでしょう。そう、あなたが今実際に体験中の、未来の自分と対面しているこの状況と同じくね。霊感でしたっけ、そんなもの、その時まで自分にあるかどうかも気にしたことすらなかった位ですから。今思い出しても、あれが霊感だったのかどうか」

そこで、男性が、顔を憲人の方に突き出した。

「参考までにあなたに言っておきますが、ああいう体験は、あれが最初で最後ですから。殺してきた動物も子供達も、霊という形をとって私の前に現れたことなんか、ただの一度だってありません。それに悩まされたこともね。後悔とかそういうこととは違いますよ。この部屋で感じた、いわゆる霊体験らしきものは全くなかった、そういうことです。今考えると、あの時の感覚は、一時的な突然変異だったのかもしれません。神経回路の配線か歯車が、何かの拍子に狂った、そんなところですか。事故みたいなもんでしょう」

喋《しゃべ》っていた男性が、口を休めた。青年も、憲人を見守っている。二人の顔は、憲人の判定を待っているようでもあった。憲人は、眼の前の男性の歳取《としと》った顔を、呆然《ぼうぜん》と眺めるだけだった。このオヤジは、きっちり言い当てた。最近この部屋で起こったこと、しかも俺の中だけにあることを。もはや、否定の仕様もない。しかも、憲人には、男性の向こうに、酒好きだった父親の赤ら顔が一瞬見えたのだった。普段は気が小さいくせに、飲むと別人に変じた父親。軽侮の対象でしかなかったその姿が、自称未来の憲人なる人物に重なって見えたことも、更なるショックだった。

――絆《きずな》。血の繋《つな》がり。因縁。親子。

憲人は、嘔吐《おうと》しそうになった。

「どうですか。違いますか」

「ちょっと待ってよ」

憲人は、喉《のど》を刺激する吐き気を何とか嚥下《えんか》し、深く息を吸い込んだ。僅かに口中に到達した胃液の酸《す》っぱさが、舌の上で不快に主張する。それを堪え、渋い顔で言った。

「いいよ、まあ、じゃ、信じたとしようよ。あんたは、未来の俺だ。俺だとする。で、あんたが言うには、近い将来俺は、人を殺す訳だ。五人だっけか。そんで、俺は捕まる。殺人の罪で」

憲人の語りに、男性が相槌《あいづち》を打った。

「……そっか、捕まんのか。何かミスった訳」

「そういう問題じゃないでしょう！」

男性が、激昂《げっこう》した。

「頭を冷やせば誰でも判断出来る、単純明快なことだったのに、愚かにも仲間内だけで舞い上がって、子供ですら判る善悪の見境がつかなくなっていたあなたは――」

「三日月さん！」

　青年が、男性の暴走を食い止めた。

「すいません、何度も、本当に。我ながら、あまりに馬鹿丸出しで能天気なもので、腹が立って」

「お気持ちは判りますが、冷静に」

「はい」

　憲人は、何故《なぜ》男性がいきなり爆発したのか、判らなかった。何か俺に怒っているらしいが、そもそもこいつの言う通りに、もしこいつが本当に俺だっていうんなら、元はと言えば、自分がやってきたことであって、責任は全部奴にある。まだ殺人事件を起こしていないこっちに怒りを持って来るのは、筋違いというものだろう。同時に憲人は、このクソ野郎を短気な奴だとも思い、そういう点では、確かに自分に似ているのかもしれないと納得したりもした。

　男性が、気を鎮《しず》め、言葉を吟味するようにゆっくりとした調子で言った。

「私は、先程も言った通り、死刑判決が確定しました。そして、六十歳になった今年、私は、自分の身の振り方について、二者選択を強いられることになったんです。それは、次の二つです」

男性は、右手の人差し指を立てた。

「まず、三十五年前の自分――あなたですよ――その自分に会い、説得し、事件の発生を未然に防ぐか。もう一つは」

右手の中指も立ち、ピースサインのようになった。

「死刑の執行」

憲人は、右手の指を二本立てた男性の悲痛な顔を見た。滑稽《こっけい》な位の必死さがあった。するとと、にわかに恐怖心が背中を突いた。それをはぐらかそうと、わざと話の論点をずらした。

「あんたが未来の俺だって言うんならさ、どうやってこの時代に来た訳よ」

「タイム・トラベルです」と、男性は即答した。

「まさか」

「本当です」

「冗談」

「いえ」

「マジで」

「はい」

「タイム・トラベル」

「はい」

「何、それって、タイム・マシンか何かに乗る訳、やっぱ」

「だと思います。実は私も、その時空移動のシステムそのものは、見ていないんです。見せて貰っていません。正直、音すら聞いていない。特殊なゴーグルで、眼と耳を覆《おお》われていましたので」

「でも、それじゃ――」

「本当かどうか判らない？　でも、実際にこうして、昔の自分であるあなたに会っています。いくら何でも、昔の自分の顔を忘れることはありませんしね」

憲人は、整理のつかない困惑に沈みながら訊《き》いた。

「で、あんたは、俺の殺人を止めさせるために来た」

「そうです」

「俺が、マジで人を殺す訳」

「そうです」

「つまり、あんたは人を殺したことがある訳だ」

憲人に指摘を受け、男性は、たどたどしい言い方になった。

「そうです。つまりは、そういうことです。私は、重過ぎるその罪悪感を、人生の半分以上背負い続けてきました。どんなに肩に食い込み、ぎしぎしと骨が悲鳴を上げても、決して背中から降ろすことを許されない重荷です。地獄と言えば、まさに地獄そのものの日々でした。同じ苦しみを、あなたには味わって欲しくない。それは、延《ひ》いては、未来である私自身に還ってくることなんですが」

「よく判んねえけど、随分難しいこと言うんだな。そんなややこしい言葉、俺は絶対使わねえけど」

「囚《とら》われの身では、本を読む位しか楽しみがなかったですから。勉強が大嫌いな今のあなたと違ってね。他にこれといってやりたいこともなかったし、時間だけはたっぷりありましたので」

「そっか。それって、歳食ったらあんたみたいに、要するに、俺もそうなれるってことか。それなりに、知識がありそうな人間に」

男性の表情が曇った。

「こうなっては、困るんですよ。今の私みたいになってはね。だからこそ、こんな悲劇的な人生に足を踏み入れないように、そうあなたに忠告するために、私は来たんです」

「なるほど……ね」

憲人は、深く息を吐いた。話は、結局そこに着地する。それが目的だと直言している以上、何をどうしようと、この二人を納得させない限り、連中がここから帰りそうにないのは明白だった。これ以上変に栖突《たてつ》いても、何の解決にもならないだろう。不気味さも極まって、この上ない。憲人なりに、懸命に頭を働かせた。

未来から来たというこのオヤジが自分なのかどうなのか、何者にせよ、とにかく、憲人についてやたらに詳しいのは、認めるしかなかった。本心では、ここまでの流れで、未来の自分だという彼の言に、かなり引っ張り込まれてはいたのだが。ともあれここは、不本意ながら相手のペースに乗ってやるのが良策だと、憲人は考えた。

「で、あんたらの希望は、俺が『ヒューマンレース』への参加を拒否するってことなんだろ。いいよ、判った。断るようにするよ」

男性と青年が、眼を合わせた。青年の顔が厳しくなったように憲人には感じられ、イエスの返事をしてやったのに何でだろう、と憲人は思った。男性も、一層堅い顔付きで青年に頷いた。

憲人は、その場を和ませるつもりで、違う話題を振った。

「あのさ、他のメンバーはどうすんの。俺一人どうこうしたってさ、このままなら

〈モデム〉達も人を殺したりするんだろ、あんたらの言い分じゃ。『ヒューマンレース』自体を止めさせるようにしなくていい訳」

今度は、青年がぴしりと言った。

「そんなことをしては、絶対にいけません。歴史に関わる余計なことは、一切しないのがルールです。三日月さんは、三日月さんだけのことを考えて下さい。他の人の人生に介入することは、誰にも許されないのです。たとえそれが、どんな人生であっても」

その厳しい物言いに、憲人も気を呑《の》まれた。男性が、憲人の顔を見据えた。

「私のあなたへの願いは、三つだけです。まずは、『ヒューマンレース』への参加拒否。更に、『レーサーズ』からの完全撤退です」

「つまり、あのサイトからリタイアしろってこと」

「そうです」

「いや、でもそれはさ」

「よく考えて下さい。『ヒューマンレース』への参加を辞退して、それでもあのサイトに居続けられると思いますか」

憲人は、口を噤《つぐ》んだ。

ややあって、男性が、言葉を続けた。

「私自身があなただからこそ、その先のことが見えるんですよ。さっき申し上げたことも、『レーサーズ』からの完全撤退を望む理由の一つではありますが、最も肝要なことは、これが私の本音の部分なんですが、『レーサーズ』と完全に縁を切らなければ、いつまた同様の誘いに巻き込まれるか判らないということに尽きるんです。更に、あなたの殺人を百パーセント阻止するには、今回の『ヒューマンレース』への不参加というだけでは不充分です。『ヒューマンレース』での殺人を防ぐことに成功したとしても、その後に別の殺人をあなたが犯してしまったのでは、全く意味がなくなります。お判りですね。わざわざ未来から私が来たのは、あなたの殺人の可能性を、限りなくゼロにするためなんですから」

憲人は、恨めし気に口答えした。

「あんたが俺なら……俺にとっての『レーサーズ』の存在がどういうもんか、判ってるよね」

「判っています」

当時の思いを呼び戻すように、男性が上方を見上げた。

「あの頃、私にとって『レーサーズ』は、私の全《すべ》てであって、オーバーに言えば、生き甲斐そのものでした。人間、生きていくためには、明日へと繋がる張り合い、楽しみみたいなものが必要です。何だっていいんです。次への一歩を生み出すエネルギー、原動力となるものであれば。私の場合、それは『レーサーズ』であり、あのサイトであり、仲間だった三人のメンバー達でした。直接には、一度しか会ったことのない連中でしたが、私を誰よりも理解してくれていると思っていました。人は、誤解だとか幻想だとか言うでしょうがね」

その通りだった。付け加えることはなにもない。男性の話したことは、憲人がここ一年近くの間ずっと思っていたことであり、それを見事に代弁してくれていると痛感した。

「三日月さん」

青年が、聞き咎《とが》めた様子で口を入れた。男性は、慌《あわ》てて憲人を見詰め、声のトーンを高めた。

「でも、それとこれとは別です。『レーサーズ』は、残念ながら歪《ゆが》んだ楽園でした。『ヒューマンレース』だけではなく、元々の『アニマルレース』だって、本来許されるべきことじゃない。真の仲間なら、誤りを誤りだと正せる筈《はず》です。果たしてあなたに、その勇気がありますか」

憲人には、答えは見えていた。ノーだ。仲間との絆を汚し、場の空気を淀《よど》ませたくはない。勇気とか、そんなことではなく。

「過去の自分を説得するという機会は、私にとってはこの一度切りです。二度目はない。それ故《ゆえ》、出来ることは全てやって、安心を精一杯掻《か》き集めて、私は元の時代に戻りたいんですよ。だからこそ、これを機に、思い切って『レーサーズ』との縁を切って欲しいと、強く希望している訳です」

「あの」

構わず、男性が続きを口にした。

「三つ目の願いというのは、これに関連したことです。殺人という不条理で、最低で、浅はかで、愚の骨頂な行為の代償は、途方もなく高く付く――これを、脳裏に刻み付けておいて欲しいのです。一生消えない苦しみの凄《すさ》まじさは、想像を絶します」

男性が、畳みの上を滑るようにして、憲人に接近した。

「どうか、誓って下さい。今お話しした三つの願い、約束を必ず守ると。この場だけの、言い逃れのような返事は要りません。私が欲しいのは、上辺ではない心からのあなたの言葉なんです。でなければ、私は帰るに帰れない」

「三日月さん」

不意に男性ににじり寄った青年が、彼の耳に口を近付けた。囁《ささや》き声が、憲人の耳に切れ切れに伝わった。

「……一度にそこまでは……まだ初日……」

男性は、小さく右手を上げて、青年の語りを決然と封じた。その力強い意思の現れは、青年をたじろがせる程だった。血走った二つの眼が、憲人に注がれた。青年も、元の位置に控えて、憲人の返答を待っていた。展開に圧倒された憲人の舌は、痺《しび》れて喋《しゃべ》り方を忘れてしまったようだった。太陽が雲に入ったのだろう、室内が急に暗くなった。それを合図に、辛うじて、憲人が首を縦に振った。彼には、それが精々だった。

男性と青年の口から、計算したかのように同時に溜息《ためいき》が洩《も》れた。光が、再び畳の上に差し込んで来た。

「それが、聞きたかった。それだけが、聞きたかったんです。ありがとう。安心しました」

眼尻《めじり》に皺《しわ》を作って、男性が、少し弾んだ声で言った。青年の両肩からも、余分な力が抜け落ちたのが判った。男性が、続けた。

「ところで、『レーサーズ』のサイトへの書き込みは、確か全て保存していましたよね、三日月さん。……三日月さん」

「え、あ」

　擦れ声ではあったが、やっと憲人の口が動いた。

「そこに、あなたの今の心情の全てがある筈です。ぜひ見せて貰《もら》えませんか」

「え、でも」

「保存は、フロッピーディスクでしたっけ」

「まあ」

「そのフロッピーは、どこにありますか。ＦＤは」

「えっと」

　生返事の合間に、憲人は、不可解な胸のつかえを覚えていた。突然、何を言い出すのか。こいつが俺であるなら、そんなものの仕舞い場所ぐらい、知っていて当たり前だ。しかも、サイトのカキコの保存内容を見たいだなんて、何を今更――。

　憲人が、そう思った時だった。男性が、言葉を付け足した。

「ＦＤですよね。違いましたか。確か、ＦＤだったと記憶してるんですが」

　言われるままに立ち上がろうと畳に手を突いた憲人の身体が、ぴたりと止まった。

　――ＦＤ？　ＦＤ……ＦＤ！　ＦＤ！　ファイナル・デスティネーション?!

　憲人の眼の奥で、閃光《せんこう》が走った。

［ＦＤ］は、『レーサーズ』の中で決められたコードだった。即《すなわ》ち、警察などの第三者の手によって、自身或いは他のメンバーに危険が及ぶと判断された場合、メンバーがこの緊急コードをサイトに書き込み、同時に〈モデム〉がサイトを閉鎖、それを最後に、メンバー間の接触を完全に断つというものであった。その重要性と非常性は、憲人やメンバー達が、一人残らず肝に銘じていたことだ。〈モデム〉が定めた、四人のみが知る、コード［ＦＤ］。それは……今が終点、最大級の危機、全員ここから速やかに離脱せよということを意味していた。

──ＦＤって、あのＦＤか。ＦＤのことか。

憲人は、僅《わず》かに身体《からだ》を捻《ひね》り、白い顔で男性を見た。男性と視線が交わった。青年からは見えない男性の表情には、決死さがへばりついている。大きく開かれ瞬《まばた》きをしない瞳《ひとみ》は、明らかに何か含みを持っていた。憲人は、自身の直感が正しいかもしれないということを感じ取り、思わず肌が粟立《あわだ》った。

男性が、素早く眼だけを動かして、後方にいる青年の存在を示唆《しさ》しながら、同じ単語を声を低めて繰り返した。

「ＦＤをお願いします。ぜひ」

憲人は、もう青年に眼をやることが出来ない。妙なことに、いつしか憲人は、心情的に男性側に立ち、男性からの合図を青年に悟られてはならないと、それだけで頭がいっぱいになっていた。

操られるように畳の手に体重を預け、わざとゆっくり身体を動かし、右足を突いて腰を浮かした。その瞬間、右足の筋肉を一気に太らせ、畳を蹴《け》った。勢いのままに、青年の驚く顔の横を、擦り抜けようとする。

「待て！」

何故《なぜ》か、男性の怒鳴り声がした。後ろから服を引っ張られ、憲人は、青年に被《かぶ》さるようにして畳に転がった。焦《あせ》りが、憲人を闇雲《やみくも》に突き動かした。横にあった青年の顔面を、一発殴り付けた。青年の眼の色が変わるのが、一瞬判った。

――ＦＤだ。逃げなきゃ。逃げるんだ。

そのまま四つん這《ば》いで、玄関に行こうとする。背中に強い衝撃を受け、畳に突っ伏した。息が詰まるのも構わずに、這うようにして進む。今度は、腰の辺りに重い何かが乗った。両肩を押さえ付けられ、頰が畳に密着した。

と、急にそれら全ての力が失《う》せた。憲人の隣に、どすんと何かが倒れ込んだ。青年だった。後頭部の下、首付近に、深々とボールペンが突き立っている。じわりと滲《にじ》んだ後、皮膚の裂目からじゅくじゅくと血が流れ出した。憲人は、慌てて青年の身体から逃れた。

「……あ……な……」

俯《うつぶ》せの青年が、僅かに声を出した。畳を見ている眼が、細かく左右に揺れている。指先は、痙攣《けいれん》を始めていた。

男性が、腰を屈《かが》め、青年の上着の裾《すそ》を捲《まく》り上げて何かを抜き取った。満足気に見下ろす彼の手に握られていたのは、どこからどう見ても拳銃の形をしている。それが、鮮やかに輝いた。

「こいつは、貰っとくわ。処分出来なくて、残念だったな」

そう低い声で言ってから、憲人に眼をやった。

「何見てんだよ」

「………」

「離れてろ」

メタル色の拳銃らしきものを腰のベルトに差し入れながら、男性が、冷徹に憲人に告げた。憲人は、命じられるままに、お尻で畳を滑って移動した。元より、彼の腰は立たない状態だった。

「お疲れさん」

男性は、青年にそう言うや、右足でボールペンをぐっと踏み付けた。更に深々と首に突き入り、青年の口から、ぎゅーっという呻《うめ》き声が洩れた。鮮血が、傷口から溢《あふ》れ出して来る。と思う間もなく、青年の全身から濛々《もうもう》と煙が立ち始めた。何かが焼けるような強烈な異臭が鼻を衝《つ》く。ぷすぷすと音が鳴る。

「そいつに絶対触れるなよ。溶けちまうぞ」

男性が、飛び退《の》いてから言った。

憲人は、壁際《かべぎわ》まで後退しながら鼻と口を押さえた。涙が、後から後から零《こぼ》れ出る。そんな不自由な視覚でも、青年が溶解していく酷《ひど》い様を捉《とら》えていた。人形から空気が抜けて萎《しぼ》むように、青年の全身は、白煙の中でみるみる縮小し、服の中へと消えていった。

「おい、もういいだろう。窓とドアを全開にしろ。臭くてかなわねえ」

男性が、つっけんどんに言った。が、憲人は、腰が抜けたままで動けない。何分もこうしていたような錯覚に陥っていた。

「コラ。早くしろ」

近付いた男性が、憲人の腰を乱暴に蹴った。鈍い痛みに、憲人はよろけながら起き上がった。白煙の名残が漂う中、命令のままに壁伝いに移動して、ドアと窓を全て開け放った。

煙が室外へ流出し、男性は、青年の居た場所を見詰めた。足で、青年が着ていた衣類を弾《はじ》く。スーツとネクタイと下着と靴下だけが、脱ぎ捨てられたようにそこにあった。その下の畳も、血飛沫《しぶき》によるほんの僅かな変色の跡が見られるだけだ。おもむろに屈んで、男性の手が、青年の生命を奪ったボールペンを手に取った。憲人の眼にも、血液すら付着していないことは、すぐに判った。ついさっき使われた凶器には、全く見えない。

「文字通り、髪の毛一本も残さず、か。ふん、見事なもんだ」

男性は、ボールペンを鼻の下にやりながら呟《つぶや》いた。

「血の匂《にお》いもねえ。凄《すげ》えな、こりゃ」

そのまま、ボールペンをパソコンのあるデスク上に置いた。

「こらせっと」

男性は、畳に胡坐《あぐら》をかき、憲人を睨《にら》んだ。憲人は、眼だけで必死に現状に抗っていた。それに気付いたのか、男性が言った。

「今のか。ありゃ、特殊なカプセルだかチップだそうだ。三十五年後への帰還が不可能になると、体内のどこかにあるそいつが自動的に破裂して人間の細胞を溶かし、蒸発させるんだと。あいつも、俺同様にこの時代の人間じゃない。だから、本来存在すべきじゃない死体が、過去に残っちゃまずいだろう。都合の悪いものは、きれいさっぱり全て消去する。その準備に怠りはない。国の考えそうなこった」

男性が、青年の衣服を見詰めた。その時、憲人の誤解かもしれないが、男性の眼差しに悲哀の色が混じったように見えた。

「こいつの名前、判るか。十八番、なんだとよ。番号なんだぜ。十八番。信じられるか。はん。名前を番号なんかで呼ばれる野郎に、ロクな奴はいねえ。ロクな扱いは受けねえ。実際こいつは、ここでこうして死ぬ羽目になった。つまり、国のために生命を捧《ささ》げたことになる訳だ。大したもんだよ。愚かだと笑うにゃ、余りに実直だな。決して悪い奴じゃなかったし」

「……国」

漸《よう》く《や》、憲人が喋った。

「ああ。国だ。俺がここに来たのも、政府の特殊プロジェクトの流れだ」

ここで、男性が強い口調に変わった。

「言っとくが、俺が未来のお前だってのは、真実だぞ。お前が人を殺し、死刑の判決を受けたのも本当のことだ」

憲人は、放心していた。考えても無駄だと思った。

「ただな、ここに来た理由という点では、さっきお前に話していたことは、俺の本音じゃない」

男性は、フックを外してアタッシュケースを開け、中から筒状の何かを取り出した。作動させ、シート状の中身を引き出し、憲人の前に置く。そこには、画像として映し出された、来年五月九日付けの新聞記事があった。

――未来の日付け！

憲人は、唾液《だえき》を呑《の》み、記事に眼を落とした。それは、彼自身が殺人容疑で逮捕されたという内容のものだった。それにしても、この奇妙な装置は何なのか。

「面倒だが、簡単に教えといてやる。このまま いった時の、『レーサーズ』の末路がどうなったか」

憲人が、男性を見た。男性の眼は、攻撃的に怪しく濡《ぬ》れて光っている。

「開始された『ヒューマンレース』は、順調に結果を出した。四人は、それぞれに数字を残したんだ。〈PAP〉は、獲物をビニールの袋に入れて、学校や公共施設のプールに浮かべた。赤ん坊みたいに手足を折り畳み、袋詰めにしたところに、奴の美学があったんだろうな。〈フクロウ〉は、海岸や砂場に獲物を埋めた。鼻のところまで。

どうやったのかは判らんが、死んだ獲物の眼は、全てしっかり開いていて、前方を睨んでいたそうだ。〈モデム〉は、獲物をビルの屋上から逆さまに吊《つる》した。男女関係なくきちんと正装させ、化粧まで施してな。俺は……さっき説明した通りだ。獲物を焼いた。ちなみに教えておいてやる。お前が最初の男の子を殺す記念すべき日は、十一月の五日だよ」

そう言って、男性がにたりと笑んだ。憲人は、表情を作るどころではない。顔の筋肉は、かちんかちんかちんだった。

「まあいい。そんな感じに四人四様のスタイルが出来て、それが、各個人の実行証明ともなっていた訳だ。だが――」

未経験の身震いに襲われながら、憲人は、辛くも卒倒せずに持ち堪《こた》えていた。そんな彼を気遣いもせず、男性は語り続けた。

「程なくして、異変が起こる。まず〈PAP〉が自殺した。俺は、それをサイトで他のメンバーから聞かされ、メディアで確認した。死体は、あるスポーツクラブの温水プールに浮かんでいたんだ。大量のクスリを摂取したのが死因だと、マスコミでは発表された。警察も、パソコンの記録を一応は調べたんだろうが、おざなりだったんだろう。〈PAP〉も、何か痕跡《こんせき》を残すようなへまをするとは思えないし。無理もないが。結局、奴の実生活の中では、何ら不自然なところはなかったらしく、クスリの常習者だったとの情報もあって——クスリってのも、実は意外だったんだが。まあ、〈PAP〉の私生活についちゃ正直、俺も何も知らないに等しかったってのは事実なんだけれども。で、そのまま自殺で処理された。それからちょっと後になってからのことだ。手を下したのが〈モデム〉だと、俺が確信したのは」

——〈モデム〉？

憲人の記憶の中で、凛《りん》とした〈モデム〉が彼に微笑《ほほえ》み掛けた。まさか。〈モデム〉が〈PAP〉を殺す？　そんな。そもそも、殺す理由がない。憲人には、一度だけ会った時の二人の表情を思い出すに付け、殺人の加害者と被害者という関係が、彼らと結び付くことが想像出来なかった。

「〈PAP〉の死の報道を受け、即座に〈モデム〉はFDを宣言し、サイトも閉鎖された。が、ことはそれで終わらなかった。続けて、〈フクロウ〉も自殺。ビルからの飛び降りだったが、これも俺は動機が判らなかった。仮に、〈PAP〉の自殺にショックを受けていたとしても、そこまであいつが思い詰めたりするか。あり得ない話だ。人生に悲観してとかいう印刷された遺書があったそうだが、俺は信じなかった。俺の勝手な推測だが、これにも〈モデム〉が絡《から》んでいたと俺は睨んでる。で、最後に俺の逮捕だ。誰かが、俺のことを警察にチクりやがったんだ。ここまでくりゃ、馬鹿でも判る。え？　だろ？　〈モデム〉だ。奴しかいねえ。あの野郎、俺に何もかも罪をなすりつけて、姿を消しやがったんだ！」

男性の声が、激しくなった。

「あいつは、自分が一番だって言いたかっただけなんだ！　あれこれ作って、面白おかしく人を巻き込んで、散々好き放題やって、でも、最後に汚えところを人に全部押し付けて、作ったものを壊し、安全な場所に逃げやがった！　俺が、奴のことを幾ら警察に話したところで、奴を具体的に特定出来る証拠は、何一つない！　逮捕された俺は、殺人の罪でこのザマだ！　え?!　見ろよ、俺を！　この俺の今の姿を！　三十何年も苦しんで、死刑の恐怖で神経がイカれそうになって、なのに〈モデム〉の野郎は、こっちの世界で自由気儘《きまま》にのうのうと生きてやがる！　ふざけんな！　冗談じゃねえ！　だろうが！　違うかよ！　おい！」

これから一年以内に起こることを男性から告げられても、もう憲人には、それに反応する力がなかった。憲人を見る男性の眼付きの鋭利性は、常人の域を超えていた。

「大体だ、手前《てめ》ェがトロいんだよ。何で気付かなかった。〈モデム〉の本性によ。あ？　ったく情けねえ野郎だ。……クソッ……自分に文句言っても仕方ねえか」

男性が、一転して卑俗な笑みを浮かべた。赤い舌が、唇の脇《わき》を舐《な》めた。

「でもな。もうそうはいかねえ。奴の思い通りにはならねえ。この俺が、〈モデム〉の好きにはさせねえ。だから、安心しろ。お前には、この俺が付いてる」

男性は、立ち上がると、冷蔵庫を開けて勝手にペットボトルの烏龍茶《ウーロン》を飲んだ。

「俺は、これから起こること全てを知ってる。いいか。取り敢《あ》えずは、奴の話にのれ。復讐《ふくしゅう》のチャンスは、それからだ。いいな。今日まで、後悔だ反省だとクソみてえなことを、オウムみてえに馬鹿の一つ覚えで喋《しゃべ》り続けてきたのも、これで報われる。俺を支えていたのは、奴への恨みだけだ。それが、全てだったんだ。あの腰抜け野郎、じっくりと時間を掛けていたぶってやる。三十年の恨みだ。簡単に楽にして堪《たま》るか」

急に男性が、ドアの方を向いた。釣られて、憲人も見た。ぽかんとした顔で通路からこちらを見ている人物と、眼が合った。例の隣の女だった。男性は、玄関に歩み寄り、泰然とドアを閉じた。相手の疑惑の眼が、ドア向こうへと消えた。振り返った男性が、今度は別人みたいに柔和な顔になった。

「あのブスデブ女。お前に惚《ほ》れてる。告白されるぞ。二ヶ月後だ」

そう言って、如何《いか》にもおかしそうにくっくと笑った。砂漠の中の一滴の水のようなその明るさが、憲人の硬化した神経を微《かす》かに和らげた。

「嘘《うそ》じゃねえ。深夜にいきなり来たんだ。間違っても、部屋には入れんなよ。ええことになる」

「ええことって」

それには答えず、男性は、憲人の前に来て座った。急転して、深刻さが顔に浮き出している。

「後になって何年も経《た》ってから、やっと理解出来たことがある。俺は……つまりお前は、これから、獲物になる相手を焼き殺す」

憲人は、素直に耳を傾けていた。彼は、無意識の内にこの男性を認め、当然の帰結として、必然的に両者の上下関係は決してしまっていた。

「その場所は全部、大木の下なんだ。公園とか川岸とか。当時は、そのことについて深く考えたことはなかった。何となくだったんだな。何となく、大きな木の根元で焼いた。大きな木……お前は、あの時のことを覚えてないだろう。きっと忘れてる。いや、自ら進んで忘れたのかも。俺も、精神鑑定の途中経過で、やっと曇りが晴れた気がしたんだから」

男性は、スーツの内ポケットから財布らしきものを抜いて、中から一枚の古い写真を取り出した。

「お前のも出せよ。あの辞書に挟んであんだろ」

男性の指が、長い間放置されたままの国語辞書を指していた。憲人は、もう驚きもせず、その中から写真を取って畳に置いた。三十五年の時を超えた二枚の同じ写真が、並んだ。経年変化以外には、違いは全くなかった。

「判るな。四歳の俺と母親だ」

二枚の写真には、四歳の子供を抱き抱えた笑顔の女性が写っている。

「母親は、俺達が八歳の時に死んだ。自殺だ。首吊りだった。これは、誰かから聞かされたと、そう思ってるだろう。俺も、ずっとそう思っていた。だが、真実はそうじゃなかった」

男性が、鼻から息を吐いた。辛《つら》そうだった。その項垂《うなだ》れ気味の顔を見ていると、憲人の心臓も、何かで突かれ抉《えぐ》られているみたいに、きりきりと痛みが差した。頭髪、首筋、下がった両肩に年齢が垣間《かいま》見え、男性がどっと老《ふ》けたように見える。ここに、老いた未来の自分がいる。この胸の苦しさは何だ。同情なのか、共感なのか。憲人は、荒々しくなりそうな呼吸を、必死に治めようと努めた。

男性は、左手の甲を数回噛《か》み、横髪を撫《な》で付けてから言った。

「母親の死体を見付けたのは、俺達だったんだ。あの日母親は、朝から姿が見えなかった。そして俺達は、登校途中に裏山の大きな栗の木にぶら下がっていた母親を見てしまった。俺も専門家じゃないからよくは判らないが、そのことが、大木の根元で死体を焼いたこととの間に、何らかの接点を生んでいるらしい」

男性が、二枚の写真を順に裏返した。共にペンの寸分違《たが》わぬ同じ筆跡で、『憲人四歳』とある。

「きっと、覚えていないだろうな。何故《なぜ》かあの後、そのまま普通に学校に行ってたし。首を括《くく》った母親を見上げていた幼い記憶は、自己崩壊を防ぐために恐らく自ら封じたんだろうと、俺は言われた。焼くってのは——それを灰にする、存在を消す、なかったことにする、そんな意識下の心理が形を変えたもんだとかどうとか……しかし、ま、俺が言いたいのは、そんなことじゃない」

しんみりした話し方を変え、語調が力強くなった。

「焼くってことが、心の深層部分で母親と結び付いているらしいってのが、どうも俺は気に喰わん。何か別の、もっと特徴のある独特で甘美で印象的で目立つ、斬新《ざんしん》な殺し方を考えておけ。お前の第一の課題だ」

そこまで言われても、憲人は、母親の死について何一つ思い出せない。まるですっぽり抜けているかのように、記憶がなかった。

「――でも」

憲人がそう言い掛けると、いきなり、男性が憲人の襟元を摑《つか》み上げた。

「フヤけたこと言ってんじゃねえぞ、この野郎。俺をナメんな。お前は、甘えんだよ。いい歳《とし》こいて、精神年齢が極度に低いガキなんだ」

男性が、強引に憲人の口を奪った。ねちゃりとした唇の感覚と、ヒゲのじょりじょりする感触が、憲人を襲った。予想外の不意打ちに、憲人はされるがままだった。気持ちが悪いとかいう、人として在り来《きた》りな思いも、何故か湧《わ》いてこない。本来の憲人という若者の自己存在が、急速に失われていく。顔を離した男性は、背筋の凍るような声で彼の耳に囁《ささや》いた。

「俺が付いてりゃ、恐いもんなしだろうが。俺は、お前のことを誰よりも理解出来るぞ。他にこんな奴いるか。どうだ。え。これから、俺とお前は一心同体だ。俺の運命はお前の運命であり、お前の運命は俺の運命だ。いいか。〈モデム〉にいいようにやられるなよ。簡単に人の意見に左右されるな。信用出来るのは、自分だけだ。俺だけだぞ」

男性が、手を放した。憲人は、ぐにゃりと座り込んだ。

「ヒロキに電話しろ」

「……ヒロキ」

「判ってんだろ。大学ン時のあいつだ」

その人物は、確かに実在し、憲人の記憶にもあった。

「奴の親戚《しんせき》に、裏の方に片足突っ込んだ叔父がいるだろうが。外科医の」

「何でそれを」

「お前、今更何言ってやがる」と、男性が微苦笑した。

そうだった。このオヤジは、俺だったんだ。憲人は、のろのろと携帯電話を手に取った。

「でも、電話番号が――」

左頬に、骨の髄まで揺さ振られる何かの直撃を受け、憲人はふっ飛んだ。意識と神経が朦朧《もうろう》となって、じんわりと左頬が熱くなり、殴られたのだと理解した。

「でもでも、うるせえな！」

男性の怒声に、辺りの空気がビリビリと響いた。

「いいか！　今後、この俺に口答えするんじゃねえ！　質問も、一切禁止だ！　お前は、俺の言う通りにやってりゃいいんだ！　判ったか、コラ！」

男性の迫力に、憲人は応諾の合図を返すだけだった。すると、今度は打って変わって物柔らかな微笑《ほほえ》みを浮かべ、びくついている動物に接するように、そっと憲人の傍に膝《ひざ》を突き、憲人の首を優しく肩に引き寄せて囁いた。

「悪かったな。痛かったか。本当に悪かった」

憲人は、何もかもが解きほぐされていく、えも言われぬ快適さに身を包まれていた。こんな思いは、これまでに経験したことがなかった。

「俺を信じろ。自分を信じろ。俺とお前が組めば、恐いもんなんか何もないんだぞ。何でも出来る。へたすりゃ、想像も出来ないとんでもないことだって可能かもしんねえ。判るか」

男性は、返事を待たずに憲人から手を離した。例の筒状の装置を手に取る。男性の手が動き、極薄のモニターに名簿のようなものが現れた。

「お前のこれまでの人生で、お前と関わりのあった全員の、現時点でのリストだ」

そう言いつつ、彼の指先が画像をスクロールして、該当ナンバーを示した。とんでもない情報量の蓄積に、憲人は、傍観するしかない。男性が、畳の上で衣服のみになった青年の脱け殻を眺めた。

「俺の身体のどこかにも、こいつを消去したのと同じカプセルだかチップが埋め込まれている。このまま放置すれば、三日以内に、俺もこいつと同じ運命を辿《たど》ることになるだろう。多分、頭部か首か心臓近辺か、身体の中心的な所だとは思う。何としても捜し出して、取り出すんだ」

憲人は、ナンバーを確かめた。

「向こうがごちゃごちゃ言うようだったら、俺に代われ。奴の弱みぐらい、幾らでもある」

男性が、画像上を指先で触れると、小室浩基《こむろひろき》のデータが現れた。

「いいか。俺を救うことは自分を救うことにもなる。そこを忘れんなよ」

男性の声が、催眠術のように憲人の耳元で流れ続けた。

「毎日、詰まんなかったんだろ。退屈だったんだろ。『レーサーズ』のサイトに参加して、自分を奮い立たせて満足した振りしてたけど、本当はむしゃくしゃしてたんだろ。これから、もっと楽しませてやるよ。ワクワクさせてやるよ。充実した人生のやり直しだ。俺も、お前も。俺達の新しい人生だ。スケールが違うぞ。歴史が変わる。判るな」

憲人が、頷《うなず》いた。男性は、腰に差していた拳銃らしきものを抜き、筒状装置と並べて畳に置いた。

「こいつらの寿命も、三日だ。時間との勝負になる」

「三日……それってどういう」

「知るか。この野郎が、口を滑らせたんだ。時間が来たら、溶けちまうのか、燃えちまうのか、爆発するのか――ま、何にしても、そいつを阻止出来るかどうかを、早急に調べる必要がある。ファイルは、この際どうでもいい。問題は、このふたつだ。機械に詳しい奴の協力が要るな。いいか。選ぶのは、俺達の王国の手足になってくれそうな連中だぞ。しかも、信用出来る奴だけだ」

男性が、腕組みをした。憲人は、ただ聞くだけだった。聞きながら、心の中で思った。そんな都合のいい相手が、すぐに見付かるとは思えない。自分は、これからどうなるのだ。

「阻止が無理なら、仕組みを調べろ。徹底的に、だ。それと並行して、ハンディPCに蓄積しているデータをコピーする。この中にゃあ、今後三十五年分の膨大な情報が唸《うな》ってるんだ。宝の山だよ」

憲人の携帯を持つ手は、じっとりと汗ばんでいた。自分の将来は、とんでもない方向に転がりつつある。

「何やってんだ、コラ！　さっさと電話しろ！」

自分勝手に喋っていた男性が、急に怒鳴った。空気が、ビリッと震えた。

「俺の命が懸かってんだぞ！　俺を殺す気か！」

泡を喰って何度も首を縦に振ると、憲人は、携帯電話のナンバーを押した。

「そうだ。見付けだしたチップを使っても、一儲《もう》け出来るだろうなあ。この時代にゃなかった技術だ」

男性が、高笑いをした。

第4章　叫　び

　甲高い音が、微《かす》かに聞こえた気がした。浅い眠りから眼を覚まし、ぼんやりした頭のまま、上眼遣いでベッドサイドのデジタル時計を見る。明るく光る数字は、午前三時十七分を示していた。暗がりの中、隣のベッドに眼を凝《こ》らした。布団が平らなのに気付き、慌《あわ》てて身体を起こす。と、椅子《いす》が軋《きし》む音が聞こえた。

　相手が室内に居ることを確かめ、安堵《あんど》した十九番が、ベッドから声を掛けた。

「眠れないんですか」

「起こしちゃいましたか」

　逆に、闇《やみ》から質問が返って来た。

「いえ」

「すいません。ちっとも眠くならないもんですから」

声の後に、先程と同じ音がした。グラスの中で、溶け掛かった氷が鳴ったのだと判《わか》った。次いで、液体を飲み下す音が流れた。

十九番は、ゆっくりとベッドから出ながら尋ねた。

「明かりを点《つ》けても構いませんか」

「どうぞ」

十九番が、ベッドランプのスイッチを押した。間接照明が、ぼんやりと室内を照らし出した。彼の眼に、ホテルの浴衣《ゆかた》に身を包んで椅子に腰を降ろしている氏家孝仁《うじいえたかひと》の姿が映った。彼は、眼を瞬《また》かせ照れ笑いをして見せると、軽く頭を下げた。照明の当たり具合にもよるのだろうが、顔には何本もの縦皺《たてじわ》が走り、また、頭髪の生え際《ぎわ》は後退している。

床に降り立った十九番に、氏家が、ウィスキーのミニボトルを振ってみせた。

「如何《いかが》ですか。ご一緒に」

十九番は、近付いて、もう一脚の椅子に腰を降ろすと、伏せられていた別のグラスを手に取り、栓の開いた瓶からミネラルウォーターを注ぎ入れた。

「私は、これで」

「ビールなら、冷蔵庫にありますけど」

「いえ、今夜は」

そう言ってグラスを傾け、流し込んだミネラルウォーターは、十九番の乾いた喉《のど》を冷たく潤《うるお》した。氏家を見ると、背中を丸め、二本の指で眼と眼の間を揉《も》み解《ほぐ》している。全身から倦怠感《けんたいかん》が滲出《しんしゅつ》し、六十六歳の氏家を年齢以上に見せる程に、老いが露骨に顔を出していた。

「疲れましたか」

深刻な同情や心配などの私情は、円滑なコミュニケーションのために言葉の上だけで発する場合は別にして、冷静な判断を下す必要性から厳に慎むように命じられてはいた。しかし、十九番の口は、心からの呟《つぶや》きとして自然とそう話していた。昨日一昨日の氏家の重苦と悩乱と、それらを克服せんとする努力の一部始終を間近で見守ってきた彼にとってみれば、無理もないことだった。真に己れを責め、心を砕こうとする人間には、人として情が動く。十九番が担当した過去の別の犯罪者のケースでも、それに近い思いを抱いたことはあったが、ここまでではなかった。この人物は、本当に生真面目《きまじめ》で実直で、しかし不器用だった。しかも、この二日で、マイナス思考に支配されつつある。

氏家が、深く息を吐き出し、ウィスキーで口を湿らせた。

「正直、心も身体もくたくたなんです。それは、自分でも判ります。嫌って程判ってます。でも……まだまだ、もっともっとと、私を無視して勝手にがむしゃらに突き進もうとする。心も身体も、休もうとしない。ここでは――」と、こめかみを指差す。「休みたいんです。頭では、疲労の限界を伝えている。訴えている。でも、思い通りにはならない。私も、コントロールが出来ない。本当に疲れている筈《はず》なのに。まるで、その、何て言うか、懸命に漕《こ》ぎ続けなければ倒れてしまう、バランスの悪い自転車みたいで」

十九番は、自ら自然と話し始めていた。それは、今にも壊れてしまいそうな氏家に配慮した語り口だった。

「無理もありません。これには、絶対ということがない。誰にも、これで絶対大丈夫だと、そう断言することは出来ない。過去の自分とはいえ、相手の心根のことですから。だからこそ、気持ちの安定が欲しくて苦しむ。でも、それは、全く普通で自然なことです。人なら、誰でもそうなる。氏家さんが、特別なんじゃない。だから、必要以上にあなた自身を追い詰めることもないんです」

氏家が、大きく首を横に振った。

「そう言って頂いて、少し気が楽になりました。こうしてじっとしているだけでも、不安ばかりが大きくなろうとするもんですから」

氏家は、違う話題に話を切り替えた。

「どうですか。この時代は」

「は」

「十九番さんは今、何歳なんですか」

十九番は、答えたものかどうか思案した。上からは、担当犯罪人への自分に関する情報提供は、可能な限り控えよと教えられてきた。余計な知識は、余計な相手の情を生む。相手からの情は、こちらへも影響し、その結果、余計な迷いに繫《つな》がるからだ。余計な迷いは、余計な危険を呼び込む。

その空気を読んだのか、氏家が急いで言い足した。

「すいません。今のは、忘れて下さい」

十九番にとっては、深夜のこの時間では、氏家の緊張を解くことが先決だった。

「二十八です」と、十九番は返答した。

「……そうですか。やはり、まだお若いですね」

「そう思われますか」

十九番の中では、苛《か》酷《こく》な任務に身を捧《ささ》げ、何時《いつ》の間にかもう二十八歳だとの認識が、最近芽生えつつあった。

「ということは、十九番さんは、まだ二〇〇五年には生まれていない」

「未知の年代です」

「この時代、私は、三十一歳でした。当時は、三十も過ぎればとっくにオヤジだし、経験を積んだそこそこの歳《とし》だと思っていました。でも、今の私にしてみれば、この眼で見た三十一歳の彼は、まだまだといった印象でしたね。もっとも、確かに年齢の割りには、思った以上に若々しさはなかったですけど」

「環境が、そうさせたんでしょう」

「だと思います。初めて客観的に見て、自分は、あんなに背中を丸めてとぼとぼ歩いていたのかと、少しショックでした」

氏家が、はにかんだように笑った。その自然な笑顔に、十九番は胸を撫《な》で下ろした。作っていない笑いが出れば、一安心だ。十九番の口調が、柔らかくなった。

「私自身も、一応これでも私なりに、今を生きているつもりではいるんです。でも、今の氏家さんのように、三十年以上経《た》ってから振り返った時、やっと判ることも多分あると思います。あの時には微塵《みじん》も見えていなかったものが、見えることが」

「仮に、今現在の十九番さんが過去の自分を思い返した時、今なら判ることって何かありますか」

「それはきっと、沢山あるでしょう」

「例えばどんな。仮定の話で結構なんですが」

「どうでしょうか。そうですね。勉強で言うなら、その時は、何でこんなことを勉強するのか理解出来なくて、嫌いになったりさぼったりして、身に付いていなかった科目があったとします。でも、後になって、本当にやりたいことが見付かって、それに向かって努力しようと誓った時に、実は勉学を怠っていたその科目の深い知識が必要不可欠だったとしたら、他の人よりも遠回りしなければならなくなるでしょう。基本からもう一度、勉強し直さなければならなくなる訳ですから。だから、学生の時にもっと勉強しておけばよかったと後悔する。そういうことって、大小の差は別にして、誰にだって一つ位はあるとは思いませんか」

「そう、ですね。そうかも知れませんね」

「人間、将来のことは判らないし、つまりは、学生時代に幾つもの学科を、勉強の意味も理由も納得出来ないままに学びますけど、でも、それらの多くが確かに無駄になるにしても、後になって何が役に立つのかは誰にも判りません。ああすればよかった。こうしておけばよかった。所詮《しょせん》は人の人生なんて、それの繰り返しではないでしょうか。考えたって仕方がないのに、人は知らぬ間に考えてしまう。誰にでも当てはまることかも知れません」

「……私には、本当に重い言葉です」

しんみりとした氏家の態度に、滑らかだった十九番の舌が痺《しび》れ、同時に十九番は、心のどこかで後ろめたさを感じた。実は、真剣に昔を振り返って悩むなど、今日まで十九番は考えたこともなかったからだ。氏家と意見の一致をみたくて、単にありがちな口先だけの意見を述べたに過ぎなかった。そんな浅薄な発言に、氏家が感じ入っている様子が見え、心にもないことを喋《しゃべ》ったという良心の呵責《かしゃく》が、十九番をちくりと刺した。

自分をも励ますつもりなのか、氏家がはきはきと言った。

「人生はやはり、過去から現在への一続きの道みたいなものですよね。後方を振り返れば、歩いて来た道は確実に存在する。それは、自分自身が通って来た道程で、なかったことには出来ない。ゼロにはなり得ません。世間一般の人は、例外なくそうでしょう。でも、今の私は違う。ある地点に遡《さかのぼ》り、今一度新たな道を歩む、そのチャンスを貰《もら》えたんです。疎《おろそ》かにしては、いけませんよね」

氏家は、自身を激励するように、深く頭を垂れて頷《うなず》いた。沈黙が、二人を包んだ。

十九番は、不思議な思いに捉《とら》われていた。こうしている間にも、正確にきっちりとこの時代の時は刻まれている。明日、三十五年後の世界へ戻った時、十九番は本来の自分より、過去の時空移動ケースの分も含めた日数だけ老いていることになるのだろう。どの時代に移ろうとも、彼の中の独自の時計も、決して狂おうとはしない。だとしたら、そもそもの時間軸というのは、外の世界とは別に各個人の中にそれぞれあるものなのではないか。時の流れとは、時間とは、一体何なのだろう。

「お尋ねしてもいいですか」

氏家が、十九番の夢想を破った。

「何でしょう」

「十九番さんは、過去の自分が存在する時代に戻ったことは、おありになるんでしょうか」

これもまた、答えに詰まる質問だった。十九番は、いつも通りに常套句《じょうとうく》である「お答え出来ません」で、お茶を濁そうとした。そう言っておけば、無用のトラブルは避けられる。が、一方で、投げ掛けられた問いは、今回ばかりは彼の心の空洞にすぽんと届いてしまってもいた。それは、その種のことを、即《すなわ》ち過去の自分に再会することを、以前にぼんやりと考えたことがあったせいかもしれなかった。

「まだありません」

自分でも吃驚《びつくり》する位、十九番は素直に答えていた。

「そうですか。でも、それも可能なんですよね」

「理屈の上では、ですが」

「ですよね」

「はい」

もう、そう続けるしかなかった。ただ、このままで話を終わらせる訳にもいかず、十九番は、間を措《お》かずに補った。

「尤《もっと》も、私は一介の時空監視官に過ぎません。飽くまでも、上からの指令に従って行動するだけです。どの人物の担当になるかは言うに及ばず、ましてや時空移動先の時代など、私が選べる術《すべ》などないのです。このプロジェクトに関しては、上から許可された幾つかを除外すれば、一貫して私には何の権利もありません」

氏家が、肺の空気を全《すべ》て出し切るような、長い溜息《ためいき》を吐《つ》いた。そして、同情心に満ちた口調で言った。

「私も、会社員時代は、巨大組織の無尽にある歯車の一つでした。だから、自由のないその歯痒《はがゆ》さは、判るつもりです。与えられた仕事をこなすのは、自発的でないだけに楽ですが、物足りなさも残ります。自分らしさ……自分だからこそ……自分でなければ……そんな気負いは、兵隊にはむしろ不要なんですね。それらを出せば、出過ぎた真似《まね》だと上からは疎《うと》まれる。私なんかは、会社で自分の思い通りになったことなんて、残念ながら記憶にありません」

氏家が、十九番の意見を本意とは違った角度で解釈した結果、話が横道に逸《そ》れる格好となった。だが、十九番は、何気ない氏家の言葉から、底知れぬ深淵《しんえん》の端に立ち、寒々とした空気を肌に感じている自分自身の姿を想像していた。何の疑いも持たずに今日まで立っていたこの場所だが、ふと気付けば、すぐ間近の足元にはぽっかりと巨大な暗黒が口を開けている……そんな不安。

——そうだ、ごく当たり前のように、自分はこの仕事を全《まっと》うすべくここに居る。それだけを考えて。だが、よく眼を見開いて周囲を見てみろ。私は、何のためにこの任務に従事している。自分の意思は、本当にそこにあるか。どうだ。あるか。

十九番は、こんなことは、今まで考えたことすらなかった。生まれて初めての感覚だ。それこそ、いきなり眼から厚い鱗《うろこ》が落ちた、そんな印象だった。そもそも、物事に対して何かしらの疑問を抱くという、人として当然の経験が、幾ら考えても彼の記憶にはない。この事実は、十九番を愕然《がくぜん》とさせ、それに全く無知であったというもう一つの事実にも打ちのめされた。一方的に教え込まれる教育——冷静に思い起こせば、それが全てだった。

「でも、凄《すご》いですよね」と、氏家が一段高い声になった。

「普通の生活をしている一般庶民では、絶対に経験出来ないじゃないですか、十九番さんの仕事って。そもそも、そういう仕事があるっていうこと自体が驚きですしね。常識的な想像を超えてますよ、本当に」

氏家は、一口喉を潤して続けた。

「やはり、あれですか。この仕事の担当を任されるようになるまでは、かなり厳しい選考とか訓練があるんでしょうね。これだけの特殊で特別な仕事です。それに相応《ふさわ》しい人物でなくては」

「さあ、どうでしょうか。私自身は、余り意識したことはありませんが」

十九番は、わざと冷淡に返答した。

「いえいえ、ご謙遜《けんそん》です。政府っていうだけで、私みたいな者から見ればエリートですよ。その中でも、誰でも出来ることじゃない仕事をする選ばれた人間は、超エリートです。煽《おだ》てでも何でもなく」

十九番は、一応軽く頭を下げてみせた。が、胸の内では、氏家の言葉を嚙《か》み熟《こな》しながら、つくづく自分という人間の存在について考えていた。

　氷を鳴らして、氏家が残り少ないウィスキーを飲み干した。そして、グラスをテーブルに置き、唇の端を指先で拭《ぬぐ》って言った。

「申し訳ありませんでした。お付き合いさせてしまって」

「いえ」

「何か、こうして話をしたら、ちょっと気持ちが安らぎました」

「それはよかったです」

「十九番さんが、色々喋って下さったので、嬉《うれ》しかったです」

　十九番は、少しお喋りが過ぎたかと、内心悔やんだ。氏家は、迷いを振り切った口調で告げた。

「休みます。どう転んでも、明日が——もう今日ですね——実質的な最終日ですし、不安は不安なんですが、考えたところでどうなるものでもないでしょうから。それに、今なら眠れそうな気もしますので」

　二人は、席を立つと、各々《おのおの》のベッドに身体を滑らせた。部屋が、静かになった。少しして、氏家が話し掛けてきた。

「あの」

「はい」と、十九番が答えた。

「消してもよろしいですか」

「は」

「あの、このライトを」と言いながら、氏家が動いた。

「失礼しました。気が付きませんで」

十九番は、氏家を止めて身体を起こし、慌《あわ》ててベッドランプをオフにした。室内は、全体がどっぷりと墨の池に浸かったように真っ黒になった。隣のベッドからは時折、布団の擦れる音がしていたが、やがて身体が落ち着き場所を得たのか、耳が痛くなる程の静寂のみとなった。

十九番はと言えば、闇の奥にたった一人で座っていた氏家の姿を目蓋《まぶた》の裏に思い返し、一時とはいえ氏家の心情を放置してしまい、そこまで注意が到《いた》らなかったことを気に病んでいた。ほんの些細《ささい》なことではあるが、大事故は、得てしてそんな小さなことから始まるもので、上からも幾度となく口を酸《す》っぱくして言われていたことだった。この位は、という気の緩みが、全ての事件事故の発端となる。見逃すな、見過ごすな。

――いけない。これではいけない。自分がこんな風では。いよいよ最終日だ。気を引き締めて掛からないと。立場を弁《わきま》え、任務に集中しろ。

十九番は、自らに言い聞かせ、寝返りを打った。そして、気も漫《そぞ》ろだった己れを反省し、今回のミッションを成功させることだけを考えようと努めた。だが……。眼を閉じても開けても、膨れ上がった邪念は、彼の努力の甲斐《かい》もなく、遠慮会釈《えしやく》なく従来の思考を片隅へと押しやった。十九番は、氏家から問われたことを考えてしまっていた。

——もし私が、若い頃の自分に会ったとしたら、彼に何と言うだろうか。何を、言えるだろうか。いや、その前に、果たして今の自分は、過去の自分に向かって、一応の人生経験者の先輩として何か言えるのだろうか。

時空移動が可能である以上、十九番が過去の自分に出会えるという可能性は決してゼロではなく、現実的な問題ともなるだろう。担当犯罪者の付き添いでしかなかった十九番としては、時空移動する当事者という立場に自身を当てはめてみることなど、考えも付かなかったことだ。急にリアルさを増して眼の前に現れた仮定に、十九番は、自分という人間の存在について深く悩んだ。

以前に、こっそり何かで読んだ、自我に眼覚めるというのは、こういうことだろうか。子供じゃあるまいし今更、と十九番は笑おうとしたが笑えなかった。そして、いつまでも眼が冴《さ》えて眠れなくなった。

十九番と氏家は、通りを挟んで会社の向かい側に建つビルの、三階にある喫茶店に座っていた。名古屋にある、氏家が勤務する会社のビルは、十二階建ての立派な外観を呈している。朝日がガラスに反射して、十九番の眼を刺した。十九番は、コーヒーを飲もうとして手を止めた。

「どうかなさいましたか」

十九番の問いに、惚《ほう》けたように会社を見ていた氏家が、我に返って十九番を見た。十九番の言葉を聞いていなかったのか、申し訳なさそうに聞き返す。

「すいません。何でしょうか」

昔の自分との再会で現れた、氏家の腰が低く気弱な雰囲気は、相変わらずだった。十九番にとっては、ここぞという時に一歩前に踏み込むのではなく一歩退いてしまうような、そんな氏家の今の状況だけが、一抹《いちまつ》の不安だった。前に出るか後ろに下がるか、たったそれだけの違いだが、この二歩分の差が、成否の分かれ目になることもある。

氏家は人選ミスだったのではないか、とすら思った程だった。完璧《かんぺき》と思えるシステムにも、絶対ということはなく、トラブルも生じるだろう。帰還したら本件を報告しなければ、と考える一方で、十九番は、却《かえ》ってこの担当犯罪人に人間味が感じられ、心情として必要以上に介入しつつあるのも、また事実だった。

十九番は、一際《ひときわ》冷静さを装《よそお》って言った。

「ぼんやりなさってたものですから。気になりまして」

「ああ、いえ、その」

言いながら、再度会社に眼を向けた。

「何て言いますか。あれ程憎くて恨んだ会社でしたが、三十数年振りに戻って、こうして離れて建物を見ていますとね、可愛《かわい》さ余ってじゃないですが、本心ではやっぱり、会社が好きだったんじゃないか……そんなことを考えたりしてたんですよ。愛情の裏返しって奴ですかね」

十九番も、会社を見詰めた。

「愛情、ですか」

「ええ。私は、公的にしろ私的にしろ、怒りを社内の限られた数人に対して抱き、眼先のことさえ見えなくなりました。そして、その恨みつらみを会社憎しに誇大させ、数人の同僚や上司に向けていた切っ先を、会社全体に振るった」

会社ビルは、ますます太陽の光を受けて白く輝いた。十九番は、眼を細めた。氏家の声が続いた。

「判《わか》ってくれない、助けてくれない……そんなこと、私自身が何か行動を起こさなければ、解決も何もどうしようもなかったのに。これって、やっぱり逆恨みですよね」

「今、こうして改めて会社をご覧になって、如何《いかが》ですか」

氏家が、十九番を見、また会社に視線を移した。

「昔のままの姿を見られて、正直、ほっとしています。一度壊れたものは、二度と元の同じ姿には戻せない。その絶対にあり得ないことを、見せて貰えたんですから。そして、肝心なのは、この姿をこのまま未来に残せるようにすること、ですよね」

十九番は、筒状ハンディPCをアタッシュケースから取り出し、疎《まば》らな店内ではあったが、周囲の眼を気にしながらスイッチを入れて、映像ペーパーをそっと引き出した。画像には、十二月十三日付け朝刊各紙の縮小版が映し出されている。スクロールすると、いずれも紙面全体に亘《わた》って、大きな見出しを冠した『富翔ECビル爆破』に関する記事が埋め尽くしていた。

氏家が、画像を見詰め呟《つぶや》いた。

「これを、二度と起こしちゃいけない。そうですよね」

画面は、十九番の操作で、当時の映像ニュースに切り替わった。ヘリコプターからの空撮で、黒煙を噴き上げるビルの残骸《ざんがい》が映し出されている。周囲にも多大な影響を及ぼした現場は見る影もなく、戦争そのもので、爆弾を投下された跡に等しかった。黒色が支配する世界で、オレンジの炎が、生き物のように数ヶ所でうねうねと踊り狂い、消火する水は、糸の如《ごと》く細い線にしか見えない。それは、事態に対している人間の無力さを象徴するシーンだと、十九番には思われた。まさに地獄絵図だ。そして、これを引き起こしてしまったのは、眼の前にいるこの男、なのである。

氏家は、気持ちに刻むかのように、酷《むご》い映像を見てから、窓外に凛《りん》と聳《そび》え立つ建物に眼を移した。十九番も、外を見た。会社は、白光に包まれ、荘厳《そうごん》さすら携えてそこにある。

十九番の腕時計が、小さなアラームを鳴らした。それを合図に、十九番は、窓下に眼をやりつつ映像ペーパーを収納した。

「来ました」

十九番の一声に、氏家も身を乗り出した。出勤する人々で混雑する向かいの歩道を、三十一歳の氏家孝仁が、とぼとぼ歩いて来る。氏家が、声を絞った。

「何て姿だ。私と会ってしまったことが、余計に彼を苦しめているんじゃ」

「時間通りの出勤です。どうやら、出社拒否や遅刻は免れたようです」

そう言いながら、十九番は、ちらっと氏家を見た。見るに忍びないといった表情で、そわそわと若い自身を心配気に見詰めている彼の横顔は、まるで保護者のそれであった。ふと、もし自分も若い頃の自分を見たとしたら、似たような顔付きになるのだろうかと、十九番は思った。昨夜の疑問が、またもや浮上して来た。

「今から夕方五時まで、か」

氏家が、ぽつりと言った。昔の会社員時代の感覚が蘇《よみがえ》ったのか、氏家の眼差しは、言いようのない哀れみに満ちたものに変わった。十九番は、会社ビルを見やった。足早に正面玄関へと雪崩《なだれ》込む社員達の急流の中を、小石が転がって行くみたいに唯一《ゆいいつ》異なったスピードで、若い氏家の背中が小さくなり、スーツの波に紛れて消えた。椅子《いす》に力なく座り直した後、諦《あきら》め切れぬ様子で、氏家が切願してきた。

「やっぱり、今から無理してでも呼び出した方が。最後ですし」

「お気持ちは判りますが」と、前置きして十九番は続けた。担当犯罪人のこうした心配は、常に予測の範囲内である。それを慰撫《いぶ》しコントロールして、最善の方向に導く。マニュアルにも、幾度となく付記されていた事項だった。

「向こうには向こうの、この時代での気持ちがあります。私達は、何《いず》れ凶悪犯罪を犯してしまう犯罪予備者を、責めに来たのではありません。焦《あせ》ったり怒ったりして、決して感情のままに追い込んではいけないのです。それは、成功から最も遠ざかってしまう手段です」

十九番は、今日までに数回繰り返した内容を、言葉や言い回しを変えて冷静に氏家に伝えた。が、同時に、焦慮する彼の気持ちも、痛い位に理解はしていた。

氏家は、張っていた肩から力を抜いた。そして、苦笑いを口元に浮かべた。

「すいませんでした。判ってはいるんです、こういう時こそ、腰をどっかり据えて、落ち着いてって……本当に、頭では、でも、いや本当に、つくづく私は、気が小さいというか、物事に弱腰でフラフラして、自分で自分が嫌になります」

十九番が、コーヒーを飲んだ。カップを置き、窓外の会社を見やった。氏家も、変に真顔になってビルを見た。十九番は、感情を殺した声で静かに言った。

「これから事件までの約二月半、よっぽど辛《つら》く苦しい思いをなさったんでしょう、きっと」

氏家が、何かを記憶に呼び返すように空に眼をやり、次いで、首を傾《かし》げて十九番を見詰めた。

「仕事の功績やそれに纏《まつ》わる一切の権利を奪われた……そのこととは別に、結果として私が会社で受けていた仕打ち、詳しい中身を、やはりご存じなんですね」

「調べが付いた範囲でおおよそは。あなたが受けた心の傷、気持ちの部分だけは、想像するしかありませんが」

氏家は、何も言わずに深く頭を垂れた。この時代に流行《はや》った音楽が、店内のBGMで流れ始めた。しかし、小気味いい筈《はず》のテンポとリズムが、今の十九番の耳には、不必要に塗りたくられた安っぽい絵画みたいにうるさくて、耳障《みみざわ》りでしかなかった。

「過去のスケジュール記録では、今日も夕方五時まで、あの例の部屋に缶詰になっています」

十九番が、やや声を張った。

「私達と会ったことの影響も考えられますが、一昨日も昨日も定時出社と定時退社を守っておられますし、最終日の今日も、まずそれが覆《くつがえ》されることはないでしょう」

「当時は気付きませんでしたが、一旦《いったん》例の部屋に入れば監視の眼があって、どうやら私の行動は逐一上に報告されていたようでした」

そう話した氏家が、眼で確認を求めてきた。こちらでの調べはついていたため、仕方なく十九番は頷《うなず》き返した。やはり、という顔で氏家が続けた。

「あの頃、トイレや昼食も含め室外に出ることすら、何故《なぜ》か異動先の上司の許可が必要で、そんな風に遠回しにあれこれと制限されるようになっていたのは、前にもお話しした通りです。今日で、確かあの部屋に移って十日目。段々、自分を取り巻く環境に奇妙さを覚え、信頼していた以前の上司などにも、不信感を抱き始めた時期だったと思います」

終わりに近付くに従って、氏家の声が、無念そうに震えを帯び始めた。

「それでも、まだ心の大部分で彼らを信じていた。いえ、信じたいとの気持ちが強く残っていた。そこに、縋《すが》ったと言ってもいい。多少甘さのある希望的観測ではあったにしても。結果、それが私の判断力を歪《ゆが》め、猜疑《さいぎ》心にブレーキを掛け続けた。三十過ぎの男にしては、年甲斐もない世間知らずでした」

氏家が、語りの最後に呻《うめ》きを洩《も》らした。

十九番は、少し時間を措《お》いて告げた。

「氏家さんにとっては、盲目的信頼だったからこそ、その反動は大きかったんです。我を忘れ、周囲の何もかもを忘れ、そして……家族の存在をも忘れた」

氏家の眼が、ぴくりとなった。そして、テーブルを凝視したまま、動かなくなった。暫《しば》し沈黙した二人だったが、最初に口を開いたのは、氏家だった。

「愚かなことでした。悔やんでも悔やみ切れません」

十九番が、ゆっくりと言葉を押し出した。

「今私達は、何とか出来る所に居ます。間に合う場所に。何としても、阻止しましょう。若い氏家さんを助けるんです」

「はい」

突然、氏家が深くお辞儀した。

「ありがとうございます。その、私を助けて頂いて、気を遣っても頂いて、本当に感謝しています」

いきなりの礼の言葉に、十九番は戸惑い恐縮した。通常、担当犯罪人は、過去に戻った現実と若い自分を説得することに夢中で、時空監視官にまで気を廻す余裕などないものだ。

「何仰《おつしや》ってるんです。まだまだ途中なんですよ」

十九番は、初経験の事態にどうしていいか判らず、心にもなく厳しい口調になった。そんな言い方しか出来ない己れを嫌いながらも、動揺を撥《は》ね除《の》けるには、他に手立てがなかった。

氏家は、頭髪をごりごり掻《か》いて、唸《うな》った。

「そうでした。すいません。そうですよね。……ただ」

氏家の顔が、ビルの方に向いた。

「あそこにいる私には、今の私みたいに、つまり十九番さんのような方は、一人も居なかった。今、彼には、一人も居ないんですよね。こちらから耳を傾けようと思える人物は」

「あなたが居るじゃないですか」

十九番が、力強く言い切った。

「今なら、全《すべ》てを経験し、反省し、学んだあなたが居ます。私などは、そんなあなたの比ではありません」

「そうでしょうか」

「私が、保証します」

十九番の、心底からの言葉だった。耳にした氏家は、半ば安心したように椅子の背《せ》凭《もた》れに身体《からだ》を預けた。その前で、十九番は、無意識の内に自分に置き換え、若い十九番にとっての今の自分の意味を考え、その間の時間を思い、空想を膨らませ始めていた。

「やはり勝負は、昨日と同様、ですね」

氏家が、問い掛けてきた。はっとなった十九番は、真剣な表情に戻って受けた。

「はい。午後五時以降、ということになります」

「念のため、彼の様子を教えて貰《もら》えますか」

「判りました」

十九番が、腕と身体で隠すように映像ペーパーを引き出した。出勤の時間帯を過ぎた店内は、もう自分達二人しかいない。そのことは、十九番も知っていた。が、誰に見られる危険もないのに、身体に擦り込まれた動きは、考えるよりも早かった。左腕で壁を作り、右手のみの軽やかな運指で操作を開始する。

「前回と同じように、会社のホストコンピューターに入ります」

普通の人なら、視覚で捉えるのが容易ではない速度で、画面が次々と変化する。十九番は、それら一つ一つを眼でチェックし、先へ先へと進んだ。

「全PC統括セクションを経て、各フロアに至り——」

極薄のモニターには、英数字が組み合わさったナンバーが、ずらりと並んだ。過去二日間で調査済みの、氏家のパソコンを示すナンバー付近を、指先一つで拡大表示する。

「問題はありません」

十九番は、画面を指差し確認し、氏家に告げた。

「該当パソコンは、電源が入り、全ての立ち上げも済んでいます」

「この頃は、まだパソコンを使えたんですがね」

しんみりと、氏家が零《こぼ》した。

時と共に、パソコンから何から次々と机上から消え、最後に移った別室では、電話機が一台残されていただけ。それが、氏家が社内で迎える末路だった。

「まあ、どのみち実際には、机の前に座っていても、パソコンの出番は殆《ほとん》どなくなっていったんですけど」

「仕事上では、余り使わなかったんですか」

「いえいえ、その、使いたくても使えなかったと言うか、本音を言えば、少しずつ使いづらい状況になっていきまして」

「……なるほど」

大体の察しが付いた十九番は、それ以上の追及をしなかった。各社員に一台ずつ割り当てられていたとはいえ、社内での一括管理下にあったパソコンは、その使用意図や内容までも、会社側に筒抜けだった可能性が高い。ハンディPCを用いて、今この場でチェックすれば、恐らくそのような結果がもたらされるだろう。

氏家が、天を仰いで言った。

「会社によっては、社内からの情報漏洩《ろうえい》を防止するために、管理の締め付けを厳しくしていた所もあったようですしね。我が社も、ご多分に漏れず、そうだったんだと思います。私の予想ですが」

元上司や元同僚など、仲間に対して信じたいという望みを捨てられずにいる一方で、顔の見えない曖昧《あいまい》な会社という組織に対する不信感は、ゆっくりと大きくなる。そのバランスが限度を超えて崩れた時こそが、氏家が犯罪へと舵《かじ》を大きく切った転換点だったのだと、十九番は思った。が、今はまだ、その入り口近辺だ。十分、引き返せる距離にいる。そのまま、氏家の言葉に話を合わせ、十九番は呟《つぶや》いた。

「それを、若いあなたは、何となく警戒するようになった」

「はい。社内のパソコンでは、大して重要でもない資料の打ち込みや、ファイルの整理だけをやるようになっていきました。それ以前の問題として、他の社員との接触も、パソコンを通しては、やらなくなりましたね。それ以前の問題として、他の社員との接触も、パソコンを通しては、らに尋ねても、返ってくるのが要領を得ないものばかりだったこともあります。幾ら鈍い私でも、さすがに変だなと」

「それでも、キーを叩《たた》いてはいるみたいです。何かの作業中です」

十九番は、画面を操作して言った。

「若いあなたは、間違いなく机の前に居ます」

「そうですか」

やや安心した様子で、氏家が答えた。足音が近付いてきたので、十九番は、素早く映像ペーパーを収納した。

「コーヒーのお代わり、いかがですか」

「あ、お願いします。こちらにも」

店員に、十九番が無表情で頼んだ。


いつまでも同じ喫茶店に、しかも昼食の時間で混み出した席に腰を据えているのにも気が引けて、二人は、昼食を済ませると店をあとにした。判で押したように、昨日と変わらぬ移動だった。若い氏家のパソコンは、十二時を回ってから動きがなくなっていた。こちらも、昨日までの二日間と全く変わらず、社員食堂で昼食を取っているであろう時間帯だった。

「昨日と同じ場所で、よろしいですか」と、通りを歩きながら、十九番が尋ねた。

「構いません」

答えた氏家の声には、覇気がなかった。

「大丈夫ですか」

「はい」

昨日一昨日と、午後の数時間限定で入り浸っていた近場のマッサージ店へ向かう道すがら、十九番は、氏家の精神面を憂《うれ》えた。

社内にいる氏家の存在を常に見守りつつ時間を潰《つぶ》すというのは、神経を磨耗する。それに相応《ふさわ》しいスペースも、限られる。十九番が見出《みいだ》したマッサージ店は、お誂《あつら》え向きの静けさがあって、金さえ払えば時間経過を気にせずに済む上に、もし望めば、人払いをして仮眠もOKという場所だった。無論、金がモノを言うのだが。それでも、ここならリラックスと監視を両立出来る。

疲れの蓄積は、氏家の心身共にある筈だった。せめて、身体だけでも、解放感を味わって貰いたい、そう考えた。

「登山で言えば今、何合目辺りでしょうかね」

氏家が、口を開いた。十九番は、少し考えてから返答した。

「頂上、一歩手前という所でしょう」

歩む二人の周りには、それぞれの人生を紡《つむ》ぎながら生きている、数え切れない人々が行き交っていた。擦れ違う彼らの顔を眺めていた氏家の顔が、不意に綻《ほころ》んだ。

「こんなアタックをしている人生の登山家は、誰一人いませんよね、きっと」

「多分」

「頂上では、どんな景色が観《み》えるでしょうか」

「最高の景観でしょう」

「最高の」

「請け合います」

「ちょっと楽しみになってきました」

「それでいいんです。でも――」

十九番は、思いを込めて続けた。

「登頂を終えたら、絶対に無事に生きて、下山しましょう」

「……はい」

突然、短い電子音が繰り返し響いた。スーツの内ポケットに入れておいた、ハンディPCが鳴ったのだ。十九番は、氏家を促して、通行の妨げにならないようにと、マネキンが立つウィンドウの前へと進んだ。

「何でしょう」氏家が、顔を引き締めて尋ねた。

ハンディPCを取り出した十九番は、まず規則正しく呼び続ける音を消した。

「念の為に、網を張っておいたんです。会社にいる氏家さんが、個人所有のパソコンを使用した際には、すぐに判《わか》るように」

説明しつつ、十九番は、通行人を避けウィンドウの方を向くと、映像ペーパーを引き出した。倣《なら》って、氏家も、通りに背を向けた。

「個人所有って……あのＶＡＩＯか」

氏家が、思い返してぼそっと言った。

「はい」

十九番は、同意し、指先で画面に触れた。

「どうやら、メールを送信したようです。若い氏家さんは、社外に出ていませんから、社員専用の喫茶店かどこかから送ったんでしょう。発信エリアからも、そう判断されます」

「でも、会社内で自分のパソコンを使ったなんて記憶、私には全然ないんですが」

十九番の指は、流れるように画面上を走った。

「送信先は――氏家沙羽子《さわこ》さん。奥様ですね。このアドレスは」

「……妻に」

「はい。受信された奥様の方は、個人ではなく会社のパソコンのようです」

十九番は、氏家を見やった。氏家は、明らかに戸惑っていた。

「そんな、まさか。あいつにメールなんて、私はしたことがありません。全く覚えがない。それも、仕事中に向こうの会社のパソコンになんて」

「やはり、会社のパソコンですね。間違いありません」

氏家は、信じられないというように首を振った。

「中身を読むことは可能ですが」

これは、一般的に言う所謂《いわゆる》プライバシーの範疇《はんちゅう》に入る。時空監視官である十九番にとって、システム上では、この時代の人間のプライバシーなどなきに等しい。だが、当の本人である氏家が隣にいる以上、十九番は、建前や儀礼ではなく、それを脇《わき》に追いやることは出来なかった。

「どうなさいますか」

十九番が、言葉を重ねた。

やや迷った末に、氏家は承知した。

「お願いします」

十九番の指が、続け様にモニター上を走った。そして、展開された画面を、氏家に向けた。そこそこの長さのあるメールであることは、十九番の眼にも入っていた。氏家は、自分の前に置かれた若い自身が書き連ねた文書を、貪《むさぼ》るように読んだ。

十九番は、氏家の表情を観察した。彼の顔に、驚きと深刻さ、切実さが現れては消え、また現れた。そして、眼線が下がって最後の一文を読み終えた頃に、静かに彼の両肩から力が抜けた。

「もし差し支えなければ」

十九番が、慎重に尋ねた。氏家は、黙って頷《うなず》いた。十九番は、そのまま画面を自分の方にそっと回転させると、読み始めた。

内容は――この数日間で、彼の身に降り掛かった会社での出来事を、包み隠さず余す所なく、正直に告白していた。その上で、相談の形を取りつつ、沙羽子に助けを求めている。

「正直、我ながら驚きです。私が妻に、あいつに、ここまで開けっ広げになるなんて」

「心から苦しんで、悩んで、奥様にメールを送られたんでしょう」

「にしてもです」氏家は、一度喉《のど》をぐっと詰まらせた。「妻にメールをすることだって、殆どなかったことなんです。なのに」

またもや、氏家が首を横に振った。

十九番は、指先でタッチしながら、画面を展開した。今度は、沙羽子の方に介入を図る。

「メールは……まだ開かれていません」

十九番の指が動いた。続けて画面が変化する。

「返事を待ってみますか」

二人は、通る人々を背中に感じたまま、映像ペーパーに注目し続けた。賑《にぎ》やかな音や声ばかりが、両者の周囲を取り巻き、通過していった。しかし、五分待っても十分待っても、沙羽子からの返事を氏家の公私のパソコンが受信した様子はない。

「行きましょう」

力なく、氏家が言った。

「仕事が忙しいんでしょう、きっと。私なんかのことよりも」

更に、空を見上げ、苦笑いで付け加える。

「つまりは、無視を決め込んだってことです」

十九番は、再度沙羽子サイドへの接近を試みた。

「奥様のパソコンそのものの動きがありません。恐らく、席には今おられないのではないかと」

十九番としては、気休めで言った訳でもないのだが、氏家は、重い足取りで歩き出した。十九番も、急いで映像ペーパーを収納するとアタッシュケースを摑《つか》み、彼を追った。が、氏家の横に並んでも、何と言ったらいいのか判らない。安直な慰めは、時に残酷ですらある。だから彼は、ただ隣を歩くしかなかった。

「ご覧の通りですよ」と、氏家の口調が、半ば投げ遣《や》りになった。「私の必死の叫びなど、形としてあいつの許《もと》までは届いても、心にまでは届かない。所詮《しょせん》、そんな仲といいますか、関係だったんですね、当時の私達夫婦は」

そこまで一気に喋《しゃべ》ったが、一転してトーンが落ちた。

「全《すべ》ては自分の招いたことで、結局そのツケは全部自分に返って来る。曲がりなりにも結婚して、妻が居て、幼い娘が居て……でも、一緒の空間に居ても、ちっとも二人のことを見ていなくて、身体《からだ》は傍にあっても、私の魂はどこか遠くに飛んでいた。一体私は、この時代、何をやってたんでしょうか」

それは、囁《ささや》きに近い声だった。しかし、念の入った言葉は、周囲の騒音や雑音の中でも、しっかりと十九番の耳に届いていた。

それっ切り、氏家も口を閉じてしまった。二人は、三日連続になるマッサージ店に入るべく、細い雑居ビルの階段を登って行った。

「それでも、奥様の会社でのアドレスを知っておられる位なんですから、以前仰《おつしや》ったように、そんなにお二人の間が疎遠《そえん》という訳でもないように思うのですが。記録でも、メールのやりとりは何回かあったようですし」

簡易ベッドの上に腹這《はらば》いになったまま、十九番が言った。一通りのマッサージを終えた個室は、眠気を誘う緩やかな音楽が流れ、店員も去ったそこには、十九番と氏家の二人しかいなかった。

「いえ、逆ですよ」氏家も、俯《うつぶ》せの体勢のまま、眠そうな声で反論した。「会社で使っているパソコンのメールアドレスだけを、教え合っていたんです。娘の保育園の迎えのことですとか、万が一何かあった時のためにです。言ってみれば、事務的な単なる連絡用としてね。お互いの個人のアドレスは、交換していないんですよ。そっちの方が、不自然じゃないですか。夫婦なのに。如何《いかが》です」

十九番は、言葉に詰まった。

「本来、プライベートなことなら、プライベートなメールのやり取りであって然《しか》るべきです。……情けないことに、私も、今になって、この歳《とし》になってから気付いて言えることなんですけど。あの時は、何の疑問も持ちませんでしたので」

十九番は、お手上げだった。担当犯罪人に関するファイルをじっくり読み込んでいても、完全ではない。夫婦の微妙な機微や綾《あや》に触れるには、文字では限界がある。まして、結婚は、十九番には未知の事項だ。そもそも考えてみれば、この二十八年間で、自分オリジナルと言える人生経験が、どれ程あるだろうか。十九番は、常に政府の管理下にあって掌握されてきた生き方を、斜めに見てみようと試みるようになっていた。こういった視点の転換は、氏家との出会いで開眼したことだった。

「とにかく、自分のことで手いっぱいだったんでしょう」

十九番の思考をよそに、氏家が溜息《ためいき》混じりに言った。

「それにしても、改めてこう、妻との結び付きの脆《もろ》さを突き付けられると、落ち込みますね」

氏家は、窮屈そうな呻《うめ》き声と共に仰向けになった。十九番は、枕《まくら》代わりのタオルに頬を乗せたまま、彼の横顔を見詰めた。平板な言い方で、氏家が吐露する。

「メールの長さに加えて、普段とは違った、妙に改まった感じの言葉遣いの文章。そして、あの内容。しかも、発信元のアドレスを見れば、会社のパソコンからではないことも、あいつは判っている筈《はず》なんです。普通のメールじゃないこと位、気が付かない方がおかしい。それなのに、今に至っても、返事は全くない」

「氏家さん」と、十九番が、真剣味を帯びた声で言った。

その気持ちが伝わったのか、氏家の「はい」という返事に、軽さはなかった。

「私は先程、こう申し上げました。今なら、この時代の若い氏家さんには、あなたという存在が居るのだ、と」

氏家が、頷いた。

「それでも、です。それでも……この時代の若い氏家さんの生活を思う時、私達が去ってしまった後では、やはりご家族の協力が不可欠になるでしょう。特に、奥様の」

氏家は、何も言わない。十九番が続けた。

「家族とはこうあるべきだとか、私にそのようなことは言えませんし、その資格もない。今のままの、形を為《な》していない状態の家族では、不安要素として残るかもしれない、ということなんです。あの事件への、抑止力という意味でも。若い氏家さんの説得が第一なのは、無論です。その上で、ご家族に関しても、ぜひ頭の片隅に入れておいて頂きたいのです」

自分の担当してきたケースを考察するに、要は、担当犯罪人の隣や周りに誰かが居たか、もし居たとしても誰が居たのか、その比重というのは、決して軽くはない——十九番は、そう考えるようになりつつあった。だが、当の担当犯罪人を相手に、ここまで踏み込んで発言したのは初めてだ。『逸脱行為』の四文字が、横切った。

「失礼致しました。今のは、飽くまでも私の個人的な意見です。参考に止《とど》め、聞き流して下さい」

BGMが終わって、空気の音だけになった。

唾《つば》を飲む音すら大きく響きそうな錯覚に、十九番は陥った。

氏家が、真摯《しんし》な眼差しをそっと天井に逸《そ》らした。受け止めて貰《もら》えたかどうかは、十九番には判らなかった。

十九番も、顔を正面に戻し瞼《まぶた》を落とした。どうもいけない。今回の任務では、不思議と言葉が走りがちになる。こんな筈ではなかったのに。まるで、自分が自分でないみたいだ。言いようのない自己嫌悪《けんお》が、じわじわ十九番を侵していた。

室内では、氏家独特の、二日間で聞き慣れた鼻炎気味の鼻息だけが聞こえている。

「しかし」

氏家の一言を待っていたかのように、別の曲が、再び部屋を満たし出した。部屋は、元の雰囲気に返った。

「あれですね。その、十九番さんが持っている携帯パソコン、でしたっけ」

「ハンディPC、ですか」

「それです。細い棒みたいな。凄《すご》いもんですよね。あんな小さいのに、何でもアリで。こうなると、個人情報なんか丸裸と一緒なんでしょうね」

十九番も、身体を返して天井を眺めた。

「はい。今に、人口減少に伴って、法の元に国家が国民一人一人を完全管理しようとする時代が来ます。ナンバリングして、です。そこまでいってしまえば、国の手の中にあることで、個人情報も逆に安全なんですが。ここの時代は、私から見れば、完全なる無法地帯です」

「手厳しいですね」

「まだまだセキュリティーが甘いし、法もヨチヨチ歩きで、国民の自覚もない。意識も低い。人の良心やモラルに頼る生活は、二十一世紀では幻なんです。自分の身は自分で守る、それもやがて限界が来る、そして国民の総意として、保護を国家に求め委《ゆだ》ねる。この流れは、必然です」

「それで、みんなは幸せなんですかね」

十九番は、一瞬言葉を失った。国の大きな傘は、国民のためになる。何より、国民自らが望んだことなのだから。自分は、そう教えられたし、そうも信じてきた。しかし、幸せかどうかは、十九番のリストチェックの項目にはなかった。

「どうでしょうか」

十九番は、そう返答するしかなかった。言い終えて横を見ると、氏家が、遠くを見る瞳《ひとみ》でこう語った。

「十九番さんは、どうですか。幸せですか」

今度は、言葉が出なかった。自分が幸せかどうかなんて、考えたこともなかったからだった。

氏家が、小さな声で独り言を吐いた。

「もし、あのハンディPCがこの時代にあったら、誰かが持っていたら、私のまとめたM&Aや、それに付随する新たな蓄電チップの極秘データも、外部から簡単に盗み見ることが出来るってことか」氏家の声が高まり、十九番に向けられた。「そういうことですよね、十九番さん」

十九番は、慌《あわ》てて答えた。

「そうです。確かに、ハンディPCがあれば、そういったことはこの時代では容易に可能です」

「何でも出来ますよね」

方向性が怪しくなってきたので、十九番は、話の筋を変えようと早口になった。使う単語も、説明的で固くなる。

「ここでは、会社のパソコンは、簡易な相互交流と情報交換の名目の元に、社内でネットワーク化されています。即《すなわ》ち、ある一人が、個人的にネット接続を行った場合、そこを基点に、会社にある全パソコンが接続してしまっていることと同等になります。各社員が個人パソコン内部に保持している機密が全部、外界に曝《さら》される訳です。基本として、コネクトされている先には、間で如何《いか》にスキャン機能で警戒しようがブロックを掛けようが、クラッキングの危険は絶対に消えないということです」

「はあ、なるほど」

急に話し振りが変わったことに、氏家は当惑した様子だった。十九番は、間を作ってから、口調を和らげた。

「要するに、です。まだまだ、この時代の方々は、事の重大さに気付いていないいんです。教えて貰えていない、と言ってもいいのかも知れませんが。会社や自宅のパソコンに自然に蓄積された膨大な個人情報。それから、携帯電話ですね。これも、個人情報の宝庫です。それらを管理するという認識が欠けています。情報を保持する者の初歩的心構えとして、例えば、全世界規模でネットに接続が可能なパソコンには、そもそも重要機密や文書ファイル、他人も含めた個人情報などを保存しておかないことです」

「なるほど」

今度の氏家は、いたく感心した風に言った。

「若い氏家さんには、今からその癖を付けておくことをお勧めしたいですね。パソコンは、一人で二台三台持つ時代が来ますし、用途に応じてのパソコンの使い分けは、常識です。国の完全保護が期待出来るまでには、まだ時間が必要ですから」

「今晩会って、もし余裕があったら、話してみます」

「それがいいでしょう」

またもや、余り気持ちのよくない電子音がした。反射的にがばっと跳ね起きた十九番は、ローブ姿のままで、壁に掛けられたスーツからハンディPCを抜き出した。

「今度はまた」

ぼやきながら、氏家も上半身を起こした。腕時計に眼をやる。

「まだ四時前ですが」

「お待ち下さい」

十九番は、電子音を止めると、手早く映像シートを引っ張り出した。

「約束を破って、手を抜いたんですかね」

呟《つぶや》いて、氏家は、両手で顔をごしごしと擦った。その仕草をちらっと見てから、十九番は、顔を引き締めて画面を操作した。

若い氏家には、こちら側が彼を見守っている旨《むね》を、会った初日に伝えていた。彼は、三日間だけは勝手に姿をくらまさないとの口約束を、二人と交わしていた。こちらが、サーモ・サーチで、建物の中であっても彼の存在を確かめられるということも、彼には告げられていた。彼の方からは、社内に居る証拠として、昼休みを除いた勤務時間中は、なるべく社内のパソコンを操作するようにするとの言葉があった。

十九番は、若い氏家のパソコンのモニターに十分以上何の動きもなかったら、アラームで報《しら》せるようにハンディPCを設定済みだったのである。

「電源が落ちてます」

十九番は、画像を見詰めたまま氏家に言い、唇を噛《か》んだ。

「え、どういうことです」

氏家が、慌てて歩み寄って来た。

「オフになってるんです。会社の氏家さんのパソコンは」

「まさか。まだ五時になっていませんよ」

十九番が、ローブを脱ぎながら言った。

「とにかく行きましょう」

ここにきて、ターゲットの居場所が判《わか》らなくなるなど、絶対にあってはならないことだ。十九番は、つい口を荒らげていた。

以後二人は、一言も喋《しゃべ》らずに黙々とスーツを着込んだ。鏡で身嗜《みだしな》みを確かめる暇もなく、二人は、マッサージ店の入ったビルの階段を、全力で駆け下りた。金払いがよかったせいもあったのだろう、殆《ほとん》ど上客扱いだった彼らに、従業員が愛想のいい見送りの言葉を投げ掛けた。

表に出ると、排気ガス臭い空気が、十九番の鼻孔を襲った。通りは、夕方の活気で賑《にぎ》わっている。通行人の間を器用に抜けながら、十九番と氏家は走った。ここからなら、会社のビルまで二分と掛からない距離だ。とにかく一刻も早く会社へ。十九番は、若い氏家が昨夜見せていた力ない微笑《ほほえ》みを、思い返していた。あの頼りなさそうな眼差しが、今になって不安を煽《あお》る。

会社の入り口は、まだ終業時刻前ということもあって、人の出入りはそれ程なかった。二人は、自動ドアを抜け、猛烈なスピードで一階ロビーへと駆け込んだ。その勢いに、壁際《かべぎわ》に離れて立っていた警備員が二人、血相を変えて近寄って来た。

「ちょっとすいません」

「どうかなさいましたか」

言葉は丁寧だが、彼らの態度は、警戒の刺《とげ》だらけだった。

「十九番さん」

すぐ背後からの氏家の声に、十九番が振り返った。彼の指差す方向を見ると、長椅子《ながいす》に腰掛けていた若い氏家が、こちらを眼を丸くして見詰め、ゆっくりと立ち上がるところが視界に入った。

「失礼ですがご用件は」

「お約束ですか」

「いいんです。私です」

警備員の問い詰めがきつくなる前に、若い氏家が、社員証を示しながらこちらに近付いた。十九番が、激しい呼吸を整えつつ警備員達に言った。

「お騒がせしてすいません。約束の時間に遅れそうになったので、慌ててしまいまして」

十九番の言い訳に、彼らの傍に立った若い氏家が、大丈夫だというように警備員達に頷《うなず》いてみせた。警備員の一人が、提示された社員証を確認すると、彼らは一礼して、元の立ち位置へと引き下がった。

「何考えてんだ！」

警備員達がその場を去るのを待ち兼ねていたように、氏家が、小声で過去の自分を詰《なじ》った。若い氏家は、弱々しい笑みを浮かべた。

「ちょっとね、試してみたかったんだ。僕を見守ってるって言ったけど、口なら何とでも言えるし、ホントかなって。いや、正直ちょっと吃驚《びっくり》した。思ったよりずっと早かったんで。一階フロアに下りて来て、まだ数分しか経《た》ってないし」

氏家が、呆《あき》れ顔の中に怒りを混じらせた。

「冗談じゃない。ふざけるのもいい加減にしろ」

「お遊びはお止《や》め下さい」

十九番も、真剣な顔で釘《くぎ》を刺した。彼は、こんな風に、こちらの熱心さや真剣さなど、どこ吹く風といった態度を見せることがあった。当人に悪気はないにしても、時折覗《のぞ》かせるこうした姿勢が、氏家の不安の種になっているのも、無理からぬところだった。

若い氏家は、笑みを落として十九番に答えた。

「別に、からかった訳じゃないですよ。早めに会社を出なくちゃならなくなったんでね」

氏家が、怪訝《けげん》そうに見た。その彼に、若い氏家が言った。

「今朝になって急にこずえが――僕の娘だけど」

「知ってるよ」

氏家が、不満気に言葉を吐き捨てた。若い氏家は、そうだったという顔をして、謝罪のつもりか軽く手を上げた。

「あの子は、まだ五歳だけど、同じ位の年齢の子に比べたらとにかく頑固で。……判ってると思うけど」

最後の一文を急いで付け加えると、氏家の顔色を窺《うかが》った。氏家は、渋面でただ一度首を縦に振っただけだった。若い氏家は、安堵《あんど》した様子で話し続けた。

「一度言い出したらもう。親が幾ら言ってもきかないし。あの強情さは、どっちに似たんだか、全く」

「沙羽子に決まってるだろう」と、仏頂面《ぶっちょうづら》で氏家が応じた。

「そう思う?」

「当たり前だ。他に誰がいる」

「だよね」

十九番は、独り蒼《あお》くなっていた。退社時間が早まるなど、過去におけるこの日この時間の若い氏家のスケジュール記録には、なかったことだった。

この世の事象には、例外なく原因や理由があって、それによって導かれる結果がある。始まりは、ただ小石を落とすようなごく些細《ささい》な出来事であっても、時としてその波紋は、大きくなり枝分かれし、後々まで尾を引く可能性すらある。結果、その後の歴史にどのような異変をもたらすかは、誰にも判らない。甘く見てはいけないのだ。予定外の行動——それはつまり、この二日間のどこかで、小石を落とす失態を演じてしまったことに他ならない。何かが狂ったのだ。

十九番が、両者に割って入った。

「先を、続けて下さい」

「こずえが、どうしたんだ」と、氏家が訊《き》いた。

「こずえの保育園の送り迎えは、週初めに沙羽子と時間を擦り合わせて決めてる。知ってると思うけど。で、今日は、沙羽子の番だった。ところが今朝、僕が家を出ようと玄関で靴を履いていると、突然こずえが僕の傍に来た」

そこで、若い氏家は、ふっと恥ずかしそうに笑った。

「見ると、沙羽子も、こずえに手を引かれて一緒に来てたんだ。いや、実際のところ、親子三人が顔を揃《そろ》えるのって、久し振りだったんでね。それも、朝早くに、しかも、場所が玄関だからさ。それでも沙羽子の奴、気まずそうで、僕と眼を合わせようとしないし」

氏家は、分身を前に、自身の過去でも思い出していたのか、何とも言えない顔をしている。

「そしたら、いきなりだよ。こずえが、今日の送り迎えはパパがいいって、いきなり言い出したんだ。いや、今日の順番はママだし、それにパパはもう出掛けなきゃなんないし、それは無理だって説明はした。でも、もうこずえは止まらない。僕が何を言おうと、僕の足にしがみ付いて駄々をこね、泣いて喚《わめ》いた」

「何でだ」

氏家の質問に、若い氏家は首を振った。

「判らない」

「何か思い当ることは」

「判らない。あんなこと、初めてだった」

二人の氏家が、同時に口を閉じ、顎《あご》を右手の指先で摘《つま》んで考え込んだ。そっくりの仕草だが、当人達には意識はないのだろう。十九番には、やや重なって見える彼らの横顔は、歳《とし》の離れた親子そのものに映っていた。

「とにかく」若い氏家が続けた。「そのままじゃどうにもならなくて、で、どっちにしても朝の送りはもう無理だから、それじゃ迎えはこっちがやるってことを、沙羽子とその場で話し合って決めて、こずえに言ったんだ」

「それで」

「不思議な位にあっさりと、あの娘《こ》は納得してくれたよ。忽《たちま》ち泣くのをやめて、僕に笑顔で、こう手を振って――」

若い氏家は、少しだけ右手を上げて左右に小さく揺らした。

「パパ、行ってらっしゃいって」

「本当か」

「本当だよ」

「いや、だって、こずえが私に手を振ったって……そんなこと」

「嘘《うそ》言ったって、仕様がないだろう」

「……そうですか。なるほど」

十九番が呟き、二人の氏家は、彼に眼を向けた。

「いえ、あくまで私の想像なんですが」

十九番は、床を見詰めて言った。

「多分、お嬢様は、氏家さんから何かを敏感に感じ取ったんじゃないでしょうか」

「感じ取ったって、何をです」

若い氏家が、顔を近付けた。

「それは、判りません。ですが、この三日間、あなたの精神状態は、それまでと同じではなくなっていた筈《はず》です。それが、ちょっとした素振りや表情に出たのかもしれません。それを、お嬢様は見逃さなかった」

「いや、まさか、そんな。娘が、僕を気遣ってたってことですか」

若い氏家が、細い声で言った。

「……今、五歳か。五歳だよな」

氏家の問いに、若い氏家が頷いた。

「私は、そういう幼かった娘の、こずえの優しさとか、今初めて知ったようなもんだ。三十五年も経ってだ。本当に自分が嫌になる」

ここで、氏家が豹変《ひょうへん》し、顔を赤らめて鋭く言った。

「そうだ、そんなことより、今からこずえを迎えに行くって、何とかならないのか。そんなの予定外だぞ。元に戻して貰《もら》えないのか。本来、沙羽子の順番だったんだし」

「駄目だ」

「何で。出来るだろう」

「無理だ」

「頼んでみろよ、とにかく」

「嫌だ。たとえ僕が頭を下げても、一旦《いったん》決まってしまったことは……判るだろう。突然の変更は、遅くとも――」

「何言ってんだ、お前は！　おい！」

激情に走った氏家が、若い自身の胸ぐらを摑《つか》んだ。

「氏家さん」

絞った声量ながら、凛然《りんぜん》と十九番が言った。その静かな気迫に、氏家の手が胸から離れた。

十九番は、落ち着きを取り戻していた。起こってしまった今の事態を受け入れ、対処するしかない。主目的は、他にあるのだ。十九番の声が、丸くなった。

「夫婦間への介入など、当然規定外の事項ですので、私達には、これ以上何か申し上げる資格はありません。ですが、お互い前に出るばかりでなく、一歩退《ひ》くゆとりは必要なのではありませんか。その面での強情さは、変に二人の間の距離を拡《ひろ》げるばかりだと思うのですが」

十九番が、氏家を見、次に若々しい氏家を凝視した。

「これからのあなたには、奥様と、いずれはお嬢様の協力も不可欠なものとなるでしょう。必ず、です。胸襟《きょうきん》を開く努力をなさるべきです。今すぐには無理でも、少しずつゆっくりと」

　何かを深く思っているのだろう、三十五歳違いの氏家二人は、同じ角度に背中を丸めて俯《うつむ》いた。

　腕時計を見やって、十九番が、口調を固いものに変えた。

「言い合ったり迷ったりしている時間はありません。また、お嬢様を混乱させるのは、もう避けましょう。これから保育園に迎えに行くとなると、今日の氏家さんは、夜まででずっと、お嬢様と一緒におられることになりそうです。よろしいですか。くれぐれも、普段通りの振る舞いをお願いします。下手に意識すると、却《かえ》ってそれが表に出てしまうものです。思うところは、この三日間で色々おありでしょうが、そこを抑えて、今までの氏家さんのままに」

「……判りました」

　氏家が、擦《かす》れ気味の声で、若い自分に尋ねた。

「沙羽子の方は、保育園の迎え役から解放された訳だが、今夜の予定について、何か言ってたか」

「今朝別れる時には、残業が出来るって嬉《うれ》しそうだった。娘より仕事なんだよ、あいつは」

「それは、私達だってそうだっただろう」

氏家に言われ、若い氏家がしゅんとなった。十九番は、辺りに眼がないのを確かめると、ハンディPCを手に取った。

「已《や》むを得ません。このままでいくと、三人での話し合いは、お嬢様が寝た後ということになるでしょう。しかも、まだ年端《としは》も行かない子供を一人家に置いて、外で会うというのも、どうかと思われます。万が一、何かあってからでは遅いですから。とするなら、最終的には、ご自宅内で話すということに決着します。その際、奥様に私達二人の存在を知られる訳にはいきません。幸い、残業なさるというお話ですが、念の為、奥様の氏家沙羽子さんを見守るよう、設定しておきます」

氏家が、逡巡《しゅんじゅん》した様子の後、一息吐いた。

「どうやら、そうするしかなさそうですね。それでいいな」

判断を求められた若い氏家も、同様の答えだった。

「自宅か。そうか、こずえがいたんじゃな。それしかないか」

「私達の、最終的な意思の相互確認に残された時間は、お嬢様が眠られてから奥様が帰宅なさるまでの間、若《も》しくはタイム・リミットまでに限定される、ということです」

十九番は、慣れた手付きで作業を終えると、ハンディPCを仕舞いつつ立ち上がった。

「では、お嬢様をお迎えに参りましょう」

三人が、玄関口へ向かって歩き出した時だった。ある曲が、玄関ホールに響き渡った。会社に不似合いなギターのイントロに、氏家は、すぐにそれがクラヴィッツの『自由への疾走』だと判《わか》った。大昔、携帯電話の着うたにしていたことがあったからだ。

「失礼」

若い氏家は、二人に断りを入れつつ、電話に出た。

「はい……はい、そうです……はい」

彼の表情が、突如として強張《こわば》った。氏家も、それに気付いたのだろう、訝《いぶか》し気に覗《のぞ》き込む。

「冗談じゃない、何やってたんですか。……とにかく、すぐに病院に行きますから」

若い氏家は、怒りを指先に込めて携帯を切った。駆け出そうとするのを、慌《あわ》てて氏家が引き留める。

「ちょっと待て、どうした」

氏家が、心配そうに訊いた。若い氏家は、顔面を右手で擦り上げ息を整えてから、氏家に眼をやった。

「こずえが、怪我《けが》をした」

「何」氏家の眼の色が変わった。

「滑り台から落ちたそうだ。病院に運ばれ、意識がないらしい」

「馬鹿な」

氏家が呟《つぶや》いた時には、若い氏家は、既に小走りで玄関に向かっていた。氏家と十九番も、後に続いた。

若い氏家は、通りの中程にまで歩み出ると、強引にタクシーを停止させた。そして、行き先の蜂須総合病院の名を告げると、その後は一切口を開かなくなった。腕組みをし、顰《しか》めっ面《つら》で、窓の外をただ睨《にら》み付けている。だが、彼の右足は、彼の心情を象徴するように、忙《せわ》しなく貧乏揺すりを続けていた。氏家が一言二言、娘の状況を尋ねたが、全く返答はない。車内は重かった。

「私だって、心配してるんだ」

氏家が、堪《たま》らない様子で若い氏家に言った。

「こずえは、僕の娘だ」

やっと若い氏家が喋《しゃべ》った。

「それは判ってる。でも、私の娘でもあって――」

「今は、僕の娘だ」

先回りするように、若い氏家が言った。有無を言わせぬ語気だった。そこには、現役の強みのようなものが漂っているように、十九番には思われた。氏家も、厳格な声の調子に押されたのか、唇を閉じた。

十九番は、多少の驚きを以て、若い氏家の行いを見ていた。子供に対する真っすぐな気持ちは、隠されていただけで、なかった訳ではなかった。また、今の姿勢を見れば積極性もあるし、強気ですらある。この三日間における二時代の氏家を比較する限り、年老いた氏家の気弱さ及び消極性は、後天的事由による影響が大であると思われた。

その一方で、十九番の気苦労は、大きくなるばかりだった。またもや、想定外のハプニングが発生した。娘の怪我も、飽くまで間接的ではあるが、再会が招いた余波だろう。だが、若い氏家を説得する時間確保の新たな障害になることは、疑いがない。

――最終日だというのに。まずいことになった。

十九番は、心中で頭を抱えた。若い氏家の説得という第一義の目的が、薄れつつあった。横の氏家を見やった。今の氏家の頭の中からは、若い自分に対してのことは失《う》せてしまっているだろう。一つの例外は、連鎖的に次の例外を呼ぶ。今度は何が起こるだろうか。本来の予定は、大幅な狂いを生じてしまっている。しかし、何としても、目指すべき着地点に到達しなければならない。何が何でも、どんなことをしても。十九番の時空監視官としての責務が、こずえの身体のことより、任務遂行を考えることを優先させていた。

鈍い音がした。若い氏家の右手が、窓ガラスを殴り付けたのだ。

「急いで下さい。急いで」

若い氏家が、身を乗り出してドライバーに告げた。氏家は、ただ見ているだけで、何を言うこともなかった。

時々、渋滞にはまりそうになりながらも、その都度運よくそれを逃れ、約五十分後に、タクシーは病院へと到着した。

そこそこ大きな病院だった。三人は、受付けで確認を取り、三階へと向かった。若い氏家には、もはや未来から来た二人の姿は眼に入っていないようであったし、氏家はと言えば、こちらも頭の中には娘のことしかないようであった。

廊下は白く、無機質に冷たかった。

「氏家さん」

長椅子《ながいす》に腰掛けていた年配の男性が、立ち上がって声を掛け、悲痛な面持ちで一礼した。横に座っていた若い女性も、泣きそうな顔で立ち、頭を下げた。

「園長先生」と、若い氏家が近付いた。

「まことに、私どもの監督不行き届きで、何とお詫《わ》びしてよいか。本当に申し訳ありません」

「申し訳ございません」

涙声で、若い女性も深々とお辞儀した。前に進み出ようとする氏家に気付き、十九番が、腕を摑んで引き留めた。立場を弁《わきま》えて貰わないと困る。十九番は、そんな思いを眼で伝えた。氏家の顔が、行き場のない苦悩を示して天井を見上げた。二人は、若い氏家とは少し距離を取った位置に残った。

若い氏家は、気持ちの昂《たか》ぶりを静めるようにして尋ねた。

「娘は、こずえの具合は」

「今、精密検査を。意識の方は、まだ」

若い氏家の声が、激しく乱れた。

「何でこんなことになったんですか。何で」

園長に促され、若い女性が、身を細めたまま一歩前に出た。

「あの……お団子をもっと綺麗《きれい》にするって、こずえちゃんが言ったんです」

「団子？」

「土で作ったお団子です。適度な水で捏《こ》ねて、固く握って、その表面を乾いた砂で何度も何度も研《みが》くと、つるつるになるんです。土で作ったとは思えない位に、ぴかぴかに。パパに見せるんだって、こずえちゃん、そう言って」

「娘の傍には、誰もいなかったんですか」

若い氏家の鋭い声に、女性が俯いた。光沢のある黒髪が、彼女の若々しい頬を隠して揺れた。

「どうして、眼を離したんです」

若い氏家が詰問し、若い女性は再び深く頭を下げた。

「すいません。本当にごめんなさい。砂場にいたので、安心していました」

園長が、若い保母の言葉を引き継いだ。

「一緒にいたお友達の話では、こずえちゃんは、鳥を追い掛けて、滑り台に登っていったそうです」

「鳥」

「はい。その子が、こずえちゃんの横に並んで、二人で土の団子を研いていたら、急に鳥が飛んできて砂場に降り立った。青っぽい小さな鳥だったそうです。それを見たこずえちゃんが、ピー太郎だと叫んで、捕まえようとして」

ややあって、若い氏家が口を開いた。

「……ピー太郎……家から逃げ出したインコです。もう半年近く前になります」

そう言い終えると、呻《うめ》きながら顔を手で覆《おお》った。

「ピー太郎」

小声で言葉を吐いたのは、十九番の横に立つ氏家だった。十九番が見ると、氏家は、細い眼差しで遠くを見詰めている。やがて、見られていることに気が付いた氏家が、声を低めて十九番に語った。

「昔、家にいた、インコです。こずえが欲しがったので、飼ったんですが、餌《えさ》をやる係だったこずえの不注意で、逃がしてしまった。あの娘《こ》は、それをとても悔やんで、悲しがって、謝って」

空気は、重くなっていた。静まり返った廊下で、誰もが口を噤《つぐ》み、誰もが動かない。何処《どこ》からか他人の笑い声がして、そのまますぐに聞こえなくなった。機を得たように、若い氏家が、ゆるゆると足を踏み出し、たった一人で長椅子に腰を落とした。立っているのが四人だけになり、十九番と氏家は、園長達に軽く目礼した。園長と若い女性も、軽くお辞儀を返してきた。

正常な時間の感覚は狂い、息苦しさばかりが続いた。十九番は、こずえの無事を願う思いと、己れの任務遂行の義務感との狭間《はざま》で往《ゆ》き来《き》を繰り返していた。どの位経《た》ってからか、ドアが開き、女性看護師が現れた。若手ではなく、ベテランの容貌《ようぼう》だった。飛び付くように、若い氏家が彼女の前方を塞《ふさ》いだ。彼を見やり、看護師が言った。

「お父様ですか」

「はい。氏家こずえの父親です」

「意識が戻りました。ひとまずご安心下さい」

廊下に、安堵《あんど》が満ちた。

「それで今、娘は」

「精密検査を続けております。今暫《しばら》く、お待ち下さい」

女性看護師は、安心感を与える静かな微笑を残し、再び室内へと戻った。

「よろしくお願いします、お願いします」

若い氏家は、既に看護師の姿がないにも拘《かかわ》らず、ドアに向かって何度も何度も頭を下げた。そして、ふらつくようにして長椅子に戻り、両手で顔を覆うと、溜息《ためいき》混じりのうわ言みたいに「よかった」と何度も言った。

「十九番さん」と、氏家が、十九番の方に向き直った。彼の顔からも、硬直と険しさがなくなっていた。

「お騒がせして、本当に申し訳ありませんでした」

「いえ。ともかく、意識が戻ってよかった」

「はい。……あの、この事故も、突き詰めれば原因はやはり」

十九番は、それには答えなかった。予定外に起こった出来事全《すべ》てのそもそもの発端は、言わずとも明らかだ。その流れで、母親ではなく父親に保育園の迎えの役目が移ったからこそ、娘は、その父親に土の団子を見せたいと思った。まだ完全に安心は出来ないが、もし娘の生命に万が一のことでもあれば、大幅に歴史が変わってしまうところだった。十九番は、喉《のど》を鳴らした。まさに、すれすれの所を歩いている。こんな冷や冷やする経験は初めてだった。

緊縛が解けた氏家の舌が、軽やかになった。

「それにしても……鳥、か。あ、いえ……飼っていたインコに似た鳥をたまたま見掛けたので、衝動的に追い掛けてしまったんでしょう、きっと。子供のやることですから」

単純にそう言い切る氏家に、十九番は、反論の言葉を呑《の》み下し、まだ会ったことのない少女の心情を思った。

「あの、あちらは」

園長の声がした。やや落ち着きを取り戻した様子の若い氏家が、こちらを見てから立ち上がり、園長に紹介した。

「会社の上司と同僚です。心配して、ここまで付き添ってくれて」

園長と若い女性が、改めて頭を下げた、氏家と十九番も、軽く一礼を返した。

「ちょっと失礼します」

園長に断って、若い氏家が歩き出した。そして、十九番達の脇《わき》を通り抜ける際、二人だけに聞こえる声で囁《ささや》いた。

「一応、妻にメールだけ入れてきます」

若い氏家は、握り締めた携帯を示し、歩き去った。

若い氏家は、別室に呼ばれていた。園長と若い女性は、そのまま廊下に待機していたが、十九番と氏家は、暫く待った後に、先に帰る旨《むね》の伝言を彼らに託し、その場を離れた。会社の人間が、いつまでもそこに居続けるのは不自然であったし、残された時間の方策についての再検討が必要だったからだ。

　二人は、病院の外に出た。辺りは、すっかり暗かった。近場で腰を落ち着けられる場所を探そうと、通りを歩いている時、若い氏家からの連絡が十九番の携帯に入った。相手をした氏家の表情が、きょとんとした後に一遍に崩れたのを見て、十九番は、良い知らせなのだと理解した。

「退院するそうです」

　氏家が、携帯を返しながら言った。十九番も、意外なことにやや驚きを以て答えた。

「退院ですか」

「はい。検査の結果、幸運にも異常は認められなかったそうです。頭も、内臓も、骨も、大丈夫でした。軽い打ち身の症状はあったそうですが、他には何も」

「そうですか」

「勿論《もちろん》、数日は注意して様子を見る必要はあるそうなんです。頭痛とか吐き気とか。でも、今の時点では、生命に別状はないということなので。とにかく一応、生命には」

「よかったですね」

「はい。本当に」

二人は、しんみりと立ち尽くした。

「落ち方が巧《うま》かったんでしょうか。全く、心配掛けて、あいつめ」

気の張りが抜けたのか、氏家の声が、生《なま》の思いで溢《あふ》れた。

「団子なんか……見せるために……逃げた鳥なんか……」

氏家は、泣き出しそうな顔になっていた。十九番も、一緒に浸りつつあったが、流され始めた自身の感情にはっとなり、手綱を引き締めた。自分は、何故《なぜ》ここにいる。その存在理由を、忘れてはならない。氏家との微々たる心の交流を積み重ねる毎《ごと》に、十九番は、内面を掻《か》き乱され引っ張り廻され、我を見失いそうになる。

「それで、彼は帰宅するんですね」

「ええ、はい。これからタクシーを呼ぶと言ってました」

「自宅に先回りしましょう」

十九番は、通りにタクシーを探しながら続けた。

「帰宅を確認するんです」

氏家の眼付きが薄い冷たさを帯びたのを、十九番は見逃していなかった。が、それを面に出さずに、タクシーを求めつつ平然と事務的に告げた。

「お嬢様を連れて、どこかに姿を消すということは考えにくいですが、念のためです」

十九番が、氏家を見た。何やら抗《あらが》いの情が、氏家の瞳《ひとみ》に浮いている。十九番は、それを受け止め、諭すように言った。

「氏家さん。本来の目的を、お忘れにならないで下さい。あなたが為《な》すべきことを。残り時間は、大きく削られました。心配なさるお気持ちは判《わか》りますが、この時代の出来事は、この時代に生きる者達が担《にな》うべきことなんです。部外者の私達ではない」

氏家の顔付きが、素になった。

「このままでは、まだ帰れません。違いますか」

十九番の問いに、案外あっさりと氏家は頷《うなず》いた。

「タクシーに乗ったら、もう一度彼に連絡を入れて下さい。……こんな時に、と思われるかも知れませんが、今後のコンタクトの詳しい打ち合わせをお願いします」

そう言って、十九番が大きく右手を振ると、一台のタクシーが、車線を外れてこちらに接近して来た。

若い氏家の乗るタクシーが到着したのは、十九番達が来て十数分後のことだった。待ち構えていた二人は、横道へ入る角に身を隠し、一軒家の自宅を見守った。若い氏家が、こずえを大事に抱き抱えてタクシーから下りて来た。その一瞬だけ、街灯に二人の姿が浮かんだが、父親の胸に顔を預けているこずえの表情は、こちらからは窺《うかが》い知ることは出来ない。もどかし気に、氏家が首を伸ばした。

十九番と氏家は、親子が自宅に入るのを見届けた。これで、娘が眠るまでは、彼らに出来ることは何もない。時間が来れば、若い氏家からの連絡がある筈《はず》だった。その点は信頼してもいいだろうと、彼らは判断していた。尤《もっと》も場合によっては、最悪のケース、こちらから多少強引にでもアプローチするしかなくなるやもしれない。その危険性も、想像しなかったと言えば嘘《うそ》になる。

「娘をベッドに入れたら、すぐに連絡する」

若い氏家は、そう氏家に告げたそうだ。十九番は、ぎりぎりまで若い氏家の手に、と決意していた。

手持ち無沙汰《ぶさた》の二人は、近所の眼も警戒しながら、暗がりに場所を移して待った。

携帯がメールの着信を伝えたのは、若い氏家が家に入って十数分経った、八時を二十分程過ぎた頃であった。二人は、一言も話すことなく、走る。ここからは、時間との勝負だった。居るべき時代へと帰るリミットから逆算すれば、自ずと名古屋駅発の新幹線の時間も定まる。諸々《もろもろ》の時間を含めると、家にいられるのは九時半までが限界か。ということは、ラストチャンスはおよそ一時間足らずということになるだろう。

居宅は、そこそこの広さがあった。玄関に着くや、若い氏家が、待っていたように内側からドアを開け、二人を無言で招いた。が、いざ家に入るという段階になって、氏家の足は根が生えたように動かなくなった。

「何。どうしたの」

十九番より先に、若い氏家が小さく声を掛けた。

「いいのかな」と、誰に言うともなく氏家は呟《つぶや》き、奥を覗《のぞ》いた。

「何言ってんの。自分の家でしょう」

氏家は息を整え、強いて胸を張り、若い自分に小さく会釈《えしやく》すると、足を踏み入れた。

十九番は、今の彼の一言に気持ちが安らぐのを覚えた。

「それで、こずえは」

靴を脱ぎながら、変に濁った声で、氏家が尋ねた。

「大丈夫。部屋で眠ってる」

若い氏家は、立ち止まった。

「ホント、信じられないけど。だって、怪我《けが》一つないんだから。落ちた所に草か何か生えてて、クッションになったのかもって、医者がね。それに、小さな子供で体重が軽いし身体も軟らかかったから、そのおかげもあったんだろうって」

「そうか」

氏家が、十九番を見た。請《こ》うような眼差しだった。十九番は、首を横に振った。どんな事情であれ状況であれ、無用な接触は許可出来ない。肩を落とす氏家の背中に、そっと手を置いた。重い氏家の足が、前方へと進んだ。

氏家は、廊下を進む間、眼線を周囲に漂わせた。そして、大きく息を吸った。

「この匂《にお》い。家《うち》の匂いだ。昔のまんまだ。変わってないな」

氏家は、暫く振りに我が家を訪ねた者が口にするようなセリフを吐いた。ただ、違っていたのは、氏家と同じ歳月をこの家は過ごしておらず、三十五年前そのままの姿だということで、変わっていないのも当たり前だということだった。自分が三十五年前に来ているということを忘れ、錯覚を起こしたのだ、と十九番は感じた。珍しいことではない。

二人が、リビングのソファに腰を据えると、若い氏家が言った。

「ぐっすり眠ってる。大丈夫」

それは、壁の奥を見やっていた氏家に対してのものだと、十九番は知った。彼の視線の先にある部屋で、あの娘は今、横になっているのだろう。

「何か飲みますか」

「いえ」十九番は、真剣に告げた。「残念ですが、時間がありません。どうぞ、こちらに」

若い氏家は、静かに歩み、二人の斜めに腰掛けた。

嚙《か》み付きそうな勢いで、若い自分をじっと見詰めていた氏家が、その視線を十九番へと向けた。こちらを見詰める彼の瞳には光が宿り、力があった。十九番は、一つ大きく頷いた。

「蓄電チップは、画期的な発明だった」

氏家は、身体《からだ》を若い氏家に向け、穏やかに語り始めた。

「最小化、最薄化、軽量化、なおかつ容量を減らさぬよう幾度もトライし、失敗も続いた……自画自賛する訳じゃないが、後年の電機製品の大部分が、その原理に基づいている。信じられるか、太陽発電機能を併せ持つソーラーペーパーチップは、モニター内部に組み込まれることで、半永久的に電気を供給出来るんだ」

氏家の眼が、きらきら輝いた。技術開発者の眼だった。それは、若い氏家も同様だった。同じ眼をしている。しかし、彼にとっての未来の情報は、ここまでにしなくてはいけない。十九番の使命感が、眼覚めた。

「氏家さん、それ以上は」

「……そうでした。すいません」

氏家は、十九番に謝罪し、再度若い自分に向き直った。

「お前の開発した技術の芽は、沢山の人間の研究を通して、何《いず》れ大きな実を実らせる可能性に満ちているんだ。今、私が、心から思っているのは、この年齢になって判ったことは、個人的な恨みのような、私怨《しえん》みたいなもんは、長い人生の中では、ちっぽけなものに過ぎないってことだ。その瞬間に、その時だけに突出した存在でしかない。三十五年後じゃな、国民の大多数が、いや、世界レベルと言ってもいい、それこそ沢山の人々が、お前の技術をベースにしたその恩恵を、受けられるかも知れないんだ。……また喋《しゃべ》り過ぎましたね。すいません。でもな――」

十九番に、一応の断りを入れてから、氏家は先を続けた。

「想像してみろよ。研究者なら、その進歩を、現場の自らの眼で確かめたくないか。いや、その発展を、お前自身の手で、実感したくはないか。いやいや、お前ならもっと別の新しい技術だって、これから幾らだって生み出せるかもしれない。その自信、少しはあるだろう。私には、あるぞ。自信だけは、今だってある。研究さえ出来ればってな。……ただ、時間だけがない。時間だけが」

若い氏家は、組んだ自分の両手をじっと見ている。

「となれば、私には、それはもう叶《かな》わない夢だ。歩んで来た道を、引き返すことは出来ないし。現実が、許さない。だが、今のお前には、それが出来る。どうとでもなる。何故って、お前の前には、ただ大地が拡《ひろ》がっているだけだからだ。定められた道なんか、一本もない。お前の進む先が、お前の道になる。時間もある。何もかもが、お前次第なんだ」

「僕は」と、若い氏家が、口を開いた。「こうやってあんたに会ってなきゃ、定められた道を歩いて行くことになったんだろう？　会社を爆破するっていう、狂乱の道を」

長い溜息《ためいき》が、若い氏家から洩《も》れた。言葉が続く。

「殆《ほとん》ど病的に、ちょっとずつちょっとずつ、破壊への道を歩む。小分けした材料を、毎日のように社内に運び込み、決行のみを目指して、それだけに取り憑《つ》かれ、それだけが日々の支えになって」

「それが、お前の、あの時の私が選んだ道だった。結果として、こんな風な私が生まれた。……あの頃の選択の成れの果てが、今のこの情けない私の姿だ」

氏家は、両手を拡げ、あるがままの自分の姿形を強調するようにして、若い自分に言った。

「爆発は、お前が考えた以上の損壊を建物に与え、火災も招き、多くの人命を奪い、何人もの人々に、後遺症を残した。後悔先に立たず。幾ら後になって悔いても、取り返せないものがある。反省も懺悔《ざんげ》も、あぶくのように虚《むな》しい。生き甲斐《がい》の全く許されないその後の人生。見ろよ、この手の皺《しわ》を。顔の皺を。薄くなった白髪混じりの髪の毛を。人生の年輪なんてよく言うが、私のこれには、人生の深みとしての意味なんか、一つもない」

氏家が、いきなり自分の髪の毛を摘《つま》んで引っ張って見せた。

「お前、私を初めて認識してくれた時に言ったよな、髪の毛があるってさ、少し嬉《うれ》しそうに」

氏家が苦笑すると、同調するように、若い氏家も小さく笑みを浮かべてみせた。

「そういう心配が出来ることって、そんな小さな心配の種があることって、本当はとても幸せなことなんだぞ。私は、自分に髪の毛が残ろうが禿《は》げようが、どうでもいいことだったたんだから。気にしている心のゆとりなんか、皆無だった」

今度は、立ち上がった。

「もう一度、よく見てくれ、この私を。他人が見れば、ただの歳《とし》を喰った、どこにでもいるオヤジというかジジイかもしれない。他人からすれば、その程度のもんだ。でも、心の中は、誰よりも当の自分が判っている」

氏家の手が、胸を叩《たた》いた。鈍い音がした。

「自分がじっと見ている。自分には、嘘は吐《つ》けない。他の誰も判ってくれなくてもね」

氏家は、再びそっと腰を落とした。

「私は、お前を判ってるぞ。苦しみも悲しみも、判ってる。つもりなんかじゃない。はっきりと、判ってる。だからこそ、私は、過去に自分の選んだ道が、一時的に狂気に身を任せた道が、人の道を外れた大間違いのコースだったと、伝えに来たんだ」

氏家が、若い氏家の膝上《ひざうえ》辺りに手を置き、がっちりと鷲摑《わしづか》みにした。彼の肩が、びくりと震えた。

「いいか。お前はまだ、惨劇の手前を歩いている。だが、私だったら、もう同じ道を歩むことは絶対にないと、この場で言い切れる。あんな三十五年を費やすのに比べたら、他のどんな人生だってマシだ。だから、今一度、この耳で聞きたい。お前は、私の問いに何と答えるんだ。お前自身の声で、言ってくれ。今の私みたいになりたいか。どうだ」

室内が、静まり返った。暫《しばら》くして、若い氏家は、力なく顔を上げて呟いた。

「嫌だ」

「嫌か」

「嫌だ」

「本当にそう思うか」

若い氏家は、大きく胸を膨らませ、次いで息を吐いた。

「僕は、誰も殺したくないし、傷付けたくもない。……今は、本当にそう思ってる。だから、これからそういった行為を自分がしてしまうだろうってことが、やっぱり未《いま》だに信じられない」

「お前は……私は、案外自尊心が強いんだよ」

若い氏家が、きょとんとして彼を見た。

「自分じゃ判っていなかったが、そうなんだ。そして、他人とはある一定の距離を求めるのに、裏切りには過敏と思える程の反応を示した。これは、経験上のことだ。私の実体験を話している」

「そんな。僕は、他の誰にも大きな期待なんかしてないし、ましてプライドなんて――」

「だけど、そうなんだ。やがて、お前は気付く。会社には、自分の周囲には、味方はいない。沈没し掛かったお前からは、皆さっさと立ち去る。救いの手は、差し伸べられない。差し伸べたそいつも、一緒に引き込まれて海中に没することを、全員が感付いているからだ。お前を取り巻く人間は、お前にとっての敵だけになる。敵しか、いなくなる……家族の存在すら忘れたお前には、な」

氏家は、気張らずに、しかし、気持ちを込めて語っていると、十九番には感じられた。若い方の氏家を見た。時折頷き、神妙に聴き入っている顔には、素直さが滲《にじ》み出ていた。

三十一歳といえば、決して若者という縛りでは、もう括《くく》れない年齢だろう。依然、未熟な部分があったにしても、社会人として生活し、それなりの人間関係を構築し、私生活では、結婚し、子供をもうけて家庭を持ち、人生経験もあり、だからこその相応の分別もある。言うまでもなく、歳は充分大人でも、大人とは呼べない代物《しろもの》もいるにはいる。しかも、決して少なくはない。特に、犯罪者においては。しかし、今回の例は、不安定で未完成な若者とは、やはり一線を画するケースだ。

十九番は、改めて、若者犯罪の、その心理精神面の不透明さを思った。成長した当人ですら、昔の自分と意思を通わせることに苦闘する。あらゆるモノを撥《は》ね付け受け付けようとしない、分厚く強固な壁。だが、その壁は、その年齢になって突然変異のように膨張し硬度を増した訳では、決してなかろう。一年一年が過ぎ去る度に、そう変質したのだ。ならば、どういった経緯で、軟らかい箇所、薄手の部分、風が通り抜ける隙間《すきま》を失っていったのか。その原因全《すべ》てが、親や大人や友人や環境などの、外のみにあるのか。

急に、氏家が立ち上がった。

「ちょっと、トイレに行きたいんですが。……いいかな」

まず十九番に言い、次に若い氏家に断りを入れた。若い氏家は、一つ頷いて答えた。

「そこを左に出て、突き当たりの——」

そこで、若い氏家の言葉が止まった。やや恥ずかしさの混じった表情が、彼の顔に浮かぶ。氏家も、全てを承知していると言うように片手を上げて、歩き出した。見送った若い氏家が、十九番と眼が合って、照れ笑いになった。

「ここは、あいつの家でもあったんですよね。つい」

十九番は、軽く笑みを返してから、真剣になった。

「氏家さん。私は、職務の立場上、特に具体的な何かをあなたに申し上げることは出来ません。ですが――」

「パパァ」

十九番が、固まった。若い氏家も、大きく眼を見開いた。

時間が凍り付いた。

幼い間延びした声は、薄暗い廊下からだった。反射的に、十九番は立ち上がっていた。同時に、若い氏家も立った。十九番の頭では、即座に状況把握の試みがなされた。

声の方に、全神経を注ぐ。

間が空いた。数秒が、何十秒にも感じられる。躊躇《ためら》いがちな氏家の声が聞こえた。

「どうしたの。シーシ？」

「シーシ」

「そっか」

咄嗟《とっさ》に十九番は、若い氏家の行動を制御するかのように、彼の腕を掴んでいた。平静を失った眼差しで見詰めてくる彼に対して、事態を呑《の》み込んだ十九番が、人差し指を唇に当て、首を横に振った。二人が廊下を進む音がする。どうやら、娘のこずえは、暗がりのために、氏家をこの時代の父親だと思っているらしかった。

若い氏家が出て行くタイミングは、失われた。このまま、見守るしかない。騒ぎにならなければラッキーだが、そうなったら、若い氏家が出て行って収拾するより仕方なかろう。一方で、歳老いたとはいえ、氏家が彼女の父親であることは、論ずるまでもない事実だ。巧《うま》くすれば、やり過ごせる可能性もゼロではないのではないか。十九番は、殆ど祈るような気持ちで、壁の向こうに聞き耳を立てた。

「大丈夫？　どっか痛いトコない？」

「ない」

「気持ち悪くない？」

「うん」

「ホントに？」

「ホントに」

「ホントにホントに？」

「ホントにホントにホントに」

小鳥のようなこずえの笑い声も聞こえる。

パチリと、スイッチが押される音がした。

「一人で出来る？」

「出来る」

「じゃ、やってごらん。パパ、外で待ってるから」

ドアが開閉するのが聞こえた。若い氏家は、立った時そのままの体勢で動けない。十九番は、彼の腕を一つ叩き、ここから動かぬようにと仕草で伝えてから、足音を立てずに早足で廊下に向かった。リビングの入り口で片膝を突き、そっと片眼だけで盗み見る。ドアの閉じたトイレの小窓から、中の明かりが洩れていて、うっすらと氏家のシルエットが浮き出していた。息が詰まるような時間が流れる。

水洗の音がし、ドアが開いた。中から光が零《こぼ》れ、廊下がほんのり明るくなった。氏家は、顔を背けながら、空きを少し残すギリギリまでドアを閉めた。洩れて来る光の面積が細くなった。

「ちゃんと出来た」と、誇らし気にこずえが言った。

「出来た？」

「うん、出来た」

「じゃ、手も洗わなきゃね。一人で出来るかな」

「うん」

こずえだけが洗面台へと消え、再び氏家がドアを開け放った。一帯が明るくなり、じゃぶじゃぶと水の音がした。壁に反射した光の中に、こずえ側に背を向けた氏家の姿が佇《たたず》んでいる。

水の音が止まった。

「手、拭《ふ》いた？」

「うん」

こずえの返事が聞こえ、氏家は、ドアを閉じ、戻って来た我が子を自然な振る舞いで抱き上げた。彼がトイレの電気を消すと、廊下は闇《やみ》に沈んだ。十九番は、身体を引いた。

「保育園、楽しい？」

「楽しい」

「何が面白い」

「んとね、えーと、絵描いたり、クイズやったり、この前は、動物の絵描いたの」

「何描いたの」

「キリン」

「キリン」

「ういーって、首長いんだよ」

「そっか。……お団子さ、土の、今度見せて欲しいな」

「ホント?」

「ホント」

「ホントにホント?」

「ホントにホントにホント」

「あのね、ピッカピカなの、光ってるの、ツルツルなの」

二人の会話が近付き、途中の部屋に入った雰囲気があった。十九番は、ひっそりとリビング内へ帰った。

若い氏家は、先程と同じ格好のままで待っていた。尋ねてくる彼の瞳《ひとみ》に、十九番は、一つ大きく頷《うなず》き、まだ静かにしているようにと人差し指を口の前で立てた。

暫くして、氏家が、リビングへと入って来た。必要以上に瞬《まばた》きを繰り返す彼の両眼は、真っ赤だった。二人と眼が合うと、顔がくしゃくしゃになり、右手で鼻と口を押さえた。十九番も若い氏家も、やや驚きを以て彼を迎えた。氏家は、そのまま俯《うつむ》き加減で進み、テーブル上にあったテレビのリモコンを手に取って、ボタンを押した。息を吹き返したテレビ画面から、バラエティ番組の笑い声が弾《はじ》けた。

氏家は、身体を投げるようにしてソファに座り、感情の奔流に必死に耐えている様子だった。が、噴き出ようとする思いの激しさを押さえ切れなかったのだろう、大粒の涙が、かさついた頰を次々伝い落ちた。まるで、子供だった。氏家は、声だけは出すまいと、自分の手を噛《か》んで堪えていた。歯が、手の甲に食い込む。それでも、線みたいな嗚咽《おえつ》が、彼の喉《のど》を抉《こ》じ開けた。

十九番は、身を打ち震わせている氏家を前に、居たたまれない思いだった。リモコンを取ると、うるさくならない程度にまでボリュームを上げてやった。

若い氏家は、どうしたらいいのかという困惑の表情だ。彼が、心細げに十九番の方を見た。十九番は、安心させるために、小さく頷いてみせた。二人は、ゆっくりと腰を降ろした。

不規則に襲う感情の大波は、しつこく氏家をなぶり翻弄《ほんろう》していたらしく、やっと一段落着いたのは、数分後だった。

「大丈夫ですか」

十九番の問い掛けに、氏家は、腹の底から息を吐き出し咳《せ》き込んだ後、言葉を発した。

「すいませんでした。本当に、すいません」

「いえ」

あの場では、ああするよりなかっただろう。それに、どうやらあの娘《こ》には、気付かれずに済んだ。十九番としては、むしろ、あらゆることを想定し眼を配っていなかった己れを、責めたい気持ちですらあった。

若い自分からの視線に気付いた氏家は、顔をごしごし擦《こす》りつつ喋《しゃべ》り始めた。

「まず、お前に謝る。偶然とはいえ、当人以外の人物に無断で接触するなんて、本来なら、完全なルール違反だ。何かあってからじゃ、二度と取り返しが付かない――その位のことを、私は仕出かしたんだ。すまない。本当に、申し訳ない。……でも」

氏家が、天井を見上げた。身体から力が抜け、遠くを見る眼になった。

「あの娘の息遣いを間近で感じたら、時間も空間も、何もかもが全部、私の前から消え失《う》せた。すぐそこに、こずえが居る。ほんのすぐ眼の前に。手を伸ばせば、届く距離に。――私は、あの娘と話をしたんだ。信じられない。手も繋《つな》いだ。あの娘を抱き上げた。この手に抱いて、こずえの体温を感じ、匂《にお》いを味わい、廻された手の力に触れ、腕には重さが伝わり、息が首に掛かった。可愛《かわい》い声は、すぐ耳元にあった」

氏家は、自分の両手を眺めた。再び、瞳が潤《うる》み出した。

「私は、私はこずえの顔を、もっと明るい所で見たかった。私が失ったものは……」

凄《すさ》まじい形相に変じた氏家が、若い氏家に訴えた。

「私は、事件の後、沙羽子ともこずえとも、二度と会うことはなかった。凶悪犯罪者の妻と娘。娘の将来の幸せのためには、離婚の申し出を、黙って受け入れるしかなかったんだ。そして、それっ切りだ。それが最後だった。責めるつもりはないし、その資格も私にはない。全て、自分が招いたことだ。しかも、いいか、私は、その後の娘の消息を一切知らないんだ。こんな身分じゃ、知り得る手立てなんかなかった上に、そもそも、私がそんなことをすれば、向こうに迷惑が掛かることも、判《わか》り切っていた。そのための離婚だったんだしな。だから、あれから何十年経《た》とうとも、私は、結婚しているかも知れないこずえの、花嫁姿も見ていないし、当然、孫の顔を知る訳もない。いや、そもそも、沙羽子もこずえも元気でいるのかどうなのか、そんなことすら判らない。夫として親として、こんな情けないことがあるか。全く、最低最悪だ」

若い氏家は、声がない。

「親は……私とお前が、今蔑《ないがし》ろにしている両親だけは、私を気に掛けてくれたよ。そういう存在があることが、どんなに有り難かったか。でもな、親は、子供より先に死ぬ。自然の道理だ。結局、私は、最後まで両親を苦しめ、肩身の狭い思いをさせ、死に目にも会えなかった。親の死期を早めたのは、この私なんだ。私は、親不孝の固まりだ。親としても失格で、子供としても失格なんだよ。こんな私になるな。いいか。

絶対になるなよ」

氏家が、若い氏家の膝《ひざ》に手を置いた。萎《しお》れたようになっていた若い氏家が、顔を起こした。彼の眼も、充血している。氏家は、手に力を込めて言った。

「こずえが成長していく姿、入学式とか卒業式とか、運動会とか文化祭とか、家族旅行とか、笑ったり泣いたり話したり、走ったり転んだり、喧嘩《けんか》したり仲直りしたり、今となっては何もかも、私には見ることが出来ない。こずえだけじゃない。沙羽子とのこともそうだし、親とのことにしたって、そうだ。今の私には、幾ら悔やんでも、もうどうにもならない。どうしようもない。だけどな、お前は見られる。お前はこれから、そうした日常的なことに触れられる。なのに、在り来《きた》りなその幸せを、忘れてる」

「こずえと……沙羽子……」

「そうだ。いいか。家族は、お前の味方なんだぞ。それを絶対に忘れるな。そして、しっかり考えろ。これから、家族と日々どう接していくのか。共に暮らすとは、どういうことなのか。難しいことじゃない。心掛けの問題なんだ」

十九番の腕時計が、電子音を発した。

——時間だ。

十九番が、氏家を見た。彼も、十九番を見ている。何も言う必要はなかった。両者は、同時に立ち上がった。

「氏家さん」と、十九番が、若い氏家に言った。

「お別れの時間が来たようです」

慌《あわ》てて、若い氏家も立った。

十九番が、無言で右手を差し出した。若い氏家は、泣きそうな顔でしっかりと握手を交わした。

二人の氏家は、互いを正面から見詰め合った。

「来てよかったよ」氏家が、言った。

「会えてよかった」若い氏家が、言った。

「信じていいな」

「ああ」

「信じてるぞ」

「ああ」

二人の右手が、繋がった。

「そうだ。もう判ってるだろうが、今後の研究のセキュリティーのためにも、パソコンは、用途に応じて使い分けるようにしろよ」

若い氏家は、やっと笑みを浮かべて頷いた。

「では、参りましょう」

十九番は、アタッシュケースを手にして、廊下へと向かった。

「あの、送りましょうか。車で」

「いえ。お嬢様を一人残していくのは、よくありません」

「車、借りられるか」

氏家が尋ねた。若い氏家は、テーブル上にあったキーを彼に投じた。

「駅前に、コインパーキングがある。そこに停めておいてくれればいいから」

「判った」

ちゃらりとキーを鳴らし、氏家が答えた。そんな彼の眼前に、にゅっと手を突き出したのは、十九番だった。

「あなたは、お持ちではないでしょう」

彼の手中にあったのは、この時代の自動車免許証だった。

「あなたが運転していて何か問題が生じれば、面倒なことになります。お判りですね」

氏家が、すぐにキーを十九番に手渡した。十九番は、先になって歩き始めた。

「待って。待って下さい」

振り向く十九番に、氏家が、祈るような眼差しで言った。

「もう一度だけ、こずえを見たいんです。駄目でしょうか。お願いします。もう一度だけ」

十九番は、否定の言葉が、喉まで出掛かった。それが、ルールなのだから。が、氏家の眼は必死だった。素早く思考を巡らせ、十九番は、若い氏家に言った。

「お嬢様の様子を、見て頂けますか」

三人は、静かに廊下へと出た。テレビの笑い声が、彼らから離れた。若い氏家は、一人進んで、襖《ふすま》を開けた。部屋の中を窺《うかが》い、そして、こちらを見て小さく頷く。それを見た氏家が、十九番に顔を向けた。

「一分です」と、十九番が、声を潜めて言った。「部屋の中に入ってはいけません。よろしいですね」

氏家は、またもや表情を崩して「はい」と答えた。足音に注意して、若い自分と入れ代わる。そのまま、開いた襖から室内を見詰めた。部屋からの薄明かりが、彼の横顔を照らしている。その優し気な面立ちは、彼が初めて見せるもので、十九番には、間違いなく父親の姿そのものに見えた。

十九番は、隣の若い氏家に眼を移した。いずれそうなる自分を前にした彼の表情も、おっとりと安らかだった。

十九番は、この時、二人のためにも、ただただ無事に帰らなければと、強く心に誓った。

三人が玄関を出た時、家の前にタクシーが停車した。降りてきたのは、一人の女性だった。彼女は、門扉を開けると足を止め、若い氏家を憎々し気に強く見詰めた。

「こずえは、本当に大丈夫なのね」

「ああ。一週間程度は様子を見る必要があるけど、何ともない。眠ってるよ」

会話から、十九番は、この女性が妻の沙羽子だと理解した。声の調子からして、もう既に娘の無事を知らされていたのだろう、彼女には極端に慌てた素振りも見えなかった。

沙羽子は、玄関に進もうとして、夫の後方にいる人影に気付き、びくりとなった。途端に、別人みたいな作り笑顔を張り付ける。

「お義父《とう》さん、いらしてたんですか」

告げられた氏家は、言葉を失っている。機転を利《き》かせ、若い氏家が言った。

「いや、お二人は、病院の方だ。心配して、付き添って頂いた」

またもや一瞬で、沙羽子から笑みが消えた。傍目にも、不機嫌な顔が復活する。これだけで、十九番は、この夫婦の今の実情を充分に知った気がした。そして、今後、変わっていってくれることを祈った。この時代の氏家が変わるならば、自ずと周りも変わる。夫婦間のことも、子供に対しても、互いの親や親戚《しんせき》に対しても。

夫婦の脇《わき》を無言で抜け、十九番が道路に出た。その際、手中にあったキーを、素早く若い氏家に手渡した。そして、方向転換してきたタクシーを停めた。

「では、我々はこれで。お大事に」

氏家は、慇懃《いんぎん》にそう言うと、若い氏家に一礼し、沙羽子にも一礼して、タクシーへと足早に歩み寄った。その姿を、沙羽子は、何か不可解なものを見る眼で追っていた。

二人がタクシーに乗るや、早速夫婦の口論が車外で始まった。

「僕に文句を言うなよ。ちゃんとメールはしただろう」

「あたしは、東京に出張してたのよ」

「仕方ないだろ、知らないんだから、お前の携帯ナンバーもアドレスも」

タクシー内の氏家は、シートに凭《もた》れてドライバーに言った。

「出して下さい」

十九番は、隣の席で眼を閉じた。周囲と切り離された空間に入ったことで、どっと疲労に襲われる。この三日間の結果が吉と出るか凶と出るか――後は、運を天に任せるしかないのだ。

そう己れに言い聞かせてはみても、走り行く車内で、小さくなっていく言葉のぶつかり合いを背後に聞きながら、十九番は、夫婦間の今後に、最後まで一抹《いちまつ》の不安を捨て切れないでいた。

第5章 帰還

マグライトを消すと、周囲は、完全なる暗闇《くらやみ》になった。星も月も、雲の上だ。時折、風が走って木々が鳴く以外には、音もない。装着しているスコープを、暗視モードにする。曲げた足の先が触れる位に、すぐ前に向かい合って座っている氏家の、焦点が定まっていない大きな瞳孔《どうこう》が、猫のように煌《きら》めいた。

十九番は、徐《おもむろ》に水に手を差し入れ、手探りで携帯小型ボートの水中モーターを作動させた。水面が僅《わず》かにさざめいたが、それだけのことだった。単なる風のせいと言ってしまえば、それで話は通るだろう、それ程にモーター音は静かだった。

「出ます」

一言だけ告げて、十九番は、続けて別のボタンを押し、モーターの動力をスクリューに駆動させた。機械的な雑音もなしに、ゆっくりとボートが前進を始めた。

静かだった。情景の見えていない氏家には、水上にいるという浮遊感しかないのではないだろうか。十九番が見ると、氏家は、無駄と判《わか》っていても本能的に確かなものを求めて、眼だけを執拗《しつよう》にぎょろぎょろ動かしている。いきなり、すぐ近くの水面で、何かが水音を立てた。氏家の顔が、そちらを向いて止まった。神経を耳に集中している様子で、肩を怒らせ固まっている。

「人の手が入っていないここは、自然の宝庫なんです」

穏やかに、十九番が言った。

「魚か鳥でしょう、多分」

語りながら、十九番は、自然な姿が残されているこの陵墓と、時代の先を走っている時空移動システムとのギャップ、また両者の間にある裏事情を思い出していた。

時空移動システム――そう称されてはいるが、開発当初は時間移動を最優先とし、空間移動は後回しにされた。よって、最重要となったのが、どこにベースを置くかということである。そして、時空移動システムの設置場所として、最終候補地に選ばれたのが、ここ仁徳天皇陵だった。

時空移動は未知な領域ゆえ、試みた際に、何かのトラブルによって大昔に飛ばされてしまう可能性はゼロではなかった。また、移動した先に、万が一何か障害物でもあれば、そこの空間密度は許容限度をオーバーし、両者に物質の完全崩壊が起こってしまうだろう。よって、候補地の要件は、最も古い時代からその姿を殆《ほとん》ど変えていない場所、尚且《なおか》つ、人目についてはいけないが、とんでもない辺境の地では却《かえ》って過去の様子が判らない上に、移動手段の確保にも困難をきたすなどの点から、それは避けるなど、非常に限られた狭いものとなっていた。

政府は、宮内庁を通じ、内々に天皇陛下へ直接お伺いを立てた。しかし、神聖なる陵墓の使用許可を求めていることは、即座に周囲に知られるところとなり、数多《あまた》の反対の声が上がった。それを封じたのは、天皇陛下だった。御自ら快くお許しの言葉を与え、そのお陰で、時空移動システムは完成をみたのだ。

が、陛下は同時に、一つの条件も呈示された。それは、陵墓の当時の様子をこの眼で確かめたいということだった。またもや、議論が紛糾した。費やされてきた膨大な予算、陛下ご自身が積極的になられていること、また、危険回避のために事前テストを行う案に対しては、陛下より先に過去の陵墓内を見るというのは如何《いかが》なものかという側近の反対……。

結論としては、天皇陛下は、付き添いと共に時空移動システムで過去に旅行をされ、大山《だいせん》古墳と呼ばれていたここが、本当に仁徳天皇陵であることが判明したのだった。

言う迄《まで》もなく、このことは世間には公表されなかった。

またもや、ぽちゃりと水の音がした。

最後の濠壁《ごうへき》が、徐々に接近してきた。この距離では、正に木や草が生い茂った自然の山だ。十九番は、沿うようにしてボートを進めた。

「そろそろです。心の準備を」

氏家が、一つ頷《うなず》いた。が、闇夜に沈んでいる自分を思い出したのか、慌《あわ》てて「はい」と声に出した。

濠壁には、いい具合に窪《くぼ》んだ一画があって、そこには目立たぬように、登り降りの際に足掛かりとなる角石が、階段式に埋められている。見上げると、上方から木々の葉が、ざわざわと音を立てた。十九番は、丁寧に操作をしてボートを壁際《かべぎわ》に横付けし、モーターを止めた。暗視モードをノーマルに戻し、マグライトを点灯させ、明かりをやや拡散させて辺りを照らす。

「どうぞ」

行動過程は、三日前にここから出た時の逆をいくことになる。従って、戸惑うこともなく、指示された氏家は、角石に足を乗せてひょいと身を移した。

「申し訳ありません。お願いします」

十九番は、マグライトとアタッシュケースを氏家に手渡した。一段登って、上へと立ち位置を変えた氏家が、ライトの光をボートへと向けた。十九番は、自らも角石の上に立つと、ボート付属の装置を使って忽《たちま》ち空気を抜き、滴《したた》る水も構わず手早く畳んで、モーター等の場所に注意しながら右肩に担《かつ》ぎ上げた。右半身が、しっとりと濡《ぬ》れた。水切りに優れた薄手の硬質繊維製のボートは、相変わらず軽い。重さらしい重さは、モーターと、数分で空気を出し入れ出来るポンプ装置が殆どだろう。

「ありがとうございました」

十九番が、アタッシュケースを受け取った。

「あともう少しです。気を抜かずに行きましょう」

十九番の励ましに、無言で首を縦に振った氏家は、マグライトを適度に調節し、二人分の足元を広範囲に照らして登り始めた。それを頼りに、後方の十九番も、一歩一歩着実に歩いた。緑の薫《かお》りが、むっと漂った。

二人は、森に入った。漸《ようや》くここまで来た、そう十九番は思った。氏家も、そう痛感しているのだろう。彼の偽らざる心根を、表情は隠そうとしなかった。平らな場所を見付けた十九番は、氏家に明かりを当てて貰《もら》いながら、丁寧かつ素早く、手のひらサイズだったビニールバッグに携帯ボートとスコープを押し込んだ。バッグは、太い筒のようにぱんぱんに膨らんだ。

「大丈夫ですか」

十九番は、ふと、氏家がずっと無口になっていたことに気付き、声を掛けた。氏家からの返答はない。腕時計を見る。まだ時間的余裕はあった。

「ライト、こちらに頂きましょう。いいペースで来てますし、ちょっと座りませんか。三分だけ」

十九番が、受け取ったマグライトの先端カバーを廻し取り、本体を土の上に刺し立てた。剝出《むきだ》しになった光源が、両者の顔をソフトに浮かび上がらせる。周囲にも、薄い光の波が拡《ひろ》がった。

十九番は、その場に腰を落とした。斜め向かいに、氏家も胡坐《あぐら》をかいた。筒状ハンディPCを取り出し、映像ペーパーを引き出す。鮮やかな原色が、モニターを彩《いろど》った。全体像を映し出し、現在位置の確認作業に入る。指先で画面を展開し、この場所からの進むべき方角を見定め、念のために、腕時計のブルーのバックライトに浮かんだコンパスでも確かめた。

動作中に、氏家の口から、重々しい溜息《ためいき》が出た。十九番が、彼に眼をやった。そこには、もうすぐ全《すべ》てが終わるという安心感のみならず、最後の局面を迎えることへの緊張と、この三日間で堆積《たいせき》した心労の深さも混在しているように見えた。予測外の体験をした七十二時間――従来のケースに照らしても、氏家が、人が人として常態でいられる心の容量のリミットを超えていても、不思議はない。ラストミッションを前に、多少なりとも濁ったガスを抜いておいてやる必要がある。

十九番は、ハンディPCを仕舞いながら、そっと語った。

「とうとう来ましたね。ここまで」

やはり、氏家は何も言わない。頷くなどの、態度での意思表示もない。心は、別場所にある。

「気を楽にして、そのままお聞き下さい。間もなく、私達が本来居るべき時代に戻る準備に入ります。そうなれば、完全に帰還するまで、こうやって私達二人が、落ち着いて顔を合わせる時間はなくなります。残念ですが」

風が流れ、頭上で木々が無駄口を叩《たた》き、すぐ近くでは草叢《くさむら》が輪唱した。何かの鳴き声が、エコー掛かって遠くに響いた。

「ですので、今の内に申し上げておきたいと思います。あなたは、熱意を以て使命をきちんと果たしました。信念を崩さず、過去のご自身に面会し、納得のいく成果をもたらすよう努力なさいました。ご立派でしたよ。称賛に値します」

「本当にそうでしょうか。本当に、そう思われますか」

氏家が、乾いた声で言った。挙動不審者のように、視線が止《と》め処《ど》なく彷徨《さまよ》う。

「勿論《もちろん》です」

「どうか、あの、正直に言って下さい。他の人と比べて——私みたいにこうやって過去に戻った他の犯罪者達と比べて、私は、どうなんでしょうか。説得は、巧《うま》くいったと思いますか。成功の確率は、どの位でしょう。何パーセントあるとお考えですか」

十九番は、氏家の揺れる瞳《ひとみ》を見詰めた。

ライト近辺を、集まって来た小さな虫が周回している。明るさに憧《あこが》れ、明るさを求めて接近しても、それを手に入れることだけは叶《かな》わないその様子は、氏家の今に似ている。十九番は、思い直して明るく告げた。

「禁を破って少しだけお話し申し上げるなら、私なりの感触ですが、氏家さんの姿勢は素晴らしかったと思います。そんなあなたの誠意が、過去の氏家さんに伝わらない筈《はず》がありません。信じてもいいと思います。信じましょう。過去の氏家さんは、信じるに足る人物だと、私も思っています。自信を持って下さい」

氏家の顔に、泣き半分笑い半分の表情が、控えめに現れた。

「あなたは、とことんまでやったんです。出来ることは全て。私が請け合います。だから、後の結果は天に任せて、堂々と現代に還《かえ》りましょう。恥じることは、何一つありません」

二人は、見合った。氏家が、深々と頭を垂れた。十九番の手が、彼の肩に乗せられた。

「さあ、あと少しです、行きましょう」

十九番は、マグライトを元の形状に戻すと、ビニールバッグを肩に担ぎ、アタッシュケースを手に取った。氏家も、さっきよりも力強い足取りで踏み出した。

が、眼に見えない疲れは、十九番にも忍び寄っていた。落葉混じりの湿った土は、勾配《こうばい》を伴って重い足を取ろうとする。油断して気を抜くと、思わぬ怪我《けが》に繫《つな》がるやも知れない。十九番は、自身より氏家の足元に多く光を集め、気持ちの引き締めを図った。

「氏家さん。滑りますから、一歩一歩確かめて下さい。慎重に」

「はい」

大きな段差を乗り越えた。そろそろだ。十九番が、腕時計のコンパスを睨《にら》み付ける。方角に、狂いはない。マグライトの光を、前方に拡散させた。草の波の上に、特異な形をした岩が見えた。そちらへと歩みつつ、光をその左右に振ってやる。それぞれの先にも、似たように上方に頭を突き出した岩が、朧気《おぼろげ》な明るさにうっすらと姿を現した。

――あった。目印のトリプルロックだ。

十九番は、最初に眼にした岩を通り過ぎ、木々の間に見え隠れする他の二つの岩を含めた、三点の岩の中央を目指した。歩く度に、さわりと草が音を立てた。ライトで、交互に各々の岩を照らして、念入りに距離を確かめる。

ある地点で立ち止まった十九番は、アタッシュケースとビニールバッグを足元に置いた。眼の前の、膝《ひざ》程度の高さがある草の中に、何も生えていない直径一メートル弱の円形をした砂地がある。身を屈《かが》め、右の拳《こぶし》で軽くその地面を小突いた。大地にはおよそ似付かわしくない、コンコンという甲高くある種の硬さを思わせる音がした。十九番は、マグライトを口に銜《くわ》え、地面の端に指を差し入れて引き上げた。砂地が、易々《やすやす》とそのまま上がった。マンホールの蓋《ふた》のようだった。持ち上がるに連れ、さーっと砂が流れ落ちた。厚さは、優に十センチはある。硬度も充分である。だが、表面を砂地模様にカモフラージュされたそれは、驚く程軽かった。

蓋は、垂直に立った半開き状態で止まった。十九番は、ビニールバッグを担ぎながら、ライトを氏家に手渡して言った。

「どうぞ。慌てずに、ゆっくり降りて下さい」

氏家が、ライトを片手に、穴へと足を入れた。内壁に取り付けられた鉄梯子《てつばしご》を、光源と一緒に静かに下がっていく。一帯は、瞬時に黒くなった。十九番も、手探りでアタッシュケースを取るや、注意深く鉄梯子に足を掛けた。下方から、氏家が光をくれた。下半身を中に沈め、辺りを窺《うかが》う。そして、蓋の内側の把手《とつて》を手にして引き下ろし、出入口を閉じた。
四、五メートルを降り切った二人は、今度は横側へと進行方向を変えた。氏家がライトを向けると、すぐに鉄扉が行く手を阻《はば》む。十九番は、腰のホルダーから、細いチエーンに結ばれた二つのキーを出し、一方でロックを解除した。
再度鍵《かぎ》を掛け、更に先を急ぐ。時間は過不足なかったが、二人の足は、自然と早くなった。年季の入ったコンクリートの通路は、幅は人一人通るのがやっとで、中途半端に足腰を曲げないと、歩けない位の高さしかない。特に膝に負担が掛かり、骨が軋《きし》む音さえ聞こえてきそうだ。鼻を襲う内部の臭気は、妙なカビっぽさと湿気もあって、人の手が随分長い間入ったことのない印象を与えるものだった。

この地下通路や外部への抜け道は、戦時中にまで遡《さかのぼ》って、その混乱の最中に造られたものだ。生存する犯罪者達の年齢を考えれば、それ以前に存在する必要のないもので、時空移動システムの本来の目的にも則《のっと》っていた。

そんな壁に、二人の足音と息遣いだけが、延々と反響した。

最後の鉄扉を抜け、もう一つのキーで旋錠し、二人は、より奥へと入る。通路の顔付きは、人工的に削られ、岩肌を剥出しにした洞窟《どうくつ》のようなものへと変わっていた。

やがて、石積みの壁で囲われた広いスペースに出た。この時代にやって来た氏家が、最初に見た光景がこれだった。そして同時に、最後に見る光景でもある。

氏家は、壁や天井を眺め廻した。

「戻って来ましたね、遂《つい》に」

十九番が、氏家の背中に声を掛けた。

「それじゃ、ここはやっぱり」

「そうです」

十九番は、部屋の隅へ歩み寄った。荷物をそこに降ろし、壁から少し突き出た石のポケットから、ケースに入った特殊ゴーグルを取り出した。

「……とうとう、なんですね」

氏家の声が言った。十九番は、ふっと息を吐いてから振り返り、氏家の前に進んだ。ライトで、手元のゴーグルを照らす。

「申し訳ありませんが、ここからは、もう一度これを着けて頂きます。本来の時代に還るまで」

氏家は、緊張の面持ちで頷いた。

「最後に、何かございますか」と、十九番が優しく尋ねた。

氏家は、眼を細め、しばし黙考していたが、おもむろに口を開いた。

「もし……もし、これで、私の現実が変わっていたなら、これからは、人として、人らしく、しかし、過去も決して忘れることなく、残りの人生を、しっかり生きていきたいと思います」

氏家の右手が、ゆっくりと差し出された。十九番は、その手を静かに握り返した。氏家の決意を耳に刻みつつも、心の中で、「人らしく……自分は、人らしくあったことがあるだろうか」と、自問しながら。

氏家が、泣きそうな表情になった。

「十九番さんには、本当に心から感謝しています。もしあなたが居なかったら、私はどうなっていたか判《わか》らない。結果がどうあれ、この時代に戻って過ごした三日間で、私は救われた思いです。本当に、本当にありがとうございました」

氏家は、深々と頭を下げた。心の籠《こ》もった感謝の言葉だと、十九番は受け止めた。

途端に、胸の奥がぎゅっと痛くなった。だが、それは、決して不快な痛みではなかった。

十九番は、右手を放すと同時に、感情を断ち切って言った。

「では、装着します」

十九番が、ライトを口に銜え、両手で丁重に特殊ゴーグルを氏家の顔に嵌《は》めた。彼の両眼と両耳が、すっぽりと覆《おお》われた。頭部を縦横に走るバンドが、しっかりと締め付ける。

十九番は、氏家の視覚と聴覚が完全に利《き》かなくなっているのを確認してから、ビニールバッグとアタッシュケースを持ち、彼に自分の左肘《ひじ》を摑《つか》ませて歩き出した。足取りは、慎重だった。

大昔そのままの狭い通路で、右折左折を一度ずつ繰り返し、ある突き当たりで立ち止まった。ライトを、壁に当てる。誰が持ち込んだのか判らないが、十九番にはもう馴染《なじ》みの、石板が立て掛けられている。氏家の手を離し、近寄った。

その表面には、細かい文字でランダムに、西暦年月日と筆記者を示すナンバーが、幾つも彫られていた。十九番のものも、既に複数存在する。誰が始めたのか、今となっては不明だ。当たり前のことだが、こんなことをするのは規則違反だし、上にバレれば、とんでもないことになる。だから、現代に戻った誰一人、それに触れる者はいなかった。

彫り込む理由も、特にある訳ではない。言ってみれば、ある意味での自己の存在証明、それとも記念だろうか。

——自分はここに居る。居た。誰にも口外出来ないが、自分が為《な》し得た事柄の証拠はここにある。だから、敢《あ》えてここに記す。

誰が扇動したということもない。口コミでもない。ここを通り、これを発見した誰もが、その意味を理解し、自発的に刻んだ。

ささやかな抵抗……十九番は、口の中で呟《つぶや》いた。声に出してしまったことに焦《あせ》って、後方の氏家を振り返る。氏家は、何も知らずに、ゴーグルを着けたまま立ち尽くしていた。そうだ、彼は聞こえない。十九番の声が、少しだけ大きくなった。

「ささやかな抵抗」

こうしてはっきり声に出してみると、そこに巨大な何かが含まれている感じもした。そうだ。今日まで付き合ってきた犯罪者達は、何に抵抗を試みようとして、事件を起こし人の生命を奪ったのだろうか。

十九番は、ホルダーから小型ナイフを取り、『2005／9／30 19』と表面を削った。

再び氏家を誘導しながら、通路を進む。先が明るくなった。もう先客がいるらしい。

広い石室に出た。地面に置かれたスタンドが、内部を煌々《こうこう》と照らしていた。短い三本脚で立つ球形の時空移動シップが、三機並んでいる。表面が、鈍い光を反射した。

数歩進んだ十九番が、ぎくりとして止まった。

「どうしたんです」

彼が声を掛けると、地べたに座り込んでいた相手が、静かに頭を起こした。それは——十九番と全く同じ顔だった。

「あなたは」

確かめるべく、十九番が尋ねた。

「……十七番です」と、力ない答えが返って来た。

二人は、同じオリジナルから生み出された複製だった。

十九番が、辺りを見た。担当犯罪人の姿がない——！

「まさか」

十七番は、頭を垂れて呻《うめ》いた。

「とんでもないことになりました。初めてのミスです」

十九番が、氏家をその場に座らせてから問い質《ただ》した。

「何があったんです」

「担当犯罪人が、過去の自分を刺殺したんです」

十七番は、額に手をやり、苦悶《くもん》の表情を浮かべた。十九番も、余りのことに一瞬声をなくしたが、やっとのことで言葉を出した。

「それで、二人は」

「過去の方は死亡し、担当犯罪人は、消滅したものと思われます」

「そう、ですか」

十九番も、そこにへたり込んだ。

「私は――」十七番が、眼を見開いて言った。「私は、イレイス処分でしょうか」

十九番は、答えられなかった。代わりは幾らでも居る。それが、自分達、時空監視官の立場だった。次から次へと、自分そっくりの新人が現れる。十九番本人にしても、そうした一人だった。意味の込められた個別の名前などなく、誕生時から呼ばれる番号が、何より全《すべ》てを語っている。そして、欠番があることも、知らないことではなかった。その欠番の意味も。

何が自らに下されようと、気構えは出来ていた。そのような教育も受けていた。だが……。十九番は、隣の氏家を見た。彼と知り合い、十九番の中で、かつて経験したことのない感情が芽吹いたのも、現実だ。またもや、自我の内面に落ちて行きそうになって、十九番はそれを振り払った。今は、とにかく帰還だけが全てだ。眼の前の氏家のためにも、いや、それだけでなく、若い氏家のためにも、こずえのためにも、それだけを。

十九番は、ハンディPCを手にし、映像ペーパー上に、ある見取り図を映し出した。画面に、赤い点と緑の点が、一つずつ現れた。おかしい。十九番の指先が細かく動き、徐々に見取り図の大きさを変え、やがて陵墓の全体像になった。それでも、もう一つの緑の点は、どこにもない。腕時計を見た。二時まで、十五分を切っている。陵墓にすら戻っていないようなら、もう絶対に間に合うまい。十八番にも、何かあったということなのか。何かが、起こってしまったということか。不測の事態が、何か。

ミスが重なった。このままでは、十八番は、この時代で命を落とし、そして、十七番も、現代に戻って命で償うことになるのだろう。隣り合わせた自分は、単に幸運だったということなのだろうか。明日は、自分がその状況下に居るかも知れない。だとしたら、自分の人生は、一生は——。

十九番は、十七番を無理にでも叩《たた》き起こした。それは、自分自身への叱声《しっせい》でもあった。

何が何でも還《かえ》る。氏家は、全力を尽くし、十九番を信じて全てを預けている。使命よりも何よりも、人としてそれに応《こた》えなければ。帰還準備の最中にも、十九番は、十八番の緑の点を探し続けた。しかし、とうとうその光が、モニターに登場することはなかった。

十九番は、憔悴《しょうすい》し切った十七番を一人、時空移動シップに乗せ、頭部と両眼を保護するキャップを被《かぶ》らせると、セイフティーベルトでしっかりと座席に固定し、ハッチを閉じた。彼の惨《みじ》めな姿は、そっくりなだけに自分にだぶってしまう。十九番は、彼に対して怒りの感情を作り、それで自分を支えた。中央のシップは、無人のまだ。空シップが、戻ることになる。

時空移動には、尋常ではない莫大《ばくだい》な電磁エネルギーを要した。その生成には日数が掛かる上に、長期間の蓄えがきかない。それ故《ゆえ》、一週間に一日だけ、二回限定のシステム可動で、しかも、ワントリップに可能なシップ数は、現状では三機が限度だった。

十九番は、氏家を誘導し、頭部保護のキャップを着けてシップの後部座席に座らせた。全ての荷物を専用ボックス内に収納し、腕時計を見る。最後に、もう一度だけ室内をくまなく観察し、スタンドを手に乗船した。

自らの頭と両眼も保護する。やがて、指定時間になって、システムが自発的に起動した。

十九番の正面にあるタイムコーダーが、五分前から時を刻み始めた。シップの動きは、出発時に完全に自動設定されていて、実際のシップ内部には、こちらで手動コントロール可能を思わせるそれらしい機器は、眼に見える範囲では、ほぼない。十九番は、タイムコーダーの横にある黒色のボックスを眺めた。厳重に封じられた中には、三つの時間が指定されたタイムボードが設置されていて、その三つの時間というのは、出発の西暦年月日時刻、到着の西暦年月日時刻、そして、出発と同じ数値である帰還の西暦年月日時刻だと言う。ただ、十九番も、上からそう聞かされただけで、実物をこの眼で見たことはなかった。

十九番は、昨日から何となく抱き始めた疑問を試してみたくて、ふと、このボックスを破壊したい衝動に駆られた。だが、その思いは、座席の下から全身を揺さ振る強烈な振動によって、あっという間に打ち消された。

シップの表面に顔を出した数本の極から、圧縮されていたエネルギーの放出が始まったのだ。十九番は、浮き上がるような感覚の中、セイフティーベルトで肩や胸や腹を強く締め付けられた。両手で、がっちり席を摑む。眩《まばゆ》い光の帯が、面積を広げてシップを覆い尽くし、十九番の視界が真っ白になった。明度に対応して濃度が上昇する両眼のカバーをしていても、凄《すさ》まじい輝きだった。

各シップから噴き出したエネルギーの波は、それぞれが他と融合し、三機全てを包み込んで、巨大な球状のシールドを形作る。エネルギーを外部に洩《も》らさないためと、時空移動の衝撃から石室を守るためだった。

内側から見たシールド上に、縦と横と斜めの光の流れが生じた。高速で回転する光のベルトは、次第に複数の色に輝き、十九番の細めた眼に焼き付いた。それは、シャボン玉の表面を鮮やかに彩《いろど》る虹色《にじいろ》のようで、目蓋《まぶた》を閉じても、残像が走った。不思議と音は、それ程うるさくはない。耳をつんざくといった類でなく、低く腹の底で震える機械音がするだけだ。それは、人の聴覚で聞き取れるレンジに未《いま》だ居座る残音だった。今後の技術向上で、それも手直しされていくだろう。

シップ全体が、大きくブレ始め、やがて振れ幅の間隔が狭まり、小刻みになって、光量が更に増した。十九番は、その瞬間に備えて両眼をきつく閉じ、両足を床に突っ張り、奥歯に力を込めた。

全てが加速度を増して、一つの頂点へと上り詰め、重圧で呼吸が止まり、目蓋の向こうが白光に包まれ、座席にめり込むかと思う程のパワーが全身を襲った。

と——強く張られた糸が中途で切れたように、瞬時で光がなくなり、身の周りにあった一切の負荷が消え、十九番は、かつてない解放感と共に快い浮遊感の海にいた。

そっと眼を開けると、柔らかなオレンジ色のライトが、石の壁を染めていた。見覚えのある風景だ。音はなくなっている。気怠《けだる》さの中で、指先が動いた。意思のままに、頭も動く。今回も、無事だった。こうやって考えることが出来るのだから、思考もまともだということだ。脳障害は免れた。十九番は、ホッとして、深く息を吐いた。

ガクンと、シップが揺れた。床が、下降を始めたのだ。眼の前の壁が上方向に流れ、そして周りは暗くなった。もう大丈夫だ。十九番は、頭からキャップを取り除き、セイフティーベルトを外し、身を起こした。

かなりの距離を下り、シップの中に、四方から光が差し込んだ。眼元を擦《こす》り、眼を馴染ませてから、ゆっくりと見渡す。視界が開け、広大なスペースへとシップは下がって行く。通路、巨大な機器、白衣の人々……それらが、下から上へと現れては消えた。人々の顔は、窺《うかが》うように一様にこちらを向いていた。

十九番は、後部座席を見た。ゴーグルを着けたままの氏家が、ぐったりと席に凭《もた》れている。が、頭と腕が微《かす》かに動いた。どうやら、心配ない。彼の口から、もう一度長い溜息《ためいき》が出た。

緩衝用の空気の抜ける音がして、シップを乗せた床が、軽いショックを残して止まった。忽《たちま》ち、白衣に取り囲まれ、ハッチが開けられた。

「お疲れ様でした。何か問題はございますか」

一人の白衣が、静かに尋ねてきた。

「私は、今のところは。ですが、他が――」

「誰か、大至急長官を！」

「長官を呼んで下さい！」

ほぼ同時に、横のシップ二機から、声が上がった。途端に、辺りが騒がしくなった。

十九番が、シップから降り立った。白衣達は、後ろに座っていた氏家から、対ショック用キャップを脱がすと、助け起こし、導いて下船させた。

「申し訳ありませんが、長官がお見えになるまで、このままお待ち頂けますか」

深刻な調子で、最前の白衣が言った、十九番は、頷《うなず》いた。横を見ると、立っていられないのだろう、十七番が、その場に腰から落ちた。急いで手を貸した白衣二人に両《りよう》脇《わき》を支えられて、よろめきながら立ち上がる。彼の顔には、全く血の気がなかった。

任務を終えたシップは、白衣達の手によって、数ヶ所のチェックを受ける。改良型合金アモルフィズムを使用しているとはいえ、シップの耐久性は、安全面を第一として、三回の時空移動が限界とされた。十九番達の三機のシップは、今回が三度目だった。指定回数に達したシップは、例外なく完全廃棄を義務付けられている。十九番の前で、二本のキーが差し込まれ、ロックの外れたボックスが、抜き取られ持ち去られた。その後、生命体が残されていないか最終チェックを受けた三機は、再び床が下降することで、そのフロアから廃棄ブロックへと消え去った。

大勢の足音が、十九番の背後で響いた。振り向くと、制服姿の長官を先頭に、十数人が渋い顔で近付いて来る。彼らの動きに沿って、沈黙の波紋が拡《ひろ》がった。その場の誰もが、踵《かかと》を合わせて直立不動になった。十九番もそれに倣《なら》い、十七番も、残りの力を全て振り絞るようにして、辛うじて真直《まっす》ぐに立った。

小柄な長官が無表情で、ゴーグルを装着している氏家を一瞥《いちべつ》し、十七番と十九番を見上げて言った。

「ご苦労だった」

そして、取り巻きに一つ頷いて見せると、歩き出した。十七番と十九番が続き、白衣に付き添われた氏家が、その後ろを歩いた。白衣数人も従う。

「トラブルか」

「申し訳ございません」と、十九番が答えた。

「十八番は」

「はい。帰還時刻になっても、シップには戻って来ませんでした」

「十七番」

「はい」嗄《しやが》れた声で、十七番が応じた。

「は。担当犯罪人が、過去の自分を刺殺致しました」

「何があった」

「失態だな」

「申し訳ございません」

「処分は、追って指示する」

「は」

彼らが通路に出ると、待っていたように仕事を再開する声が、後方でざわつき始めた。自動ドアが閉じ、そのうるささも消え、通路には靴音のみが鳴り響いた。

少し進んでから、十七番は、白衣三人に付き添われて、角を曲がって行った。十九番は、別れ際《ぎわ》に彼と眼が合った。自分とそっくり同じ顔を持つ男性が、びくびくと戦《おのの》いている。

——私は、イレイス処分でしょうか。

十七番の言葉が、十九番の脳内を駆け廻《めぐ》った。

残りの一行が一室に入ると、十九番は、即座に椅子《いす》に座った。運び込まれたハンディPCや銃など、所持品は全てチェックされ、アタッシュケースと共に返却された。

白衣が脇に立ち、小型のリーダーを彼の左の耳たぶに押し当てた。ピピッと音がした。

「読み込み完了しました」

モニター前に座った別の白衣が、冷静な声で言った。

時空監視官の耳に埋め込まれた、一ミリ四方もないメモリータグには、プロジェクト毎《ごと》に、その内容が刷り込まれている。プロジェクトが三件なら三件分の事件の詳細が、全く同じ中身で、出発前にそれぞれにインプットされるのである。これにより、欠けた十八番のケースも、把握が可能となる。

テーブルの上に置かれた二つのアタッシュケースから、十七番と十九番の担当ファイルが出された。これらも、照合に用いられると同時に、将来への重要参考ファイルとして永久保管される。

「来ました」

白衣が、モニター画面を凝視して言った。

「該当犯罪——十七番、十九番、共に存在せず。事件の発生は、未然に防がれました」

十九番は、宙を見詰めた。努力が実り、苦労が報われた瞬間だった。長く長く、息が吐き出された。あらゆる感情が、ゆったりと沈澱《ちんでん》していく。氏家を見た。彼は、まだ何も知らない。

「やりましたよ、氏家さん」

十九番の口は、無意識にそう告げていた。そして、十七番のことに思いを馳《は》せた。彼が担《にな》った犯罪ケースは、この世に存在しないことになった。被害者も、遺族もなくなった。だが、最終的成功は、彼の手から抜け落ちた。自分と十七番との間には、紙一枚程度の差しかなかったのではないか。確かに、氏家を救えたことは喜ばしい。それなのに、成功を得た筈《はず》の十九番の心は、前回までのようにすっきりと晴れることはなかった。

「十八番は」と、腕組みして席に座っている長官が訊《き》いた。

「それが……犯罪は起こっています。ですが……」

「何だ」

「担当犯罪人の、その後の消息が不明とだけ」

「どういうことだ」

白衣が、画面を次々展開していく。

「前回の記録と照合しますと、同じ事件が全《すべ》て発生しておりますので、この人物が担当犯罪人であることはほぼ間違いなく……しかしながら、その後の行方が判《わか》りません」

「そんなことは、不可能だろう」

「その筈なんですが、痕跡《こんせき》を一切残していません。無論、死亡の公式記録もありません。人知れず、自殺でもしていれば別ですが。或いは、単純な行方不明、若《も》しくは……未発見の殺人の被害者」

長官が、眉根《まゆね》を寄せた。

「戻れなかった以上、十八番は、もう生きてはいまい。同行した担当犯罪人も、同様だろう。とすれば、両名がこの世に居ないところで、幾ら推測しても仕方がない」

「は」白衣の背筋が伸びた。

長官が、右手の人差し指を立てて、左右に振った。命を受けた白衣が、氏家のもとへ歩み、ゴーグルを取り外した。氏家は、瞬《まばた》きを繰り返し、長官の顔を見て眼を見張った。

「おめでとう。晴れて君は自由だ」

長官は、にこりともしないで言った。惚《ほう》けたような顔の氏家が、十九番を見た。十九番が笑顔を見せると、安心したのだろう、氏家の表情も弛《ゆる》んだ。

部屋に、一冊の分厚いファイルが運ばれて来た。

「今後のことは、彼に一任済みだ。彼の指示に従うように」

そう言うと、長官が、ファイルを持参したスーツの男性を指差した。男性が、丁重に一礼した。氏家は、辛うじて頷き、承諾の意思を返した。

「では、早速こちらへどうぞ」

呼ばれた氏家は、席を立ち、もう一度だけ十九番を見詰めた。そこには、感謝の念が満ちていた。思いを汲《く》んだ十九番は、力の籠《こ》もった眼差しで見詰め返した。密度の濃い数秒が、両者の間を走り抜けた。

男性の前に来た氏家は、もどかし気に尋ねた。

「娘は、私の娘は、家族は、今どんな暮らしを」

男性が、重そうなファイルを開いて、ページを捲《めく》った。

「お元気ですよ。えー、娘さんは、結婚されてますね」

「結婚」

「ええ。二人お子さんがいて、家族四人ですね。氏家さんは、ご自分で会社を興《おこ》され、その後を息子さん夫婦に譲って勇退、今は奥さんと二人暮らしです」

「息子……孫……私に孫が」

「こずえさんには、十七歳の女の子と十三歳の男の子がいまして、長女の藍子さんは……ああ、今ちょっとメロス・ステージへの参加を熱望されていて、それが今、家族間で問題に――」

「おい」

長官の鋭い声が、会話を断ち切った。

「軽々しくここでやるな。別室でやれ」

「あ……申し訳ございませんでした！」

男性が、全身をがちがちにして答えた。長官は、氏家に刺すような眼線をくれた。

「一つの時代には、そこに本来相応《ふさわ》しい人物という点で言うなら、たった一人しか存在し得ない。だから、例の犯罪を犯さずに今日まで生活してきたこの現代の氏家孝仁は、あんたが今ここに舞い戻ったことで、つまりあんたが正式な時間軸に復帰したことで、自動的に弾《はじ》き出された格好となって、姿が消えている。こちらでも可能な限りのフォローはするが、周囲に違和感を抱かれぬよう、細心の注意を払って入れ替わって欲しい。ただ、残念だが、今日までのこの時代の氏家孝仁の記憶は、全くあんたには移っていない。家族との実体験に基づく思い出も、ゼロだ。まあ、これは、多くの人に迷惑を掛け、手を煩《わずら》わせたのだから、贖罪《しょくざい》として背負っていくことだ。このファイルを時を惜しんで読み込み、腰を据えて記憶を構築して欲しい」

それだけ一方的に語ると、返事を待たずに、男性に手で「行け」という合図を送った。

「氏家さん、大変失礼致しました。ご案内申し上げます」

男性が、恭《うやうや》しく氏家に謝罪した。その態度と話し方は、氏家が犯罪者ではなくなっていることの証明でもあった。両名は、白衣を先頭にして、部屋の外へと出て行った。

「ったく、愚かな」

長官が、唇を歪《ゆが》めて吐き捨てた。

「あの、長官」

「何だ」

十九番が、身を乗り出して尋ねた。

「今言われた、メロス・ステージというのは」

長官の右眉が、少し上がった。

「何を言ってる」

「いえ、何のことかと思いまして」

「待て。本当に知らないのか」

「はい」

　はっきりと長官の顔色が変わるのが、十九番には判った。

「あの、それはどういう――」

「今回の時空移動ケースに関わる新旧の該当データとファイルを、全て私のオフィスへ！　一つ残らずだ！」

　長官が、大声で叫んだ。数人の白衣が、ばたばたと走った。

「メロス・ステージは、人口減少対策の一環として打ち出した、国家を上げての社会的事業だ」

「社会的、事業……」

「回数も重ねている。お前が知らないなどということは、絶対にあり得ない」

「知りません。聞いたこともない」

　十九番は、首を横に振った。前触れもなく、悪寒《おかん》が全身に取り付いた。関節という関節が、痛む気がする。

こめかみに手を当てていた長官が、顔を上げ、瞳《ひとみ》を光らせた。

「じゃ、カイザーはどうだ。聞いたことはあるか」

「カイザー」

「そうだ」

「何でしょうか、それは」

「人だ」

「人……いえ、知りません」

長官は、一声唸《うな》って立ち上がった。十九番は、こんなに取り乱した様子の長官を見るのは、初めてだった。

「カイザーは、どんな手段を使っているのか判らんが、大小数々の凶悪な事件や事故、或いは自然災害までも前以て予知し、それを国家に通知することで、中枢《ちゅうすう》機構に食い込み、太いパイプを持つに至った人物だ。最初は歯牙《しが》にも掛けなかった国家も、実績が積み重なるにつれて、無視出来なくなった。事実、的中率は、九十パーセントを超えているだろう。だが、裏では、黒い噂《うわさ》もある。それも、国を相手にした取り引きの噂がな。真偽の程は判らんが。国籍、年齢、性別など、全て不詳だ。実在の人物なのかどうかすらも」

長官が、十九番を鋭く見た。

「メロス・ステージを立案し、その実施に力を貸したのも、また、この時空移動システムのそもそもの発案者も――カイザーだ。他の連中も、名前位は聞いたことがある筈だ。そんな人物を、政府内部で働いているお前は、聞いたことがないと言う」

十九番は、細かく震える足で立ち上がった。長官の口調が、独り言のようになった。

「歴史が、どこかで捻《ねじ》れたか……十八番のケースが気になる」

「長官」

「どうやら、十七番の処分も先送りになりそうだな。この分だと、最悪の事態も想定しなきゃならんかもしれん。詳細はこれからだが、お前も、覚悟だけはしておいて欲しい。聞きたいことがあれば、呼び出しを掛ける。暫《しばら》く外出は控えてくれ。いいな」

「承知致しました」

やっと、長官の顔付きから険しさが薄れた。

「ご苦労だった。今日は帰って休め」

労《ねぎら》いの言葉を言って、長官が十九番の背中を叩《たた》いた。十九番は、敬礼を返すと、体内にある例のカプセルチップデータの初期化と、簡単なメディカルチェックを受けるために、別室へと歩き出した。

エピローグ

自室に戻った十九番を認知して、自動的に柔らかい間接照明が点《つ》いた。そのまま、身体《からだ》を投げ出すようにしてソファに座り込む。いつも以上の疲労感で、全身が怠《だる》い。通常任務以外に、沢山のことが起こり過ぎたせいだと思った。ネクタイを解《ほど》き、腕時計を外してテーブルに置いた。一刻も早く、身軽になりたかった。眼元を揉《も》み、首全体もマッサージするが、その動きすら重く面倒臭い。汗を流したい。シャワーブースに行けば、立っているだけで全身を洗浄してくれる。しかし、立ち上がる気力が湧《わ》かない。こんなことは、初めてだった。

最低限の必要品があるだけの殺風景な室内は、全く変化はない。それはそうだ。十九番自身の体内時計は、三日という時間を刻んでいるが、現代の時間軸では、昨日の夜にここを出てから帰宅した今まで、実質七、八時間しか経過していない。

喉《のど》がカラカラだ。何か飲みたい。そうだ、まずはそれからだ。十九番は、両手で突っ張るようにして、ソファから身を起こした。瞬間、何かが視界の端に見えた。弛《ゆる》んでいた筋肉が収縮し、毛穴が締まり、とろんとしていた眼が生き返った。

影の中に、何者かが、音もなく立っている。十九番は、ソファにそろりと身体《からだ》を戻し、自身の左脇《わき》の下に手を伸ばした。だが、当然そこに武器はない。十九番は、動けなくなった。眼を凝らすが、輪郭しか判《わか》らない。

「誰です」

返事はない。肌が汗ばむ。十九番は、一呼吸置いてから、勇断して叫んだ。

「ライト2」

キッチン側の天井ライトが点灯した。

そこにいたのは――一人の男だった。黒いスーツ姿で口髭《くちひげ》をたくわえ、顔を走る皺《しわ》が深い溝《みぞ》を生んでいる。短く刈られた白髪混じりの髪の毛が、凄味《すごみ》に繋《つな》がっていた。

「喉が渇いたでしょう」

乾いた声だった。男は、手にした二本の缶ビールを掲げて見せると、無造作に歩み寄り、十九番の斜め前のソファにすとんと腰を降ろした。缶の一本を、十九番の前のテーブルに置く。

この集団住居は、時空監視官専用に、施設と同じ地下に建設されていた。正面入り口と玄関ドアは、何《いず》れも指紋血管キーで開閉されるので、無関係者による侵入は防がれる。それは、時空監視官同士にも当てはまることだった。たとえオリジナルからの複製であっても、指紋や虹彩《こうさい》など、ぴったり重なるように瓜《うり》二つということはないと、十九番は聞かされたことがあった。即《すなわ》ち、故意に何か策を施さない限りは、別の監視官でさえ、誤って他人の部屋に入り込むことは絶対にあり得ない。

「お前は、誰だ」

十九番は、自分でも、声が裏返りそうになっているのが判った。

「ビール、どうぞ」

男は、変わらぬ落ち着き振りでプルトップを引くと、喉を鳴らしてビールを流し込んだ。一見すると、服装は崩れていないし、冷静な上に迫力もある。

「……あなたは、内防セクションの方ですか」

先程の件もあり、十九番は、もしやその関係で早速呼び出しが掛かったのかと推測したのだ。だが、意に反して、男は咽《む》せるように笑った。

「いえいえ、私は違います。個人的な任務で、ここに来たんです。飽くまでも、個人的な任務で。というよりは、カイザーによる勅命なんですがね」

「カイザー……」

——まただ。またもや、その名が出た。

その奇妙な思いが十九番の顔に出たのか、男は、十九番を凝視して言った。

「そうでした。……そう……あなたは、カイザーを知らなかった。その存在も意味も知らなかった。だから、あなたは、秘密裏に行動し、様々なことを調べ上げるようになるんです。カイザーは無論、時空移動システムに関すること、時空監視官についてのこと、自分達のこと、そのルーツ……やがて、知らなくてもいいことまで知ってしまうのに」

十九番の膝《ひざ》が、震え始めた。理解をはみ出した内容だが、恐ろしさが止まらない。

「久し振りですね……過去の私」

そう十九番に呼び掛けて、男が笑んだ。十九番は、瞠目《どうもく》した。男が、言葉を続ける。

「今改めて、はっきりと思い出しましたよ。あるミッションを終えて帰還した時、私は、初めてその名を耳にしたんです。それまで聞いたこともなかった、カイザーという名をね」

十九番は、死ぬ思いで口腔《こうこう》を拡《ひろ》げた。息と共に、言葉を何とか送り出す。

「どういう、ことなんです」

「何がですか」

「どういう、ことなんです」

十九番は、同じセリフを繰り返した。

「私は、十八年後のあなたなんですよ」

嘘《うそ》だ。そんなことは嘘だ。この男の言っていることは嘘だ。

「これでも、そこそこの地位にまで、上り詰めたんですよ。一般の時空監視官では、トップクラスを形成している一人なんです」

信じたくはなかった。だが、実際に自分の部屋に入られている現実、更に、ついさっき体験してきたばかりのことを眼の前で語られていることが、鋭く心に突き刺さった。

「……本当に、未来から」

「勘違いをしてはいませんか」

男の鋭い眼差しが、十九番を捉《とら》えた。

「私は、未来から来たのではありませんよ。現代から、過去に時空移動しただけなんです」

現代から――過去?!

十九番の顔を見て、疑念を読み取ったのだろう、男は、小さな含み笑いで続けた。

「ひょっとして、あなたは、今が現代だと思っていませんか。ここは、現代ではありませんよ。本当の現代は、十八年先なんです。ここは、既に通り過ぎた過去でしかないんです」

「……馬鹿な……そんな」

今が、過去？　十九番は、男の顔を見詰めた。自分が歳《とし》を取ったら、こんな顔になるというのか。自分に、似ているか。似ているか似ていないかと言われれば、似ている、かも知れない。それでも、十九番は、必死に否定の可能性を求めた。十八年？　それなら、この男が、自分より十八年前に誕生していたということはないか。いや、その頃はまだ、そこまでの具体的な複製技術はなかっただろう。人工的に細胞の活性化を促し、老化速度を早めたということはどうか。だが、何のために。理由がない。

「私は、あなたなんです――こんな言葉、担当犯罪人が話すのを、それこそ何回も聞いたでしょう。如何です、実際にその立場になってみると」

男は、楽しむように十九番に語り掛けた。

「でも……でも、どうやって来たんです。施設には、今日はまだ沢山の関係者が働いている筈《はず》です」

「時空移動システムは、時と場所を問わず自由に過去へトリップ出来るように、改良が為《な》されました。そう、時だけでなく、好きな場所へも転移可能となり、文字通り時空移動システムは、漸《よう》く完成形をみたんです。この時代に比べたら、今やシップは、低エネルギーで、単体による時空移動が出来ます。ちなみに、私の乗ってきたシップは、A５ブロックの倉庫、X－18にありますよ」

「……私の、個人所有の倉庫です」

「その通りです」

内情の何もかもについて詳しい。まさか、真実。

「ここは、本当に過去なんですか」

「はい。そうです」

「あなたは、十八年後の私」

「はい」

男の眼元が、和らいだ。

「どうやら、信じて頂けたようですね。さすが、経験者だけに、物分かりもいい」

それでも尚《なお》、十九番は、反論の糸口を探った。このまま安直に認めたら、何もかもが崩れ去りそうな気がした。

「ちょっと待って。待って下さい。十八年後でも、時空移動システムは、機能し続けているんですか」

「勿論《もちろん》です」

「おかしくないですか」十九番は、勢い込んで言った。「犯罪が未然に防がれ、凶悪犯罪数が減少するなら、時空移動システムそのもののアイデアが、不要になる筈です」

今でも、そんな兆《きざ》しは一向に見られない。が、男は、表情一つ変えずに言った。

「残念ながら、凶悪犯罪数は、常に一定数を保ち続けています。一つを防いでも、また新たな一つが起こる。理由は判りません。私や仲間達が、実際に体験してきた事実を申し上げています」

そんな……それでは、自分達のやっていることなど焼け石に水であり、壮大な無駄ではないか。愕然《がくぜん》となる十九番に、男は、涼し気に微笑した。

「犯罪の全《すべ》てを完全に防ぐことは出来ず、起こるべくして起こるのです。犯罪者達は、入れ替わり立ち替わり登場し、そして、国民の誰もが犯罪者予備軍です」

十九番は、負けじと言い返した。

「だったら、時空移動システムなど、一体何のためにあるんです。私達の仕事は、一体何のために」

男は、首を横に振った。

「私は、答える立場にありません」男の声が、低くなった。「時間というのは、以前は、私達人間の手の届かない憧《あこが》れのサンクチュアリでした。言ってみれば、神の領域だったんです。ところが、科学の進歩に乗じて、たかが人間がそこに下卑た土足を踏み入れるというのは、冒瀆《ぼうとく》に等しい」

変に宗教染《じ》みた発言だった。少なくとも、今の十九番は、こんな考え方とは無縁だ。しかし、彼の言わんとする所は、抽象的でしかないのに十九番の心に見事に引っ掛かった。それは、十九番にとって、一つの快感でもあった。

「人類は、己れの欲望のままに、身勝手にもパンドラの箱を開けたんです。その結果として、様々な無理が生じ、数え切れない災いの障壁に遭遇し、激突し、火花を散らすのは、自らが招いた報いでしょう。今となっては、最後に希望が残るかどうかなんて、賭《か》けでしかありませんがね」

摘んでも摘んでも、後から次々と芽を出す犯罪。十九番は、思わず両手で顔を覆《おお》った。犯罪を犯してしまう、人間という生き物の持つ業《ごう》。自分達を省みるよう、神の与えた試練か。いけない。自分までもが、変に宗教臭くなっている。そう思いつつも、のなのか。


男の話した内容の奥に、途轍《とてつ》もない恐ろしさを感じずにはいられなかった。

これでは、人類の行く末など、過去の呪縛《じゅばく》からどこまで行っても抜け出せないのと一緒ではないか。時空監視官の仕事は、半永久的に強いられるモグラ叩《たた》きみたいなものなのか。


時空移動で、時間の摂理を侵す。説明のつかない矛盾と非論理性が、自分の周りを徘徊《はいかい》する。こうした積み重ねが、いずれとんでもない形で破綻《はたん》するのではないか。本来過去で起こるべきことを防いだがために、不必要な摩擦が生まれ、それらの皺寄《しわよ》せが、思わぬ所で暴発してしまうのではないか。それに加担していた自分は、どうなるのだ。まさか、その行き着いた果てが、眼の前にいるこの男だとでもいうのか。十九番は、腹の底から恐怖した。


「時間もそうありませんので、本題に移らせて頂きますが、よろしいですか」

過去の自身に対しているというのに、男の他人行儀な口調は変わらなかった。十九番は、気力が折れぬように奥歯をぎりと嚙《か》み、こちらから先に思い切って尋ねた。

「あなたのミッションの目的は、何です」

「十八年後に、関わることです」

男の眼付きが、いきなり鋭くなった。内臓全体が縮む思いを味わう。

「自我に眼覚めたとか、自己存在の意義とか、愚かなスローガンに踊らされた二流の時空監視官が、ちらほらと現れ始めたんですよ。反旗を翻《ひるがえ》そうという、馬鹿な連中です。表に出るのは僅《わず》かですが、潜在数は、その数倍から十数倍。ゴキブリと同じです。国も、一度たりとも前例がなかったがために、見過ごしていました。油断としか言いようがありませんが、秩序の形骸《けいがい》化が、如実《にょじつ》に露《あらわ》となったんです。時空移動システムの根本を揺るがす出来事で、存亡の危機でもありました。その代表、首謀者が——私だったんです」

男が、不愉快そうに彼自身を指差し、次いで十九番にも指先を向けた。

「つまり、あなた、ですよ」

「私が？」

「そう、あなたです」

更なる話の飛躍に、十九番は必死に抗弁した。

「私は、ただの時空監視官です。そんなこと、あり得ない。不可能です」

男は、十九番の言い分は聞こえていないとでもいうように、淡々と語り続けた。

「今後の十八年間で、どのようなことが起こるのか、詳しくはお話し出来ません。時空監視官という立場であれば、お判りですよね。ただ、事態は、想像も出来ない方向に転がって行きます。あなたは、今日のミッションに翻弄《ほんろう》され、間違った考えに次第に憑《つ》かれていった。裏で勝手に動き、身分不相応な知識を得るまでに至った。時空監視官が、独自の考えを持ってどうするんです。やはり、複製は複製らしく、そのようにあればいい。国に仕える者には、自分の意思など必要ないのですから。これ以上の混乱を回避し事態を収拾し、今後の平穏と秩序を維持するには、それが最善です。自我を求めず、自己存在を封殺してこその、時空監視官——私は、代表としてカイザーと三日間、直々の話し合いを持ち、一つの結論で合意したんです」

男の瞳《ひとみ》は、先程とは色合いが異なっていた。どこかトンでしまっている。まともな雰囲気では、なくなっていた。

「カイザーと会えるということが、どれ程のことか判《わか》りますか。……いや、多分お判りにならないでしょうね」

男が、顔を突き出した。誇らし気に微笑《ほほえ》む。

「彼は、老人でした。見た目は、七十歳は超えていたでしょうか。でも、身体全体から醸《かも》し出されるオーラは凄《すご》かった。人間の大きさというか、ああ、敵《かな》わないな、と痛感させられたんです」

「あなたは——」

「私は、眼が覚めたんですよ。長年の狂った眠りから、やっと解放されたんです」

三日間の話し合い。そこで、話し合いの名の下に何が行われたのか、十九番には推測がついた。再教育だろう。そうなった相手には、容易《たやす》く話は通じない。ふと、説得に苦しんでいた担当犯罪人達の様子が、今のこの状況に重なって見えた。

「実質的反乱分子は、国が想像する以上に数を増していました。システム存続のためには、それらをタネの内に潰《つぶ》しておかなくてはいけません」

完全に国家サイドの立場でものを言うと、男は、左手首のホルダーから、細身の奇妙な形状をした黒い物体を抜き出し、右手で構えた。それは、どう見ても銃の一種だった。

「全ての始まりは、今日という日でした。自分が犯した過《あやま》ちの始末は、自分で着けるべきなんです。そうは思いませんか」

「待って下さい」

いけない。このままでは、ここで殺されて終わる。十九番は、事態の打開を探り、懸命に声を発した。

「判ってるんですか。私を殺せば、あなたも消えてなくなるんですよ。自殺と同じことなんですよ」

「承知の上です」

「あなたは、私と同じ時空監視官ですよね。そのあなたが、過去の自分に会いにやって来た。それは、何のためです。時空監視官の使命として、説得しようとは思わないんですか」

男の動きが止まった。男が微妙に戸惑うのが、顔に出た。積み重ねてきた時空監視官としての経験は、根強く生き残っていたのだろう。小さな彼の葛藤《かっとう》が、沈黙を生んだ。状況改善の見込みは、ゼロではない。

「あなたは先程、私が、担当犯罪人の立場になったと言われましたが、今のあなたこそ、あなたが今日まで扱ってきた担当犯罪人と、まさに同じ状況じゃないですか。それなのに、即座に命を奪い、それで全てを解決して良しとするなど、時空監視官の精神に反するとは思いませんか。行動を共にしてきた数々の担当犯罪人達に、顔向け出来ますか」

「黙りなさい」

言い返してきた男の声に、力はなかった。

十九番は、思い付いたことを、次々と男にぶつけた。

「あなたは、ついさっき、時空移動システムと時空監視官に関して発言しましたよね。

あなた自身も、それらの矛盾と弊害について、自覚がある筈です。違いますか。でなければ、あのような意見が、口を衝《つ》いて出て来る訳がありません。それは、あなた自身が、無意識かも知れませんが、心のどこかで、国が行っているこれらのことに対して、疑問に思うことがあるからでしょう。それを押し殺し、自らを処理することで解決を図ることが、あなたの本当のお気持ちですか。どうですか」

捲《まく》し立てながら、十九番の脳裏には、何人もの担当犯罪人と、そして氏家の顔が浮かんでいた。

「氏家さんを、覚えていますか。氏家孝仁さんです。あなたが私であるなら、勿論《もちろん》、記憶にありますよね。あなたの言う、全ての切っ掛けになった今回のミッションの担当犯罪人なんですから。私は、ほんの数時間前に、彼と別れてきたばかりです」

一拍置いて、十九番は、ゆっくりと告げた。

「あなたは氏家さんに、自分はこういう形で決着させると……自分は、こういう決着方法を取ると、胸《うめ》を張って言えますか」

急に、奇怪な呻き声が室内に走った。原因は、男だった。口を半開きにし、荒々しい呼吸で肩を強張《こわば》らせている。

「私は……信じるままに行動してきて……でも、間違いを理解出来たから……だったら、私のこの十八年間は一体……いや、でもこいつを処理しなければ……十八年だけじゃない。私の時空監視官としての人生そのものは、無意味……とにかく、全てを解決するには……何て愚かな……私は……」

いきなりの変貌《へんぼう》振りだった。男の顔付きは、歯止めの利《き》かない人格分裂を起こしたみたいに、くるくると変わった。感情が剝出《むきだ》しになったかと思いきや、鉄仮面の無表情で覆い、次には感情がそれを突き破る。ただ見詰めるしかない十九番の前で、男の中の二つの何かが、せめぎ合いを続けた。

と——男は、いきなり立ち上がるや、手元の銃らしきものを自らの腹部に押し当てた。音もなく、閃光《せんこう》が十九番の眼の前で走った。男の身体は、一度テーブルに突っ伏してから、ずるずると滑って床に落ちた。零《こぼ》れたビールが、テーブルから床にぽたぽたと滴《したた》った。

十九番は、腰が抜けたようになって、這《は》って男の傍に近付いた。掛ける言葉もなく、みっともなく狼狽《うろた》える。男は、細く眼を開き、微動する唇で言った。

「シップは、時間が来ると現代に帰還するよう、セットされていますが、私の死亡を確認しても、その時点で自動的に、帰還プログラムが作動します。その前に、設定を変えるのです……判っていますよね」

男は、タイムボードのことを示唆《しさ》していた。

「でも、あなたは」

「私は、体内チップで溶解蒸発します。証拠も残りません。大丈夫です。もう暫《しばら》くは、ここで踏張りますから」

「一緒に行きましょう」

十九番は、堪《たま》らなくなって男の右腕を取った。が、男は、左手で十九番の手を引き離し、苦しい息の下で健やかに笑んだ。この時初めて、この男は自分だと、十九番は真に実感した。

「私の生命は、そもそもあと一時間程なんですよ。任務の成否に拘《かかわ》らず、です。今回のミッションに、私が現代に帰還する予定は、ありませんでした。帰還は、あなたの殺害の失敗を意味するから、あり得ない。成功すれば、同時に私は消滅しますしね。つまり、生命の片道切符、覚悟の時空移動だったんです」

十九番は、絶句した。

「行って下さい。時間がありません」

「しかし」

「私は、あなたを撃つ代わりに、自分を撃ったんです。それだけのことですよ。気にする必要はない。この時代に留まれば、新たな時空監視官が、あなたを処分しに来る。私の命が尽きる前に、早く」

男が、眼を大きく開いた。

「いいですか。たとえ複製でも、あなたは将来、あのカイザーが、無視出来なくなる存在になるんです。自信を持ちなさい」

男は、深く咳《せ》き込んだ。絞り出すように、嗄《しゃが》れ声を出す。

「これは、あなたの試練だ。独りで乗り越えるべき試練だ。歴史から姿を消せ。まず生きろ。未来の、あなたのために」

男は、そこまで告げて眼を閉じた。彼の胸は、消える寸前の炎を思わせるが如《ごと》く、静かに動いている。十九番は、己れの両足を殴り、喝を入れ、テーブルを頼って何とか立ち上がった。

室内を見廻す。十九番は、自分の腕時計と上着を取り、フラつきながら転がるように部屋を出た。

無人であっても、誰にも見られないように注意しつつ、小走りで通路を行く。その間、我が身に降り掛かった現象を考えた。

——全て真実と仮定する。十八年後から来たと言う、あの男。彼は、ここにいる私と全く同一人物の十九番であって、過去の自分を抹殺《まっさつ》するためにこの時代に来た。もし、ミッションに成功すれば、今日の時点からの十九番、即《すなわ》ち私の記録は永久に途切れ、時空監視官ナンバー十九は欠番扱いとなろう。だが、彼が言うところの現代で、未だ私の記録が健在であることが判明すれば、それは即ち任務——自殺——の失敗を意味するから、国は、彼の言った通りに、再び私を処分しようと試みるだろう。だが、待て。

歴史から姿を消せ、男は、そう言った。

今日から消息が不明になれば、死亡確認は取れなくても、十九番のその後の記録は当然白紙になる。その結果、十八年後の世界では、十九番は危険人物ではなくなっているし、今回のミッションで男が乗ってきたシップが戻らなくても、何ら問題にならないのではないか。現代は、過去があってこそ存在し得るのだ。ならば、現時点では、過去と生きているこちらにこそ、主導権がある。だから、十八年後の自分も、逃げろと言ったのだ。それまで、自分は持ち堪《こた》える、と。

十九番は、足音を立てぬよう努めて走った。変な汗が、身体中から噴き出した。

自分は、何処《どこ》に逃げるべきか。本当の現代に逃げるか。だが、行ってどうする。行ってどうなる。もっと過去に戻る方がいいのか。自分のオリジナルに会うのはどうか。

複製には適したDNAがあり、その発見は困難を極めたと聞く。そういった面では、選ばれし者だったと言えよう。一体、オリジナルは、どんな人物で、どんな人生を送ったのか。まだ存命なのか。しかし、会ってどうする。会ってどうなる。

十九番は、何処へでも行ける自由を手に入れたのに、気持ちは、落ち着き所を見出《みいだ》せなかった。十九番の足は、止まらない。とにかく何処かへ。ここではない、この時代ではない何処かへ。それは、何処なのか。本当に、そんな時と場所があるのか。自分に相応《ふさわ》しい、自分の存在意義や意味のある、それは……。

いっそのこと死ぬか。今の自分には、一人の人間として生きるに値する理由などあるのか。何故《なぜ》か、自らを撃ち抜いた十八年後の自分の顔が浮かんだ。一方で、ここに居る自分は、不様にもこうしてまだ生きている。今や人生の表舞台から去り、歴史上からも消えるしかないのに。自分は、時間の裂目に転落した挙げ句、無意味な存在へと成り果てたのだ。しがらみも縛りも監視も消え、真の意味での自由を手に入れた筈《はず》なのに、ただ虚《むな》しい。こんな自分は、一体何なのだ。十九番は、自分が可哀相《かわいそう》になった。惨《みじ》めで小さくて、いたたまれなくなった。涙が頬を落ち始める。何てことだ。自分が泣いている。泣くという行為は、感情の不制御の果てに起こると学んでいた。時空監視官として、最も避けなければならない、低レベルで愚かな事態。それが今、自分に。

突然、氏家の最後の言葉が脳裏を走った。

「あなたが居なかったら、私はどうなっていたか判らない……本当に、本当にありがとうございました」

十九番は、走るのを止めた。歩き、歩調が緩み、遂《つい》にはその場に立ち、荒々しく呼吸する己れの息遣いを確かめた。激しく動く胸部に、右手を当てた。鼓動を、血の巡りを感じる。そうだ。生きている。間違いなく、自分は生きている。自分は、人間だ。血の通った肉体を持ち、心もある人間だ。

十九番は、十八年後の自分に己れを重ね合わせた。これから十八年、判っていたことだし納得もしていたことだが、国に奉仕し続けることになるのだ。何という一生だろう。一方で、男の不憫《ふびん》さにも胸を貫かれる。自分らしく生きたとも言えずに命を散らしていった彼が、このままでは浮かばれない。十九番の気力に、小さいが確かな火が灯《とも》った。自分は、何処でも番号で呼ばれていた。表向きは、一応丁重に対されていても、つまりは、使い捨ての部品でしかなかった。だからと言って、自分は、居ても居なくても、どちらでもいい存在だったのか。いや、絶対にそうではあるまい。そうであっていい訳がない。

考えれば考える程、十九番の中に、悲哀と絶望を打ち砕く行き場のない怒りが滾《たぎ》っていく。そのストレートさは、我ながら気持ちのいい位だった。

冗談じゃない。このままくたばって堪《たま》るか。時間の流れの中に、おとなしく埋もれて堪るか。無意味のまま破滅して堪るか。しぶとく石に齧《かじ》り付いてでも、生き延びてやる。自分は、人間だ。全身、人間だ。時間の亡命者だろうが漂泊者だろうが、喜んでその名を受け入れよう。

気持ちが上を向くや、猛烈な空腹感に襲われた。それは、生きていることの実感を、十九番に再確認させた。腹が空いたことが、感情に油を注ぎ、怒りと食欲は互いに競い合い、増していった。

前方には、通路がどこまでも続いている。後方には、走って来た通路が伸びている。そのどちらも、奥は闇《やみ》に沈んで見えない。深々たる孤独の大海に浮沈する十九番は、暗黒に前後から襲われ、飲み込まれ、溶け入ってしまいそうだった。

十九番は、これから進む先を睨《にら》み付けた。

決めた。まずは、カイザーだ。

「負けるかよ」

そう言い切ると、あの男の思いまでも背負い、力強い足取りで再び走り出した。

解説

近藤崇

厳しいなあ。

それが、この『パンドラの火花』を読んだ最初の感想でした。

昨年の秋頃、漫画家である私は、月刊デジタルコミック誌「デジコミ新潮　コム・コム」での連載を控え、原作となる小説作品を探していました。多くの小説に目を通す中で、私はこの作品と出会ったのです。単行本の帯にもあった「あなたは過去の《自分》を説得できますか?」という文句に、面白い設定だなあと、まず魅《ひ》かれました。そして、読み進めると頭にどんどん「絵」が浮かんで来る。さらに、予定調和を許さない厳しいストーリーと結末がある。是非、マンガにしてみたいと思ったのです。

幸いに、担当編集者を通して黒武さんからは、すぐにマンガ化のお許しをいただけて、脚色も自由にさせて貰《もら》えることになったのですが、そんな中で黒武さんから二つだけ事前に注意されていたことがあります。

パンドラの火花
Sparks of Pandora
vol.1
[原作] Yo Kurotake
[漫画] Takashi Kondo
[監修] Motoka Murakami
黒武 洋×近藤 崇×村上もとか

一つは、十七、十八、十九番がクローンであることが、途中で分からないようにすることです。これは、たしかに活字と違ってマンガの場合は、顔がそのまま絵になりますから、同じ顔に描けば、読者にはすぐそれと分かってしまいます。それでマンガでは、彼らが人相を変えるマスクを装着しているという形にしましたが、こうしたところにすぐ気づかれるのは、ご自身が映像の仕事もされているからなのでしょう。黒武作品に、とても視覚的で印象に残るシーンが多いのも、じつに納得です。

そして、もう一つの注意が、「救いのある話にはしないで下さい」というものでした。たしかに、横尾が説得に成功にしてしまうようなマンガ用のストーリー改変もありえる訳ですが、「それでは違う作品になってしまう」と考えられたのだと思います。私もこれには全く同感でした。でも、こちらにほとんど任せっきりにしてくださった中で、そこだけは注意される黒武さんに驚かされました。安易な解決、甘いストーリーは許さない。「やはり黒武さんは厳しいなあ」と深く感じたわけです。

タイムスリップした人間が、過去の自分にアドバイスしながら成功を収める。小説でもマンガでも、こうした「やり直しもの」とでも言える作品が結構ありますが、自分が自分を説得しなければならないという設定は、もの凄《すご》く新鮮で独自性を感じました。そして、最初の横尾さんのエピソードでは、その説得がかなりうまく行っていたのに、最後の最後に横尾さんは過去の自分を刺してしまう。「ああ、ダメだったか」と思う、じつに切ないシーンですが、カッとしたときに短絡的に暴力的な行動に出てしまう横尾という人物の根本が出てきたということでしょうか。これは、やり直しなんてそんな簡単に出来るものではないという、黒武さんのメッセージでもあったはずです。ここも私がこの作品を好きになった大きなポイントですが、「厳しいなあ」との思いを殊《こと》に深くしたところでもありました。

しかし、救いを否定する一方で、この作品は前向きでもあります。私が、一番好きなシーンは、結末で十九番がカイザーへの抵抗を決心するところです。これは、救いではありません。前も後ろも真《ま》っ暗闇《くらやみ》なままなのです。しかし、「それでも前に進めよ」と、黒武さんは言っているのです。そして、そうした前向きさが、ある意味で陰惨なところもある小説でありながら、決して悪い気分にさせない独特の読後感をもたらしているのです。

マンガの原作は、もちろん好きな作品や面白い作品であるというだけで選ぶわけには行きません。その話が「絵」になるかどうかということが重要です。例えば、黒武さんのデビュー作『そして粛清の扉を』も私の好きな小説で、やはりマンガにしたいなとは考えました。しかし、作品の舞台がほとんど学校に限られるというところで、視覚的な動きが少なくなる。そのために『パンドラの火花』のマンガ化を優先して考えたのです。

もっとも、黒武さんご自身は、『パンドラの火花』もマンガ化や映像化がしにくい作品だと考えていたそうです。たしかにこの作品の主要なテーマが「説得」であるだけに、言葉のやり取りが主となり動きが少なくなる部分がある。しかし、冒頭にも書いたように、私には、最初に読んだときから絵がどんどん頭に浮かんできたのです。連載第一回のネーム（漫画のコマを割った下書き）も、たった二日で仕上がって、編集担当者からもほとんどチェックが入りませんでした。これがなぜかと言えば、この作品に引き出しが沢山あるからなのです。

つまり、説得の物語としても読めれば、贖罪《しょくざい》とは何かを問う小説でもあるし、あるいはSFとして読まれた方もいるでしょう。そうした、多面的な捉《とら》え方ができるので、同時にいろんな方向から視覚化ができたのです。

じつは、私はこれまでどちらかといえばコミカルな作品を多く手がけていて、重いテーマの作品は苦手でした。ところが、担当編集者に「得意なものより、苦手なものに挑戦しましょう」と言われてしまい、今回は自分の領域を広げるためのチャレンジ作でもあったのですが、この作品の引き出しの多さには、マンガ化するにあたってとても助けられました。

また、漫画家は原作となりそうな小説を読む時は、かなり批判的な目で読んでしまうものです。実際に私は、「これは、ないだろう」とか「そこは、もっとこうだろう」とか、かなり激しい突っ込みを入れながら原作を読みます。自身の頭の中を整理してゆく意味合いもあってのことですが、スタッフには「本当に、その作品が好きで原作に選んだんですか？」と呆《あき》れられるほどです。

そうやって、この作品も最初から読んでいったわけですが、横尾さんのエピソードが終わって、次の三日月の話にガラッとかわるところで、「あれっ、オムニバス形式か？」と、戸惑いました。横尾さんの話が、面白くて、この話一本で行くのかと思って読んでいたところで、横尾さんのお話がスパッと終わり、すぐに三日月の話に変わるのが、もの凄いギアチェンジに感じられて、私だけでなく、読者も戸惑うのではないかと思いました。しかし、さらに読みすすめると、十七、十八、十九番の物語が同時に進んでいて、じつはオムニバスではなく、一つの物語だと分かる。結局、同じように突っ込みを入れたところは、最後まで読みきる間に、ほとんど叩《たた》き返されてしまいました。

絵になるかどうかを含めて、もちろん小説とマンガというメディアの違いは、いろんなところに出ます。そして、そこがマンガ化する意味でもあります。

作中では、三日月の風貌《ふうぼう》は、「軽くウェーブの掛かったグレーの髪」としか書かれていません。そして、活字ではそれで良いのだと思います。じつは、黒武さんも特に意識はされていなかったそうですが、その後の三日月の位置を考えれば、漫画家である私がイメージする三日月は、最初からあの某元首相以外にはありえませんでした（次頁参照）。

活字に表現されたものを全部絵で表現するのはもちろん無理ですから、どこをデフォルメ、強調するかが重要です。例えば、過去の横尾少年が耳たぶを触っていて、未来の横尾さんの説得の言葉に馬耳東風であることが、未来の横尾さんにばれるシーンがあります。このために横尾さんは未来に帰れなくなる。あそこは小説でも重要なところですが、人生の天秤《てんびん》はこんな些細《ささい》なことでどちらかに振れてしまう。これはまさにドラマで、漫画家としては絵で強調するべき点だと最初から見ていて、ここをかなり描き込んでいます。

また、「目指すべき着地点に到達しなければならない」と小説では書いてあるだけ

休みとはいえ
遅くまで
寝過ぎですよ
よいしょ
え？
懐かしいなぁ
何だよ あんた
勝手に！
三日月さん！

我々は
すれすれの
ところを歩いて
いるのだ

の、氏家さんと十九番が時間のないことを焦《あせ》るシーンがありますが、マンガでは、ここは崖《がけ》っぷちを行くイメージです。しかも、1頁大の大ゴマで表現するべきシーンともなる（前頁参照）。私は、原作を変えることをあまりしないタイプなのですが、こうしたメディアの違いはかなりあるのです。

私のマンガ連載は、ちょうど先月終了しましたが、いつでもウェブサイトで購読が可能です。もし興味を持って貰えましたら、小説とは違うデジタルコミック版『パンドラの火花』も楽しんでください。

最後に一読者として、黒武さんに次の作品として恋愛小説をリクエストします。最近、高校生くらいの年代の安易で甘いストーリーの恋愛ものが多くなっていますが、是非、大人の厳しい恋愛ものを書いて欲しいのです。黒武さん、期待しています！

（平成十九年十一月、漫画家）

※デジコミ新潮　コム・コム＝URL-http://www.shinchosha.co.jp/comcom/

この作品は平成十六年九月新潮社より刊行された。

パンドラの火《ひ》花《ばな》

新潮文庫　く - 28 - 2

平成二十年二月一日発行

著者　黒《くろ》武《たけ》洋《よう》

発行者　佐藤隆信

発行所　株式会社　新潮社

郵便番号　一六二―八七一一
東京都新宿区矢来町七一
電話　編集部(〇三)三二六六―五四四〇
　　　読者係(〇三)三二六六―五一一一
http://www.shinchosha.co.jp

価格はカバーに表示してあります。

乱丁・落丁本は、ご面倒ですが小社読者係宛ご送付ください。送料小社負担にてお取替えいたします。

印刷・錦明印刷株式会社　製本・錦明印刷株式会社

ISBN978-4-10-116562-2 C0193